言振り

琉球弧からの詩・文学論

高良勉

未來社

言振り——琉球弧からの詩・文学論 目次

I　琉球弧からの詩・文学論

II　琉球弧の詩人・作家論

詩人論

詩・俳句・短歌　書評

小説・記録文学・散文　書評

III　アジアの詩・文学論

言振り——琉球弧からの詩・文学論

装幀――高麗隆彦

I　琉球弧からの詩・文学論

言語戦争と沖縄近代文芸

一、はじめに

私の身体に刻み込まれた、一三〇〇年や四〇〇年の体験と記憶、歴史と文化よ、よみがえれ。今年（二〇〇九年）は、「一六〇九年の薩摩侵略」から四〇〇年、「一八七九年の琉球処分」から一三〇年の歴史的節目の年だ。

周知のように、文学研究者は琉球処分以前の文学を「琉球文学」、以後のそれを「沖縄文学」と呼んでいる。私は、その分け方に異論はあるが、今回は琉球処分から沖縄戦までの「琉球・沖縄近代文学」を主に表現言語の面から考察してみる。いささか、乱暴になるかもしれないが、琉球近代文学を「言語戦争」の側面から議論してみたい。

二、琉球処分と言語戦争

琉球王国が亡国化され、琉球藩として設藩され、さらに「沖縄県」として解体・占領されたのが一八七九年であった。初代の「任命県令」鍋島直彬は、県政の最優先課題として、「勧業と勧学」の政策に着手し、翌八〇年にまず師範学校を設立した。鍋島県令は、「言語風俗ヲシテ本州ト同一ナラシムルハ当県施政上ノ最モ急務ニシテ、其法固ヨリ教育ニ外ナラス因テ至急普通ノ小学教科ヲ制定シ師範学校ヲ設置シ、漸次旧規ヲ改良シ教育ヲ普及ナラシメ度候」と「沖縄県ヨリ大蔵省ヘ上申」（『沖縄県史』第一二巻、琉球政府、一九六六年）で述べている。

このことから、明治政府の沖縄県への植民地政策が、アイヌ民族や台湾へのそれと同様に、第一に「言語風俗」を「本州ト同一」にすることを「急務」にしたことがわかるだろう。そして沖縄の近・現代の学校教育は「島言葉（琉球語）」を弾圧し、もっぱら日本共通語で行なわれるようになってきた。

その結果、近代の琉球・沖縄文学は大きな変容を強いられてきた。言うまでもなく、文学は言語を使用し、言語との格闘なしには成立しないからである。近代沖縄の文芸は、琉球語から日本語による表現へと転換を強いられた。言語戦争の始まりであった。

三、伊波月城と琉球の文芸復興

近代琉球文学を、言語・文化戦争の側面から考察するとき、私にとって忘れることができないのは伊《い》波《は》月城《げつじょう》の文芸活動である。沖縄の近代文学・思想を論議するときに、伊波普猷《ふゆう》と月城兄弟の活動と思想を欠かすことはできない。

月城の研究は、仲程昌徳《なかほどまさのり》の労作『伊波月城』（リブロポート、一九八八年）に詳細にまとめられている。仲程は、月城を「琉球の文芸復興を夢みた熱情家」と高く評価している。私は、仲程の『伊波月城』を読み興奮して、中表紙に次のような「月城論ノート」を書きつけてある。七項目のなかから、三つだけ引用してみる。

一、すごい英語力と外国文学への知識。
二、批評力のラジカルさと勇気。
三、愛郷心と伝統文化への重視と革新。

月城は、一九〇九（明治四二）年の二九歳に、「沖縄毎日新聞」の記者になり、コラム執筆をやると同時に外国文学の翻訳をみずから行ない紹介していった。とりわけ、W・B・イェイツをはじめアイルランド文学を評価していた。そして「明治四十二年は、沖縄に於ける文芸復興の第一年と見て差支へないと思ふ」と宣言したという。

月城は、一九四五年に行方もわからないまま沖縄戦で戦死したらしい。私は、月城の生涯を貫くさまざまな文芸・思想活動のなかでも、今回は仲程が「三十字詩――琉歌に新風を吹き込む者」で論述している詩人という側面に注目してみたい。月城の琉歌・三十字詩のなかで、私の好きな歌を二首引用する。

あはれ泣きゆたんでたが告げて呉ゆが飛鳥もとばぬ古郷の空に

吹き過ぎる風も心あてしばし月城のむかしかたて呉らな（弔尚巴志）

月城が、三十字詩を発表しているころ、兄普猷も琉歌を詠んで発表していた。そして普猷は、みずから「迎えほこら（東恩納寛惇君が南蛮より帰るを迎へて作ったオモロ）」を書いていることは『古琉球』で読むことができる。

仲程は、この伊波兄弟の活動を「物外の南島歌謡の再発見、そして月城の琉歌実作はまた、沖縄の文化的危機を肌身で感じとったところから生まれきたものであったとみることができよう」（二六頁）と評価している。

月城が、「沖縄に於ける文芸復興の第一年」と宣言した一九〇九年には、奥武山琉歌会の主催で「連合琉歌大会」も開かれた。しかし、沖縄近代文学のなかで琉歌は徐々に日本の短歌に圧迫され主流の座を奪われていった。

沖縄における短歌の歴史を語るとき、山城正忠（一八八四年～一九四九年）の活躍を見逃すことはできない。与謝野晶子・鉄幹の主宰する「明星」派に属し、石川啄木とも親交のあった正忠の研究は、渡英子の近著『詩歌の琉球』（砂子屋書房、二〇〇八年）でまとめて読むことができる。

私は近代沖縄の言語戦争を考えるときに、この山城正忠と伊波月城の比較を議論する必要があると思うが、機を改めたい。

四、世礼国男と山之口貘

近代沖縄の自由詩を考えるうえで、私は世礼《せれい》国男、山之口貘、新屋敷幸繁《しんやしきこうはん》、大浜信光をぬかすことはできない。そのなかでも、貘に次いで気になり影響を受けた詩人が世礼国男であった。

世礼国男（一八九七～一九五〇年）は、詩人、琉球古典音楽研究家として知られている。私が初めて世礼の詩を読んだのは「新沖縄文学」第二三号（沖縄タイムス社、一九七二年）の特集「世礼国男」であった。私たちは、世礼の本格的な研究を仲程昌徳「言葉のかげ」（『近代沖縄文学の展開』三一書房、一九八一年）で学ぶことができる。

岡本恵徳は、世礼を「詩人としては川路柳虹の影響下にあったが、南方的な沖縄の自然と生活をロマンチシズムゆたかにうたいあげるところに特質があり、詩集『阿旦のかげ』は沖縄近代詩の最初の詩集として注目される。また琉球古典音楽研究では、『声楽譜附野村流工工四』において、口伝の古典音楽教授法に科学性を盛りこむ最初の試みをおこない」（『沖縄大百科事典』沖縄タイムス社、一九八三年）と評価・紹介している。

世礼の詩集『阿旦のかげ』は、一九二二（大正一一）年に東京・曙光詩社から出版された。私は、まず「闘牛場にて」の描写に衝撃を受け強烈な印象が残っている。

ものなべて、ぎらぎら燃え狂ふ琉球の八月
赤土の森から油ぎつた焔がかげろひ

しかし、今回は「琉歌訳（二十八篇）」について述べたい。世礼は、有名な琉歌二八篇を意訳して

君忍ぶわれを止むと
高札立つや
さはあらじ
恩納松下に立つ禁止の札

等々と歌った。私は、世礼が口語自由詩での表現から、「琉歌訳」を経て『声楽譜附野村流工工四』

執筆へ移行した過程に注目し続けたい。その、内面や思想がどう変化したか。世礼の詩集が出版された一九二二年は、山之口貘が初めて上京し日本美術学校に入学して画家になる夢を見ていたころである。貘の第一詩集『思辨の苑』（むらさき出版部）が刊行されたのは一九三八年であった。

沖縄の近・現代詩人として大成したのは、山之口貘であった。貘は、日本詩壇のなかで会話体による口語自由詩を徹底して表現し高く評価され、日本を代表する詩人の一人になった。彼は、主に口語で詩を書きながら、テーマ、イメージ、リズムのなかへ琉球語を潜行させていった。したがって、貘の詩はドモリがちである。

貘は、一九五八年に三四年ぶりに帰郷したが、敗戦後の沖縄の姿に激しい精神的ショックを受けた。「島の土を踏んだとたんに」感受した印象を、詩「弾を浴びた島」に表現した。貘は、「ウチナーグチマディン　ムル　イクサニ　サッタルバスイ（沖縄方言までもすべて戦争でやられたのか）」と呻かざるをえなかった。

私は、山之口貘の評伝『僕は文明をかなしんだ』（彌生書房、一九九二年）を書いたが、彼は三四年ぶりの帰郷のとき「街からウチナーグチが消えていること」、「女性のウチナー名（グジーとかウミトゥー等）が無くなっていること」にもっともショックを受けたという。貘は五年後の六三年に、享年五九歳で死去したが、もっと長生きすれば琉球語での作品が多く見られたかもしれない。

五、琉球歌劇の誕生と沖縄芝居の隆盛

近代沖縄の文芸における言語戦争を、琉歌と自由詩の断面から眺めてみた。しかし、私は沖縄の近代文芸における最大の成果は、琉球歌劇の誕生と沖縄芝居の隆盛にあると思っている。

周知のように、組踊から生まれた琉球歌劇は、「泊阿嘉」（一九〇七年）、「奥山の牡丹」（一四年）、「伊江島ハンドゥー小」（二四年ごろ）という三大悲歌劇に代表されるような名作が創作されていった。沖縄近代演劇の年表は、『奥山の牡丹』（与那原町教育委員会、二〇〇〇年）を参照されたい。

また、沖縄芝居では「大新城忠勇伝」や、「今帰仁由来記」「義賊運玉義留」をはじめとする多くの作品が制作・上演された。

だが、大正七年ごろから、組踊も琉球歌劇、沖縄芝居も警察署から何度も「上演禁止」の弾圧を受けてきたことを忘れてはならない。とりわけ、昭和一七年には那覇署により「歌劇全廃」「演劇のすべてを標準語に」の弾圧を受けた。厳しい、言語戦争であった。

六、現代まで続く言語戦争

琉球語と日本語の闘いは、現代にまで続いている。小説の世界では、大城立裕、島尾ミホ、崎山多美、目取真俊等が琉球語と日本語との格闘を作品化している。現代詩では、川満信一、中里友豪、上原紀善、松原敏夫、真久田正と私などの試みが続く。二一世紀になっても、琉歌は詠い継がれている。二〇〇六年に、県条例で「九月一八日しまくとぅばの日」が制定されてから、琉球語による表現を禁止したり弾圧することは許されなくなった。

そしていまや組踊と多良間の八月踊りがユネスコの世界無形文化遺産に登録されようとしている。もはや、琉球語か日本語かの対立と選択の時代ではない。あれも、これも、それもの言語表現が始まっている。英語も、中国語も。

沖縄戦後詩史論

一、はじめに

明治政府による〈琉球処分〉以降のうすっぺらな近代は沖縄戦によって総破産した。しかし、戦後の沖縄社会も、なぜこのように跛行的にしか形成されなかったのか。いまわしい〈昭和〉なるものが終わろうとしている。精神の植民地性からまず解放されなければならない。

いま、ようやく、沖縄で表現された戦後詩のなかから特殊沖縄的な表現と、そのなかに内在する普遍的なものを対象化し、相対化する作業が少しずつ可能になっている。私もまた、一九四五年から一九八五年前後に至るまでの、約半世紀における沖縄戦後詩の流れの骨格描写を試みてみたい。

私たちは、沖縄戦後詩史に関する先駆的な論文や基本文献として、すでに清田政信の「沖縄戦後詩史(1)」や岡本恵徳「沖縄の戦後の文学(2)」、そして鹿野政直「『否《ノン》』の文学——『琉大文学』の航跡(3)」や仲程昌徳「沖縄の文学——復帰後十年の詩状況——(4)」をもっている。

言うまでもなく、あらゆる詩史論には、それが書かれた時点からの時間的な制約がつきまとう。また、それぞれの論考にとりあげられた作品や詩人には、ただちに論者の評価が反映しており、その評価をめぐっては、なお意見を交わしたり、相互批判を重ねる必要がある。とりわけ、現時点に近くなればなるほど、客観的な評価はむつかしくなり、流動的にならざるをえない。それゆえ、私もまた、四者のすぐれた論考をふまえ、多くを学びつつ、私なりの詩史論を、一九八七年まで橋わたししてみたい。

二、廃墟のなかから（一九四五〜一九五一年）

わたしは　たしかに生存していた
いま　そのことを
あなたに書いてあげる
ことのできるよろこび
にわたしはうちふるえている
しかし　わたしは　子どもが
急に　あの楽しい　正月を　とり
あげられたような　空虚感とは
およそ較べものにならない
ちょっと説明
のできない　ややこしい人間の
心境をさまよっている
心理をさまよっている

わたしたちは　残る生涯
を通じて　語りおわせない
かず多くの物語を
たった百日　たらずの　戦乱に身一杯
背負いこんだ
わたしは　いま　何から書きしるし
語ろう　とするのか

（「手紙」）

沖縄の戦後詩の出発を告げる詩人は牧港篤三《まきみなとくぞう》である。私たちは一九七一年になって初めて牧港篤三全詩集『無償の時代』を手にすることができたが、そのノートを観ると彼の詩は「一九四五年（昭和二十年）八月二十二日。古知屋開墾村跡の米軍収容所において」書き出されている。

この牧港の「手紙」に象徴されるように、沖縄の戦後詩は、他の文学ジャンル同様、まず捕虜収容所で「たしかに生存していた」と告げることから出発したのである。周知のように、沖縄は第二次大戦の末期、一九四四年から四五年にかけて戦場となり、激しい地上戦のあと、文字通り廃墟と化した。「ゼロからの出発」どころか、「マイナスからの出発」でしかなかった。この捕虜収容所からの出発が日本「本土」の多くの戦後文学との決定的な違いである。

牧港は『無償の時代』では、まだみずからの戦争体験を直接には詩っていない。しかし「わたしは／いま／何から書きしるし／語ろうとするのか」と、とまどいながら、自己の体験をできるだけ対象化し、詩表現にまで抽象化しようとしている。そして「残る生涯／を通じて／語りおわせない／かず多くの物語を」現在まで表現し続け、詩画集『沖縄の悲哭』に結集させている。極限状況における人間の死と実存が詩える牧港篤三には、ぜひ沖縄戦に至るまでの状況との葛藤の体験を詩いあげてほしいものだ。

一九四五年から一九五一年までの詩表現の状況を観てみると、牧港が謄写版印刷をして知人に配布したといわれる詩集『心象風景』や宮古島の克山滋詩集『白い手袋』が眼につくが、これらは「幻の詩集」と呼ばれ一部の人々しか読むことができなかった。物質の圧倒的窮乏時代である。岡本恵徳は、「沖縄の戦後の文学」で、この時期を〈第一期〉と区分し、その特徴を次のように要約している。

この時代は、敗戦の虚脱と空白の中から次第に文学創造の機運が盛りあがってくる時期である。この時期は、前節で述べたように収容所の生活から始まり、やがて民間の手によって新聞・雑誌が発行されて住民の文化的欲求をみたすような時期にあたっており、文学活動としては、文学の理論や方法的な自覚は乏しいながらも意欲的な文学活動が行なわれていた。（文献B）

ここで注目されるのは、〈第一期〉の文学活動の主要な場が「新聞・雑誌」であったということである。「文芸コーナー」という枠の制約にも影響されて、戦後沖縄の文学が、短歌や俳句を中心に出発している。そのことは「奄美・沖縄における戦後の文学活動年表（第一稿）（5）」を見ても一目瞭然だ。そのとき、「敗戦の虚脱と空白の中」「文学の理論や方法的な自覚は乏しい」という岡本の指摘は、沖縄における近代意識の形成とその挫折、戦争と敗戦のくぐりぬけ方を考えるときに、今後とも検討されなければならないと言えるだろう。
その作業は、すでに仲程昌徳の緻密な資料分析に基づく「沖縄の戦後文芸――『うるま新報』一九四五年～一九五一年――(6)」などで端緒が付けられている。そこで私たちは「うるま新報」の文芸コーナー「心音」欄に掲載された具体的作品に接することができる。「うるま新報」が改題されて「琉球新報」になり、一方で「月刊タイムス」や「うるま春秋」の文芸誌が創刊される過程での詩の主な書き手は牧港篤三や仲村渠《なかむらかれ》、太田良博らであった。

三、詩と状況（一九五二～一九六一年）

戦後沖縄の詩人たちが、みずから表現者としての自覚をもち、最初の同人活動の産声をあげたのが一九五二年「珊瑚礁」同人の結成であった。この同人は当初、芦峰（安次嶺）栄一、船越義彰、天願俊貞、伊良波長哲から出発し、のちに大湾雅常、池田和、池宮治、松島弥須子などが加わっている。

そのとき――ぼくは
じたばたあがいても　はじまらない
萬物の霊長と自負するにんげんでも
百獣の王といわれるらいおんでも
みんな　しまいには
しろい　うごめく　ぶらんけっとにつつまれて
ねむるのだ　と思った

その日　風はなく——にほいのないはいびすかすの花が
いくつも　まっさをなそらにむかって
爆発してゐた

（「Despair」）(7)

あしみね・えいいちの代表作のひとつと思われる作品の終連部分である。あしみねは、「珊瑚礁」の第一回に寄せた序で「戦後の沖縄文芸は創作、短歌、俳句、戯曲、と各分野にそれぞれルネッサンスの狼煙が挙げられたにも拘わらず、詩作活動は個人的趣向に止まり、何ら社会的な組織的展開がなされなかった。（中略）戦争によって、この詩壇にも断層をみた。われわれはおもむろに立ち上がり〝血に染まった神のバトン〟を採り上げ腰がいささかソウロウとしているが、ともかく走りださねばならない」(8)と決意を宣言している。

この「珊瑚礁」同人の活動に対し、岡本恵徳は「グループとしての主張も立場も明確ではない。というよりも、発表された作品からみるかぎり、同人は各々異なった態度や方法を持ちながら、新しい詩活動の『社会的・組織的活動の展開』を試みるという一点において結集し、前期の諸活動のありかたを批判し克服することを通して各々の方法や態度の深化を意図したものであった」（文献B）と評価している。

いま、「珊瑚礁」同人たちの作品を一九七〇年代に相次いでまとめられた〈詩集〉という形で読み返してみると、そこには「各々異なった態度や方法を持ちながら」かなり共通した傾向を読み取ることができる。まず同人の詩表現の感性が近代モダニズムの影響を強く受けているという点である。私は、彼らのモダニズムが、戦争体験によっても、そんなに傷ついていない点にこそ驚いている。この点も今後深く考えてみなければならないテーマだと思う。

一方、彼らに共通するモチーフは戦争によって破壊された「古き良き沖縄」への懐古的な哀歌が多い。それは、廃墟と化した故郷への鎮魂や、米軍支配下で呻吟する状況への怒りとも複雑にからみ合いながら表現されている。しかし、その表現は方法的に充分自覚化されたものではなく、多くは即自的な感覚や感情の表現にとどまっていた。

これに対し、一九五三年に琉球大学文芸クラブのメンバーによって創刊された「琉大文学」は、沖縄における文学表現の思想と方法の確立を目的意識的に追求し、詩と思想の創造に前衛的な大きな役割を果たしてきた。「琉大文学」は米軍の検閲体制と弾圧下で発売禁止処分まで受けながらも、さまざまな曲折を経て一九七六年まで発行されている。その創刊から〈第I期〉と呼ばれる時期の中心メンバーは、新川明、川満信一、岡本恵徳、松原清吉らであり、その後輩の嶺井政和、豊川善一、喜舎《きしゃ》場《ば》朝順たちが続いている。

俺たちの土地が消えてゆくことの
俺たちの頭に虚偽がつめこまれてゆくことの
これらの「?《なぜ》」にこたえねばならぬ
　否《ノン》　一切の圧迫に対する答え
　否《ノン》　一切の権力に対する拒否

ことごとくの地平をおおい
もり上がる人びとのメッセージに
俺たちの歌を合わせねばならぬ

（「みなし児の歌」）(9)

一九五五年十二月発行の「琉大文学」第八号に発表された新川明の「みなし児の歌」終連部分である。この詩は群読か詩劇を想わせるような構成詩になっている。第八号は米軍を誹謗したという理由で発売後回収され、「琉大文学」弾圧事件の発端になった。

だが、すくなくとも二つの眼が
現行犯を逮捕している

〈人間の舌を切ったのは誰と誰と誰か
〈役畜を奢ったのは誰と誰と誰か
〈背中の黝痣がどういういわれか
秋とともに　やってくる鷹のように
二つの眼は
老いても　疲れても
きっと証人台にたつ。

川満信一の「証人台」の終連はこのように詩われている。新川明と川満信一は「琉大文学」の初期を代表すると同時に、戦後沖縄の文学と思想形成の先駆者として重要な役割を担ってきた。島尾敏雄も二人のことを「双頭の鷲」と象徴的に形容している。(11)

その「琉大文学」の初期の特徴を岡本恵徳は「当時激しかった米軍による土地の接収、反共主義にもとづく弾圧に対して真正面から抗議し、文学による抵抗を主張した」(文献B)と述べている。

私たちは、すでに初期「琉大文学」グループの文学思想に関する詳細な研究成果として鹿野政直の『否《ノン》』の文学——『琉大文学』の航跡」という労作をもっている。この論文は初めて「琉大文学」をまとめて研究し、社会思想史のなかに位置づけようとしている。そこでの鹿野の「琉大文学」初期に対する評価は表題の「『否《ノン》』の文学」に象徴されていると言っていい。

私たちは、新川明と川満信一らによって初めて「詩と情況」「文学と政治」が文学思想上の大きな方法テーマとして、真剣に対象化されたことを確認することができる。新川は「船越義彰試論——その私小説的態度と性格について」、川満は『塵境』論」(12)を書き、ともに先行する世代の詩や小説を厳しく批判する評論を発表することによって、みずからの文学論を確立する作業を続けていった。私は初期「琉大文学」の人々によって提起された問題が決して今日でも充分に解答が出されているとは思えない。(13)

ただ、初期「琉大文学」の〈文学による抵抗〉という主張の理論的根拠は、岡本の証言によれば「社会主義リアリズム論」であり、「政治的な抵抗をそのまま性急に文学活動のなかに盛りこんでいた」弱点があった（文献B）。そのことは、次の川満信一の証言からも確認できる。

デカダンスな雰囲気に傾いていた初期の琉大文芸クラブは、間もなく、朝鮮動乱、米軍の基地拡張のための土地強制接収、日本共産党の地下潜行といった、時代の暗澹とした重さをくぐる過程でマルクスやレーニン、プロレタリア文学との必然的な出逢いを通して急速に方向を転換していった。なかでも伊佐浜土地闘争で、米軍の銃尾板で打ちのめされた体験は、ぼくの行為に、ある方向の矢印を刻みつけた。(14)

いま、新川明と川満信一の作品を読み比べてみると、新川は「みなし児の歌」にも視られるように民衆や状況の〈共同感性〉とも言うべき感情を強く詩う傾向にあり、川満は「証人台」のように状況や個人の内面を規定している構造を鋭く告発するという資質の差異が浮かんでくる。しかし、二人とも幻想としての〈民衆〉への共感では共通しており「社会主義リアリズム論」を理論的支柱にして「暗黒の時代」と呼ばれた状況に鋭く詩を対峙させたことは疑いない。

四、詩の自立（一九六二〜一九七一年）

その初期「琉大文学」グループを代表する新川明や川満信一らの思想と方法を厳しく批判するなかから登場したのが清田政信に代表される〈第III期〉「琉大文学」のメンバーたちであった。ちなみに清田政信は「新川明らを第一期とすれば土地闘争の世代を第二期、六〇年代を第三期と考えることができる」（文献A）と述べ、みずからが属する六〇年代を〈第III期〉と位置づけている。私たちにも納得できる時期区分である。

初期の「琉大文学」は一九五六年三月から半年間の活動停止処分を受け、さらに八月十七日には編集責任者の嶺井政和、豊川善一、喜舎場朝順らが「反米的言動」という理由で退学させられ、その後約一年間、活動が停止するという弾圧につぐ弾圧を米軍政府から受けていた。

しかし、翌一九五七年には〈第II期〉「琉大文学」が儀間進、伊礼《いれい》孝、崎原盛秀らの手によって再刊されている。この〈第II期〉の出発を鹿野政直は先述の論文のなかで「主体への回復」という章を立てて紹介しているが、新川、川満、岡本らと儀間、伊礼らとの意見の対立はここでくわしく触れる余裕はない。

一方、同じく一九五七年には「珊瑚礁」同人と初期「琉大文学」のメンバーの一部分が「新沖縄文学サークル」（一九五五）や「沖縄文学の会」（一九五六）を経て「沖縄詩人グループ」を結成し機関誌「環礁」を七月に創刊している。この「沖縄詩人グループ」は牧港篤三を始め「珊瑚礁」同人であった安次嶺《あしみね》栄一、池田和、船越義彰、大湾雅常《おおわんまさつね》、池宮治、「琉大文学」の新川明、松島弥須子、その他、真栄城啓介などが主なメンバーであった。

そのような過渡期を経て清田政信、岡本定勝、中里友豪、東風平《こちんだ》恵典、松原伸彦、宮平昭らの〈第III期〉「琉大文学」が登場したのである。

ザリ蟹の男　ひとたちの働く昼は陽を拒み
氷った　ひとりの城で　暗流に耳すまし
おもむろに　奇怪な確かさで渦巻き　泡立つ

内部の海に　瀕死の美神と語る

日輪へ向かって走るな！　汝イカルスの末裔は
暗黒の季節の内部で眼をとざし
卑小な詩法を侮蔑して薔薇色に開示せよ
いまは世界につながる言葉を紡ぐ時であり
ひとたちが投げ込む言葉のかばねを拒み
肉にからむ　つたの葉をちぎって
きみの空に投げあげ
遠い宇宙
内に展ける激浪に洗わせ
軽やかに　頭冠にきらめくいのちの産声を待つのだ

（「ザリ蟹といわれる男の詩篇」）（15）

清田政信の「ザリ蟹といわれる男の詩篇」は、彼の代表作のひとつであるだけでなく、明らかに沖縄戦後詩の大きな表現方法の転換を指し示すものであった。「廃墟の風をこころよくあびて立つ　それに〈自由〉と呼びかける日」という戦慄する一行から始まるこの長篇詩は、戦後沖縄の詩表現が〈廃墟〉や〈状況〉からも、〈政治〉や〈日常〉からも一定の距離を取り〈自由〉に自立していくことを告げている。

その詩の自立に向けて清田は「ぼくらが現実と全身的にかかわるとはどういうことか、問う段階にきたわけだが、それをぬきにして、ぼくらの新川・川満批判は考えられなかった。それは意識と情念のすべてにわたる批判だったにもかかわらず、七〇年代の青年たちが彼等の社会主義リアリズムを無批判に受けつごうとする気風がみられるのはどうしたことだろう」（文献A）と問うている。

そして自分たち〈第III期〉「琉大文学」の書き手の特徴を次のように表現している。

ナショナリティのおらびともいえる「島ぐるみ」土地闘争の、分裂と退潮期に詩を書き始めた六〇年代は、連帯を信じられない地点から書き始めている。また土着のおらびそのものは、即自としては、思想になりえないという、いわばみずからの存在の基底を掘りすすむことによってしか、他者は発見されないという困難をかかえこむところから出発している。（文献A）

ここで、清田が述べている「連帯を信じられない地点」とか「土着のおらびそのもの」を拒否し「みずからの存在の基底を掘りすすむことによってしか、他者は発見されない」という方法意識は、彼の詩と批評を貫くと同時に、他の「琉大文学」同人にも、大きな影響を与えていった。

鹿野政直は、新川・川満の批評活動を「沖縄文学史における評論の自立というべき意味をもった」（文献C）と位置づけたあと、清田の方法を「主題における日常性の拒否、方法における具体性の拒否、理念における政治とのかかわりの拒否が目立ち、そのような三つの拒否はそのまま、極限性の追求、象徴性の追求、文学の自律性の追求となっている」（同前）と評価しているが、みごとな整理・要約と首肯できる。

清田政信を中心とした〈第III期〉「琉大文学」の同人たちは、大学を卒業したあと、一九六二年五月に同人誌「詩・現実」を創刊していく。ここで、沖縄戦後詩史における彼らの立場はより鮮明になっていった。清田、岡本、東風平、松原、宮平らの初期「詩・現実」同人に共通するのは〈社会主義リアリズム〉を批判するために〈シュールレアリスム〉を支持し、〈理念における政治〉よりも〈感受性の思想化〉を重視するという立場であった。

それは清田自身が「大岡信は彼らにとって秀れた詩人であるにとどまらず、吉本隆明や谷川雁に匹敵する独自の思想家だった」（文献A）と証言していることからも明らかである。「詩・現実」同人には、その後、中里友豪や比嘉房江が加わるが、東風平や松原は〈理念における政治〉との距離において別れていった。また、岡本定勝や宮平昭はシュールレアリスムの手法をかなり実験的に推し進めたが、六〇年代後半から沈黙したままであるのが惜しまれる。そして八〇年代初頭まで「詩・現実」を主宰し、つねに詩と思想の第一線に立っていた清田政信も現在は病気で倒れてしまっている。

私もまた、清田の「みずからの存在の基底を掘りすすむ」方法や「文学の自律性の追求」から多大な影響を受けたが、彼らの〈連帯を信じられない地点〉とか〈理念における政治とのかかわりの拒否〉や〈土着〉のとらえ方などには批判的な位置に立ってきた。

それは、清田の「意識と情念のすべてにわたる新川・川満批判」が、逆にあまりにも「意識と情念」に集中しすぎて、表現の深さと広さを狭めているのではないか、という疑問からきている。そこには、「個人と共同体」や「意識層・情念層・無意識層」をどのように重層的にとらえるのかという、今日的な問題が横たわっているのだ。

ともあれ、清田の〈極限性の追求〉や〈象徴性の追求〉によって、詩と〈文学の自律性の追求〉が初めて可能になったことは、大きな意義をもっていた。六〇年代の前半が〈文学の自律性〉を追求し〈理念における政治〉よりも「プライベートな情念の叛乱をめざした」(文献A)ことの影響を受けて、その後半は、詩人たちの個性化が強烈に進められていく。岡本恵徳は一九六二年以降の沖縄文学を「第三期」と時期区分して、その特徴を次のように要約している。

この時期は、社会的・政治的には、「祖国復帰運動」を軸に沖縄の諸状況が展開した時期であるが、文学活動の面では、文学意識や方法が多様化し、個人的な詩集や雑誌、あるいは同人誌が輩出する時期でもある。そしてそのなかで、「復帰運動」の進展にともなって、「沖縄」そのもののもつ意味を追求する動きも出てくる。沖縄タイムス社が「新沖縄文学」と題する雑誌を発行して文学活動に刺激を与えたのも、この時期である。(文献B)

文学意識や方法が多様化するにつれて、すぐれた詩人たちは「祖国復帰」という政治理念を拒否し、みずからの情念と感受性を弾機にして詩と思想の独創に向かっていった。しかし、そのことは、同時に戦後沖縄の詩と思想をリードしてきた「琉大文学」という〈中心〉が相対化されていく側面をもっていた。

第Ⅳ期とも言うべき「琉大文学」は六〇年代後半、田中真人や新城兵一《しんじょうたけかず》という詩の書き手たちによって光芒を放つが、この時期にはまだ清田政信の詩と思想の影響下にあって、独自の方法を模索している段階であった。

一方、「琉大文学」と直接には関係のない場所から勝連敏男、勝連繁雄の兄弟や宮城英定、仲地裕子が登場するようになってくる。この四人に対して、清田は「革命思想とその組織とは全く切れたところで、解体しつくした生活圏から言葉の仮構力をためしつつある」（文献A）と短いコメントを寄せている。そのなかでも、勝連敏男と仲地裕子がみずからの言語感性を意識的に自立させて、独自の表現領域を確立したことが注目される。

いま、六〇年代を大急ぎにふり返ってみると、清田政信の詩集『遠い朝・眼の歩み』に続いて、勝連敏男『羽のある祭り』『翼から弾機へ』、池宮治『骨の歌』、岡本定勝『彩られる声』、神谷毅『廃墟を越えて』などの詩集が刊行されている。

また、新城兵一の個人誌「橋」や、神谷毅を中心にした「ベロニカ」が創刊され、七〇年代まで持続されていく。一方「新沖縄文学」からは仲地裕子をはじめ、仲程昌徳、よしむら・ともさだ、名嘉座元司、山口恒治、水納あきらなどが登場している。

さらに、多和田辰雄が「射程」を創刊し、比嘉加津夫を中心とした沖大文学研究会が「発想」を創刊すると同時に、清田政信詩論集『流離と不可能性』（一九七〇）を発刊したことを特筆しておきたい。

五、詩と実存（一九七二〜一九八一年）

一九七二年「沖縄返還」をめぐる政治、社会情況の攻防は二度にわたる全島ゼネストやコザ反米暴動、波之上暴動などの勃発によって、再び、三たび〈情念の叛乱〉や〈詩と思想〉を模索していた詩人たちを激しく揺さぶり巻き込んでいった。一九七二年は文字通り戦後沖縄社会の〈世替り〉であり、大転換期であった。

沖縄の「日本復帰（併合）」以後十年間は〈政治の季節〉とその挫折、急激な〈日本本土一体化〉や系列化とそれへの反発、個人の実存とアイデンティティーの危機という過渡期の苦しみのなかで、詩表現も多極化、重層化し、アナーキー化していった。

それでも七〇年代は、まだ〈詩と思想〉というアクシス（機軸）は存在していた。とりわけ七〇年代前半は新川明、川満信一と清田政信が対極に位置しながら、後続する詩人たちに強烈な影響を与え続けていた。

七〇年代は詩集と同人誌や個人誌が全面開花したのが大きな特徴である。〈詩と思想〉をめぐる関心の的は、直接、間接に日本本土の文学動向の影響を受けて、言語、感性、生理、土着、実存などの表現化の方向へ大きく傾斜していったと言える。もはやこの時期、一人の詩人、ひとつの同人誌で沖縄の詩を代表させて語ることは不可能になったと思う。

しかし、基本的な傾向性はスケッチしなければならないだろう。まず、清田政信の詩と思想から多大な影響を受けながら出発し、なおそこからの自立化を進めた人々がいる。その代表が新城兵一であり、彼らは清田も含めて、比嘉加津夫、松原敏夫、神谷厚輝たちと「詩・批評」（一九七九）を創刊していく。

一方、同じような傾向をもった宮城英定、西銘《にしめ》郁和《いくかず》、幸喜《こうき》孤洋《こよう》が「原郷」（一九七九）同人を結成し、のちに照屋秀雄が加わっている。彼らは、同人誌活動に関わる一方、七〇年代の初期から、新城の「橋」、比嘉の「脈」、松原の「アザリア」、神谷の「心譜」、幸喜の「神経」などと個人誌を発行し続け、独自の表現領域を確立しようと試みた。

そこに共通しているのは、あくまでも〈詩と思想〉のアクシスを手放さずに、詩と批評において独創的な自己表現を創出するという志向だと言えよう。そして「詩・批評」や「原郷」の同人たちは

〈感受性〉と〈情念〉や〈実存〉の詩と思想化により重心を置いていたと言えるだろう。

それに対し、相対的に〈生理〉や〈土着〉、〈実存〉の方向に関心の重点を置いて詩と思想の表現を試みたのが、山口恒治、伊良波盛男、水納あきら、高良勉、翔珉などの「芃乱」（一九七二）同人であり、のちに山口、水納、高良は「ションガネー」（一九七七）同人を結成し、川満信一や仲地裕子が合流した。一方、伊良波は個人誌「南北」（一九七五）を発行している。

ところで、水納あきらや、勝連敏男、伊良波盛男、仲地裕子、そして同人誌「群島」（一九七一）から出発した宮城秀一などは、それぞれの活動の場は異なりながらもより〈言語〉と〈感受性〉の個性化に徹底した点で、独特の位相をもっと評価できるだろう。

さて、一九六〇年代までは「本土」在住の沖縄出身詩人として山之口貘の存在が大きかったが、七〇年代になると、詩集『みやらび』（一九七〇）でまとまった詩業を見せてくれた知念榮喜の存在がクローズアップされてくる。

みやらびよ　相思樹のいしだたみに未来をきざむな　浜木綿の七つの香りをはこび　夜明けの泉にはぢらひの緑の髪をかざすな　星のかがやかない盲ひたははには死線がみえる（中略）乾いた骨の岩棚をさすらひ　奪はれたかぎろひの日々を喚びもどすな　阿檀の森の雨に濡れ　海鳥の岬によろばふおどろのははは　優しいたましひを埋葬できない　みやらびよ（「優しいたましひを埋葬できない」）

知念榮喜の詩は〈みやらび〉〈相思樹〉〈浜木綿〉〈阿檀〉などという、沖縄の土着の言葉を使いながら、きびしく美しい抒情のなかに詩い、妖しく象徴性の高いイメージに結晶化させている。彼の故郷喪失感は懐古性に陥らず、近代の精神が欠落させているものを浮かび上がらせる普遍性にまで届いていると言えよう。知念は、長いあいだ「磁場」などで詩を発表していたが、直接、間接に沖縄の詩表現に影響を与えるようになったのは七〇年代に入ってからである。同様なことは、詩集『素描』(一九七二)で登場した八重洋一郎にも言える。

さらに、一九七二年の「沖縄返還(併合)」を前後して「本土」出身の書き手たちも沖縄に移住し、沖縄の詩状況と相互影響をおよぼすようになる。そのなかでも、もっとも早くから沖縄に住み、詩集『与那国幻歌』(一九七四)で俳句から詩へ表現領域を広げていった岸本マチ子の活躍が注目されている。また、「沖縄詩人会議」を組織して、同人誌「縄」を発刊している芝憲子や、さかんに詩の朗読会を試みる高橋渉二が積極的に沖縄の詩状況に異質な影響を持ち込もうと試みている。

これら「本土」出身の書き手たちが与えるインパクトの意義は、第一に日本語に対する言語感性がかなり洗練されているということと、仲程昌徳も指摘するように「沖縄をみるもうひとつの眼を、表現の場に加えた」(文献D)ということである。

仲程昌徳は、七〇年代で注目される詩人として〈勝連敏男、新城兵一、伊良波盛男、仲地裕子〉を挙げたあと、「その中でも、『復帰』の年一九七二年に『蛇の踊り子』をもってあらわれてきた伊良波盛男が、この十年間にあっては際立った活動をしたと言えるであろう」(同前)と評価している。しかし、その評価はまだ流動的でしかない。いずれにしても、今後七〇年代をふり返るときに、勝連、新城、伊良波、仲地のほかに、岸本マチ子、山口恒治、水納あきらをめぐる議論は避けて通ることはできないだろう。

なお、七〇年代には八重山の地で砂川哲雄を中心とした「薔薇薔薇」(一九七四)が創刊され、他方で泉見享や名護宏英、真久田正などが、独自のペースで詩表現活動を展開した。

六、詩と現在(一九八二年〜)

多極化、重層化を経た、現在の沖縄の詩状況の特徴はどうなっているか。それは、一言でいえば〈中心の喪失〉である。もはや、詩と批評の中心軸であった「詩と思想」についての議論は低調になり、〈批評の不在〉と呼ばれる状況が露呈している。やはり、清田政信の不在と、新城兵一の批評分野での沈黙の意味は大きく、相互批評の緊張感がうすれていっている。

八〇年代の前半に大きな影響を与えているのは、一九七八年に「琉球新報」創刊八五周年を記念して〈沖縄の文学振興をめざし、広い意味で山之口貘の文学精神を受け継ぐ新鮮ですぐれた詩作品を対象とした〉「山之口貘賞」の創設であろう。すでに十回目の受賞者を出した同賞に関する歴史的な評価は、まだ断定はできない。ただ、詩集刊行がさかんになったのは大きな意義があるだろう。その過程のなかから、与那覇幹夫や市原千佳子などの個性あふれる書き手が登場しているのは事実である。ただし、相互批評が不在の場合は〈評価〉の権威化につながる危険性も指摘しておかなければならない。

同人誌や個人誌を見ると、七〇年代ほどは活発でない。同人誌として持続的に発行されているのは比嘉加津夫、仲本瑩《あきら》たちの「脈」と、中里友豪、山川文太らの「EKE」である。それに「詩・批評」と、高江洲《たかえす》公平、幸喜《こうき》克子らの「LUFF」や「縄」などが加わる。そのなかでも、宮古島で「八重干瀬」(一九八二)が創刊されたことが注目される。また一カ年限定ながら、水納《みずな》あきら、うらいちらたちの「ＯＫＩＮＡＷＡ　一九八四」や、勝連敏男、仲本瑩らの「症候詩」が毎月発刊されたのも、新しい試みであった。

一方、個人誌の方は、高橋渉二の「インドラ」や嶋間森の「形影」、高良勉の「海流」などが、不定期ながら発行し続けられている。さらに、一九七〇年代から活発になり始めた、あしみね・えいいち選の「琉球詩壇」（琉球新報・土曜日朝刊）が続々と新鮮な書き手たちを登場させているのも無視することはできない。

現在の沖縄でも、情報の大量流入はすさまじく、日本「本土」から直接、間接、あるいは世界同時性的に、〈修辞の時代〉〈パラダイムの転換〉〈サブ・カルチャー時代〉〈新人類〉〈ポスト・モダニズム〉などの文化変容を表わすキーワードや思想が伝えられ語られている。そういう意味では世界全体が〈中心の喪失〉を迎えつつあるとも言える。

いまこそ逆に〈詩と思想〉の広がりと深まり、そして独創性が問われている時代はない。再び三たび「詩と情況」や「詩の自立」の問題が「表現者の批評精神と主体性」をかけて、複眼的に一人一人に問われていると言えよう。

（1）清田政信「沖縄戦後詩史」――「現代詩手帖」一九七二年九月号に掲載。これを〈文献Ａ〉と呼ぶ。

（2）岡本恵徳「沖縄の戦後の文学」――『現代沖縄の文学と思想』（沖縄タイムス社）に所収。〈文献Ｂ〉と呼ぶ。

（3）鹿野政直「『否《ノン》』の文学――『琉大文学』の航跡」『戦後沖縄の思想像』（朝日新聞社）に所収。〈文献Ｃ〉と呼ぶ。

（4）仲程昌徳「沖縄の文学――復帰後十年の詩状況」『沖縄文学論の方法』（新泉社）に所収。〈文献D〉と呼ぶ。
（5）岡本恵徳、仲程昌徳、関根賢司、玉城政美「奄美・沖縄における戦後の文学活動年表（第一稿）」・「琉大法文学部紀要」第二四号
（6）仲程昌徳『沖縄文学論の方法』に所収。
（7）あしみね・えいいち詩集『光の筏』所収。
（8）「琉球新報」一九五二年九月一日付。
（9）新川明・儀間比呂志詩画集『日本がみえる』所収。
（10）川満信一『川満信一詩集』一〇七頁。
（11）同前詩集「跋文」。
（12）ともに「琉大文学」一九五四年・第六号。
（13）拙論「二重の否定性」（「海流」創刊号）。
（14）『川満信一詩集』あとがき。
（15）『清田政信詩集』所収。

琉球現代詩の課題

一、琉球・沖縄文学か日本文学か

東北・日本の苦しみ、悲しみについて考え行動している。今年の三月に東北・関東が大震災と大津波、そして東京電力福島原発の事故という大災害に襲われ、いまだ死者の数、行方不明者の数、被災の全貌もわからない四月に、この原稿を書いている。恐怖と悲しみと怒りで、詩はまだ書けない。原発からの放射性物質ヨウ素は、沖縄の故郷にも降下した。

本誌（「詩と思想」）の特集号で、私が依頼されたテーマは「沖縄の詩についての総論を自由に」ということである。ただでさえ個性の強い詩人たちの作品について総論を書くとなると、どうしても実作者の私の「詩と思想」というプリズムで屈折させられた偏光を帯びざるをえない。

したがって、私は四〇年余、詩と批評を書いてきた自分が読み、格闘してきた琉球の詩が抱えている現代的課題について、まずは自己対話を試みてみようと思う。

琉球弧の長い歴史のなかで展開されている詩・文学は、「琉球・沖縄の文学」と表現されている。文学研究者は、主にその使用言語によって、琉球王国時代までの文学は「琉球文学」、明治の琉球亡国・置県後から現代までの文学を「沖縄文学」と分類している。

その琉球・沖縄文学は相対的に日本文学からは区別される。アイヌ文学や在日朝鮮人文学がそうであるように。したがって、琉球弧で詩・文学表現をする作者が、自己の出自やアイデンティティー、伝統文学等を意識する場合は、この琉球・沖縄文学と日本文学の区別と共通性の問題に直面せざるをえない。あるときは、君はどちらの側に立っているのか、と厳しく問われることがある。

詩人が、自己の出自を深く掘り下げ対象化して表現するならば、そこには当然のごとく歴史や伝統文化、共同体等の問題が待ち受けている。私はこれまで、琉球・沖縄文学の側に立ち、自分が「沖縄・琉球詩人」と呼ばれるのを受容してきた。琉球弧の詩人たちが、二者択一を迫られて一方的に固定化される必要はないが、n個の自己アイデンティティー中に琉球・沖縄文学の課題を組み込むことは重要だと思う。

二、琉球語か日本語か

言うまでもなく、詩人にとってどんな言語で書くのかは、第一の重要な問題である。詩・文学は、言葉を素材にし、言葉そのものを創造していくからだ。日本語のみで書くということは、自明の前提ではない。琉球弧の詩人たちにとって、言語の選択の問題はより切実な課題である。その問題は、日本語による教育が始まった琉球弧の近・現代史を貫き、現在でも未決着だと言ってよい。私（たち）は、伊波普猷、月城兄弟のオモロと琉歌の創作から、世礼国男、山之口貘を経て今日まで続く琉球語と日本語との格闘の過程にいる、と言っても過言ではない。

戦後になっても、自作のなかに「島くとぅば」と呼ばれる琉球語を積極的に取り込んで表現してきた詩人たちに、あしみね・えいいち、川満信一や、山口恒治、水納あきら、上原紀善、真久田正をはじめとする私たちがいる。山口、水納たちと私が、七七年に始めた同人誌の名前は「ションガネー」であった。その同人誌は、当時「土着主義だ」と批判・嘲笑された。

ところが、二〇〇六年三月に沖縄県議会が「毎年九月一八日を『しまくとぅばの日』とし、しまくとぅば（島言葉）への関心・理解を深め、普及促進を図る条例」を可決し、公布した。その後、自己の出自の「島言葉」（琉球語）で詩表現を試みる詩人たちが増えてきている。近年はむしろ、流行現象だと言ってもいいぐらいである。私は、増えること自体はいいことだと思っている。ただし、自己表現の問題としてどれだけ切実な必然性をもっているかどうか。

たとえば、「しまくとぅば」をどのように内面化していくか。私は、自分の母語として「琉球語」を独立した言語として扱い表現している。しかし、大部分の詩人たちは日本語のなかの一方言とし「方言詩」という考え方の枠内に止まっている。おまけに、さらに「宮古方言」とか「八重山方言」と自己卑下して表現しがちだ。

こういう事例もあった。私は、今年（二〇一一年）の一月に琉球弧のある詩人から「方言詩特集をしようと思っております。方言を自覚して、自覚的に方言詩を（持続的に）書いているひとに、方言詩を書いてもらい、さらにネット（メール）座談会でいろいろ発言してもらい」それを詩誌に掲載したいので参加して欲しいという主旨の「お願い」をメールでいただいた。だが、「私は、『方言詩』は書いていません。私の書いているのは『琉球語』で書いているのであって『方言詩』ではないと思っています。これからも『方言詩』は書かないと思います」という返信を出して参加しなかった。

私の座右の書に、二〇一〇年に出版された仲程昌徳『沖縄文学の諸相――戦後文学・方言詩・戯曲・琉歌・短歌』（ボーダーインク）がある。これは、仲程の沖縄文学研究の最新の成果をまとめた必読の書であり、私も「琉球新報」に書評を書いた。その第II章は、「方言詩の出発・開化」であり、「琉球方言詩の展開――あと一つの沖縄近・現代詩」と「方言詩の世界」という二論文が収録されている。

仲程は、「琉球方言詩の展開」（一九九六年）論文の結論で次のように述べている。「問題は、今後、琉球方言表現になる詩が、琉球方言の衰退があらわな中で、どれだけの普遍性を獲得していけるかにある。沖縄の近・現代詩のひとつの特異なかたちとしてある琉球方言になる詩が、単なる一地域の詩を越えるためには、リズムの問題を始め、伝統的な表現に内在する際だった特異性を、いかに発掘・再生させることができるかにかかっていよう。」（九六頁）

せめて「単なる一地域の詩を越えるため」、このレベルからなぜ琉球語の詩を書くのか、それは「琉球方言詩」に止まるのか、クレオール文学や多言語文学はどう評価するか等々という議論と創作を進めていきたいものである。私も、大部分の詩は日本語で書いている。だが、「なぜ琉球語ではなく日本語で書くのか」は何度も自己の内面で問い返している。私は、琉球語という母語の舌を切られて、日本語を強制的に溶接させられた舌で話し思考しているという実感から離れられないからだ。それは、在日朝鮮人の詩・文学者や、アイヌ文学の詩・文学者にも言えることだろう。また、クレオール文学の詩・文学者たちにも。

三、何のため、誰のため

去る三月二四日に、『失くした季節』で第四一回高見順賞を受賞したばかりの金時鐘《キム・シジョン》が初めて沖縄へ来た。金は、「済州四・三事件を考える沖縄集会」で「遅れた祈式」と題する特別講演を行なった。翌二五日に座間味村の阿嘉島へ渡り、戦跡巡見をしたあと、民宿の一室で川満信一、海勢頭豊と私の四人で座談会を開いた。藤原書店の藤原良雄社長が、取材を兼ねて司会・進行した。いずれ、なんらかの形で出版されるだろう。

金時鐘は、講演や座談を通じて「何のため、誰のため、誰に向かって」詩を書くのかと問うていた。詩を書き公表する表現者が、第一に問わなければならない厳しい問いである。彼は、何度も「私は日本の現代詩の圏外の者でありました。同じように日本の現代詩もまた、他者とは兼ね合うことのない優れて私（わたくし）的な詩でもあったのでした。」（「機」二二八号）という主旨の発言をくり返していた。日本の現代詩は、「あまりにも、詩人が詩人どおしに読ますための作品が多い」、「総じて観念的思念世界の言語操作です」とも批判していた。詩人たちにのみ通用する詩。詩人の幻想共同体のみに流通する詩。私の詩は、これらの批判に耐えられるだろうか。

沖縄の詩人たちは、戦後二七年間も占領米軍政府の植民地支配下で「日本の現代詩の圏外の者」であった。その時代、詩人たちは「詩と思想」の問題を熱く議論し創作してきた。現在は、どうなっているのか。

周知のように、昨年（二〇一〇年）一一月「現代詩手帖」は「詩的六〇年代はどこにあるのか　安保五〇年」という特集を組んだ。そこには、「北川透＋藤井貞和＋細見和之」の鼎談「いま詩的六〇年代を問うということ」も収録されている。そのなかで、藤井が「白石、富岡という二人の具体的な名前と、それから清田さんをはじめとする沖縄の詩人たち、政治状況のなかで書いていた人たち。この二つの視野は六〇年代詩の視野として忘れられてきたことじゃないかという感じがして、その読み返しを提唱してみたい」と発言しているが、北川は、ほとんどそれに応えていない。北川にとって金時鐘論や「沖縄詩人論」は、やはり「日本の現代詩の圏外」にあるのだろうか。

私（たち）は国内植民地・琉球の詩人として、多かれ少なかれ宗主国日本の現代詩の影響を受けざるをえない。そのときに、どのような「詩と思想」の影響を選択し、どのような詩人たちと交流し、誰に向かって書くのか。残念ながら、沖縄の多くの詩人たちの意識は、東京止まりでイメージしている狭い日本の、幻想の「中央詩壇」の影響へ向かいがちである。悪しき「中央―地方」の意識構造の再生産だ。私は、日本の詩歌をひとつの外国詩を読むような感覚を帯びながら読んできた。そして日本人の詩人のみならず、アイヌ民族や在日朝鮮民族の詩人・文学者との交流も重視してきた。

四、国際的交流のなかで

さて、再び仲程の『沖縄文学の諸相』を見ると、論文「位牌と遺骨」や『『Hawai Pacific Press』紙に掲載されたペルーの琉歌」等で琉球人の海外移民先であるハワイの小説やペルーでの琉歌を研究している。仲程は近年、旺盛に海外移民先での琉球人の文学活動を探究し、着々と成果を上げている。その論文を読むと、これらの作品群はもはや「日本文学のなかの沖縄文学」という枠を越えて、「世界文学のなかの琉球文学」と呼びたくなるような豊饒さをもっている。世界のウチナーンチュ（琉球人）の詩・文学は、移動・移民・流浪と『〈関係〉の詩学』（E・グリッサン）の思想とも比較・評価できるだろう。

一方、山里勝己琉球大学教授は、さらに積極的に沖縄の詩・文学を世界文学のなかに押し出そうとしている。すでに、ハワイ大学のフランク・スチュワート教授と共同で沖縄系米国人による文学アンソロジー『Voices from Okinawa』が編集・出版された。そしていま、再び両教授により沖縄文学の英訳版『Living Spirit: Literature and Resurgence in Okinawa』も編集が進行中で、今年の六月末までには出版されることになっている。その全体像はわからないが、近・現代詩では山之口貘から牧港篤三、川満信一、そして拙作までの詩や小説が英訳・収録されるという。

また、『群島―世界論』という文学・文化・思想論の大著で知られる今福龍太が、サウダージ・ブックスの「群島詩人の十字路」シリーズとして『アルフレッド・アルテアーガ＋高良勉　詩選』（二〇〇九年）と『マイケル・ハーネット＋川満信一　詩選』（二〇一〇年）を編集・出版した。そこでは、琉球の詩とアメリカ・チカーノ詩・文学やアイルランド詩・文学との比較・交流が展開されている。

ありがたいことに、沖縄の詩人たちが海外へ招へいされたり紹介されるときは、日本現代詩とは相対的に独立した一国・一地域なみに取り扱われることが多い。私の経験では、アジア諸国においてはとくにそうだ。そこから、独自の国際的交流のネットワークが拡がっている。私はこの間、韓国の高銀《コウン》や黄晳暎《ファン・ソギョン》、台湾の黄春明《ホアン・チュンミン》や陳映真、アメリカのG・スナイダー、在日朝鮮人の金時鐘や金石範《キム・ソクポム》、李恢成《イ・ホエソン》等々と深い交流を重ねることができた。その経過は、「けーし風」第七〇号の「アジア文学案内――文学者との交流」に書いてある。また、チカップ美恵子や萱野茂をはじめとするアイヌ民族の詩人・文学者とも交流を重ねてきた。それらは、評論集『魂振り――琉球文化・芸術論』（未來社、二〇一〇年）に記録してあるので参照していただきたい。

沖縄の詩人たちは、これから日本文学の枠内の一地方としての「沖縄文学」扱いに止まるかどうか。日本国内四七都道府県内のローカル「一県文学」の枠に収まるのかどうか。もし、沖縄文学が沖縄県内のみで展開される文学という狭い枠内に止まるならば、いまは鹿児島県内に併合されている奄美群島の進《すすむ》一男、藤井令一、島尾ミホをはじめとする詩・文学は疎外されてしまうであろう。まして、アメリカやブラジル、ペルー等の海外移民先での「シマンチュ（琉球人）」の詩・文学も。私は、国際的交流とネットワークの『〈関係〉の詩学』のなかで、「沖縄文学」よりは広い「琉球文学」の方向へ進みたいと思っている。

詩・文学・文化の源流——おもろ、琉歌の魅力

私の無意識層を〈うた〉が流れている。それが〈和歌〉とは違うと意識したのは、いつごろのことであったか。姉たちの背中におんぶされて聞いた幼年期の子守唄。あるいは神事のたびに唄える母たちの祈禱詞のリズムの彼方。

琉球弧の神謡やおもろ、琉歌の魅力は、それが現在も生活や祭りの場で生きて歌われているところに最大の重要性があると思っている。たとえば、久高島で十二年に一度の年廻りで行なわれた「イザイホー」の祭祀で謡われるおもろの一種「イザイホーのティルル」では

むむとぅまーる　　百年まで
てぃんとぅまーる　　千年まで
イヂャイホーヨー　　イヂャイホーよー
なんちゅほーよー　　ナンチュホーよー

と歌い継がれている。

さて、『おもろさうし』全二十二巻に収められた総数一五五四首のおもろの大部分は、現在もはや歌われなくなってしまった。なによりも一八七九（明治十二）年の「琉球処分」＝琉球亡国と、その後の近代化の過程における「ノロ制度」の崩壊が大きく影響していると思われる。（それでも、まだ歌える人は残っている。）

全二十二巻のなかでも、私の好きなおもろ群は巻十三に収められた「ヱトオモロ」のなかに多い。夜明けの太陽神を讃美した次のようなおもろは壮麗だ。

一　天《てに》に鳴響《とよ》む大主《ぬし》
明《あ》けもどろの花の
咲《さ》い渡《わた》り
あれを　見れよ
清《きよ》らやよ
又　地《ち》天《てに》鳴響《とよ》む大主
明けもどろの花の
［くり返し］

一　天に鳴響む太陽神
明けもどろの花が
咲き渡り
あれを　見ろよ
なんと美しいことか
又　地天鳴響む大主
明けもどろの花が

（十三巻八五一）

夜明け前の清々しい大気と雲と海を真紅に染めながらゆらゆらと昇ってくる太陽は、まさに「明けもどろの花」と比喩されるように美しく、神々しい。

一方、太陽神と同格に月や星は、次のように謡われている。

一　ゑけ　上《あ》がる三日月や　　一　おお　天空に上るあの三日月は
　　ゑけ　神《かみ》ぎや金真弓《かなまゆみ》　　　まるで　神のもつ立派な真弓だ
又　ゑけ　上《あ》がる赤星《あかぼし》や　　　おお　上がる明星は
又　ゑけ　神《かみ》ぎや金細矢《かなまゝき》　　　まるで　神の立派な矢だ
又　ゑけ　上《あ》がる群《ぼ》れ星《ぼし》や　　　おお　上がる群星は
又　ゑけ　神《かみ》が差《さ》し櫛《くし》　　　まるで　神の差してる櫛
又　ゑけ　上《あ》がる虹雲《のちくも》は　　　おお　上がる虹雲は
又　ゑけ　神《かみ》が愛《まな》きゝ帯《おび》　　　まるで　神の愛用の帯

（十巻五三四）

ここでは、航海の途中で見上げる空に上る三日月が、神の「金真弓」にたとえられ、赤星（宵の明星）が神の「金細矢」、群星は神の「差し櫛」、そしてたなびく横雲が神の「愛用の帯」に喩えられ讃美されている。

おもろ神謡の根底には「太陽・月・星」という宇宙の神々への祈りと讃歌が流れている。人々はそこから無限のエネルギーを「霊力《せじ》」として受容してきたのだ。

神謡としてのおもろより、八・八・八・六（三〇字）の音数律をもつ「琉歌」の方が、日常的に親しまれ、歌われ、創られている。しかも、それは現在でも〈島唄〉の歌詞として流行すると同時に、

「琉球舞踊」として振り付けられて踊られ、文字化されて歌集に記録されている。

けふのほこらしやや　なをにぎやなたてる　つぼでをる花の　露きやたごと

（評釈）今日の嬉しさ誇らしさは　何にたとえよう　まるでつぼみである花が　いま朝露を受けてパッと咲き開いたようだ

古典音楽の「かぎやで風《ふう》」節にのせて歌われ、座開きの舞として踊られているこの琉歌ほど「慶賀の歌」として親しまれているものはないだろう。

南は八重山群島から、北は奄美群島まで、琉球弧の島々に現在までいったい何首の琉歌があるのか誰も知らない。ましてや、南北アメリカ大陸、ハワイをはじめ、世界じゅうに海外移民や出稼ぎで行った琉球人によって歌われた琉歌の数を入れると。ある人は「星の数ほど　琉歌《うた》がある」と喩えるのだが。

おもろや琉歌、その無数の〈うた〉が私たちの体内を流れ、歌われ、踊られ、生きるエネルギーとなっているのはまちがいない。ハレの場でも、ケの日々でも継承されている歌謡群が私たちの詩や文学・文化の大きな源泉である。

参考文献
日本思想体系『おもろさうし』（岩波書店）
外間守善『おもろさうし』（岩波書店）
おもろ研究会『おもろさうし精華抄』（ひるぎ社）

外間守善他『南島歌謡大成』（角川書店）

全共闘と沖縄の文学

一、私にとっての全共闘

あれから四〇年余が過ぎた。もう、記憶もアイマイになっている部分もある。しかし、あの運動で問われた思想的課題や諸問題は、私のなかでまだ終わっていない。現在でも、それらとの格闘と実践の渦中にある。

私にとって、全共闘運動とは何であったか。一言で言えば、それは大学時代の私が存在の大部分をかけて、可能なかぎり「全世界を獲得するため」の革命運動であった。その中心課題は「七〇年安保、沖縄、学園」闘争と呼ばれていた。また、思想的には「自己否定の論理」「大学解体と変革」「知性の反乱と自主講座」「出入国管理体制粉砕と在日朝鮮人・中国人問題」「被差別部落解放」「アイヌ民族解放」「女性、障害者等への差別反対」「三里塚闘争と農民問題」「水俣病と反公害闘争」「ベトナム反戦と国際主義」「国家と民族・植民地問題と革命」等々であった。どれひとつとっても、沖縄出身学生の私と、切実に関係のあることばかりであった。

私は、一九六八年に当時外国であったオキナワから「国費留学生」としてパスポートを持って静岡大学へ入学した。静岡大学全学闘争委員会（全闘委）が、大学移転問題、法経短期大学部廃止問題を中心に結成されたのが、六八年の暮れごろだったと思う。しかし、私はその年の「一〇・二一国際反戦デー」のデモまでは、日共・民青が執行部の教養部自治会の集会に参加していた。

だが、私は学生自治会の集会・デモに参加して失望した。執行部の「沖縄即時無条件返還運動」には、強い違和感があった。沖縄を、どこへ返還するのだ。彼らは、国際反戦デーに「ジグザグデモをやり抜いたから勝利した」などと主張していた。私（たち）にとって、沖縄ではジグザグデモは当たり前であり、フランスデモや軍用道路一号線への座り込み・封鎖（六五年・佐藤首相来沖抗議）闘争等は経験ずみであった。身体を張った、命がけの沖縄連帯の闘いが欲しかった。

しかし、留学生の私は慎重だった。学園闘争に関しては、ノンセクト・ラジカルの学友たちと「おたまじゃくしの会」を作って民青系と全闘委との中間ぐらいの運動をやっていた。主力は、沖縄出身学生連合（沖学連）の分裂から、沖縄闘争学生委員会（沖闘委）の結成準備に参加していた。当時、二〇名ぐらいいた沖縄出身留学生のうち、全闘委のバリケード封鎖に参加するようになったのは、私が一番遅かった。

転機は、二年生の夏休みであった。私は、沖闘委結成へ向けての東京外国語大学学生寮での合宿に参加し、出入国管理体制反対、渡航制限撤廃闘争に立ち上がった。そして六九年八月の那覇から東京へ戻るとき、晴海ふ頭の「ひめゆり丸」船上でパスポートを焼き、強行上陸して逮捕された。月島署に留置され、完全黙秘闘争を貫徹した十一日間が、私の人生を大きく変えた。もはや、日本社会や日本復帰へはなんの幻想も期待もなくなった。

拘留期限が切れ、不起訴処分で釈放された九月、シャバでは全国全共闘が結成されていた。それからは、全共闘運動と沖闘委の運動を両軸にしながら「七〇年安保、沖縄、学園」闘争に全力投球して一九七二年の日本復帰を迎えた。その過程で、在日沖縄青年の運動は沖闘委から沖縄青年闘争委員会（沖青委）→沖縄青年同盟（沖青同）→沖縄解放同盟（沖解同）と分裂していった。

二、自己否定と知性の反乱

全共闘運動のなかで、もっとも衝撃を受け現在も格闘している思想が「自己否定の論理」と「知性の反乱」の問題である。それらを思索する過程で集中的に読んできたのが、魯迅やサルトル、ゲバラ、フランツ・ファノン、高橋和巳、黒田喜夫、吉本隆明、谷川雁、埴谷雄高、島尾敏雄等々の著書であった。もちろん、マルクス、エンゲルス、レーニンは言うまでもない。

私は、自分なりに「自己否定の論理」「日常性の否定」の思想を潜り抜けてきた。それが、正しかったかどうかはいまもって定かではない。まず、「自己否定」とは大学入学まで目標にし心身に染み付いている「上昇志向」「優等生意識」「エリート意識」との闘いであった。大学生としての「特権意識」を否定し、人民のなかへ、民衆のなかへ、沖縄の兄弟姉妹のなかへ、原点へ回帰する思想闘争であった。「個性と共同性・社会性」の問題を考えていた。二年間大学を休学し沖縄で働き、八年間かけて大学を続け「卒業」するかどうかで悩んだ。

全世界的な規模で起こった、学生反乱、知性の反乱、全共闘運動は、「帝国主義大学解体」論争を行ないつつ、バリケードの中で「自主講座運動」を展開した。静岡大学では、「朝鮮語自主講座」と「科学技術論自主講座」、「美術・漫画論自主講座」を中心に組織した。私は、理学部闘争委員会（理闘委）にも参加し、武谷三男、広重徹の著書の学習会を重ねていった。

一方で、私たちの「知性の反乱」は一部の新左翼から「ハミダシ運動」と批判されたが、「対抗文化運動」をやっていたヒッピーやフーテン、市民社会からのドロップアウト組との接触も始まっていた。オルタナティブなコンミューン運動との交流の始まりであった。

マルクスの思想は、私に「すべてを疑え」と教えた。廣松渉の紹介する『ドイツ・イデオロギー』や『マルクス主義の地平』から、初期マルクスの思想の核心を学んだ。マルクスは「あらゆるイデオロギーを止揚せよ。私は、あらゆるイデオロギーを否定する。私は、マルクス主義者が嫌いだ」と訴えていた。

三、休学中の沖縄で

私は、一九七二年に大学を休学して沖縄へ帰った。「七二年沖縄返還」という戦後沖縄の歴史的大転換・「世替わり」を、現地で沖縄の人民大衆とともに闘いながら迎えたかった。私は、全軍労闘争を中心とする労働運動、松永優裁判を支援する市民運動、金武湾を守る会の反ＣＴＳ住民運動に参加していった。

その過程で、私は詩人の山口恒治、水納あきら、伊良波盛男と知り合い同人誌「芃乱」や「琉球新報」の「琉球詩壇」へ詩を投稿するようになった。また、新川明、川満信一、岡本恵徳と出会い、彼らの提唱する「反復帰論」の思想に共鳴するようになった。さらに、彼らの紹介で、奄美大島から沖縄へ来る島尾敏雄とも直接会って交流するようになった。

この休学期間に、私は「琉球詩壇」で新人詩人として認められるようになったし、「反復帰論」や「ヤポネシアと琉球弧」の思想を深めて実践する基礎ができたと思っている。とりわけ、山口、水納、新川、川満、岡本、島尾からは、詩・文学の創作と思想について教えていただいた。

四、全共闘と沖縄の文学

いま、私の目の前には奄美大島の進一男と私が責任編集し「解説」を書いた『沖縄文学全集　第二巻　詩II』（国書刊行会、一九九一年）がある。この全集には「沖縄篇」に四一名、「奄美篇」に二一名の詩人たちの代表的な詩篇が収録されている。

そのなかで、私と同世代の詩人たちは松原敏夫、宮城秀一、神谷厚輝、高橋渉二、大城貞俊、幸喜孤洋、真久田正、翔珉、有光恒、矢口哲男である。そして全共闘運動に直接関わったり、影響を受けたのは松原、神谷、大城、幸喜、真久田、翔珉、有光、私であろう。当時、琉球大学生だった神谷厚輝は次のように詩っている。

生きやすかった昭和よ
男の死にざまだった昭和よ
ああ昭和、至誠の讃歌
けど、いま老いぼれている昭和
敗亡待ちわびる昭和よ

（「昭和」）

また、一九七一年の「沖縄返還協定批准国会」における「爆竹闘争」で逮捕された真久田は

確か、僕らは予言した筈だ
ニライの海に国はいらない
だから、僕らは浜辺に反旗をひるがえして
歩いてきたではなかったか

（「党」）

と詩っていた。そのころの私の詩は

閉じない環礁の
潮路から
ニライ・カナイの神が
渡り来るのを信じている
そんな村に
革命を信じた息子は
訣別した

（「老樹騒乱」）

となっている。それぞれ、時代と自己に真剣に向き合い格闘していた。
小説家の方では、又吉栄喜、中原晋、大城貞俊、仲若直子等が同世代である。又吉と中原、そして私は二〇代後半に琉球大学の米須興文研究室で月一回の文学研究会をやったことがある。私（たち）は、W・B・イエイツの世界的な研究者である米須先生を敬愛していた。夕方になると、先生の恩師である大城立裕氏の自宅へ行き、夕食やお酒をごちそうになりながら文学談議を楽しんだものだ。そのなかでは、「神話批評」「ユング心理学」「文化人類学」「構造主義」等の議論が飛び交っていた。私は、その勉強会をかってに「琉球・アイルランド文学研究会」と呼んでいた。しかし、又吉と中原は全共闘運動には距離を置いていたのではなかっただろうか。

沖縄の文学で、全共闘世代の成果が大きく顕現しているのは、評論の分野である。映像批評家として活躍している仲里効や、文芸批評家の比屋根薫は直接運動に参加した方だ。彼らの批評は、沖縄の芸術・思想にラジカルな影響を与えつつある。それにしても、もっとも鋭い思想家・批評家であった友利雅人の早逝が悔やまれる。

仲里効は、映像批評を中心にした評論集『オキナワ、イメージの縁（エッジ）』（未來社、二〇〇七年）で「反復帰論」を継承しながら、戦後沖縄の文化・思想を総括して高く評価された。彼はまた、沖縄では初めての本格的な写真・写真家論を『フォトネシア――眼の回帰線・沖縄』（未來社、二〇〇九年）にまとめて上梓している。

私は、仲里らと「没後一〇周年、比嘉康雄展」の実行委員会に参加しながらシンポジウムを開催し、来年（二〇一〇年）の「本展」を準備している。また、琉球語の復権・普及をめざす「しまくとぅば（島言葉）プロジェクト」でも、ともにシンポジウムを展開している。さらに、「薩摩の琉球支配四〇〇年琉球処分一三〇年を問う会」の連続シンポジウムもともに担い、思想・文化運動について熱い議論を交わしている。

一方私は、詩人・小説家の真久田正らと「二一世紀同人会」を組織し、琉球弧の自立・独立論争誌「うるまネシア」を発刊している。二〇〇〇年に創刊したこの思想同人誌も、幸い執筆者、読者を拡大しながら第一〇号まで刊行されている。これだけ、息の長い琉球独立論争誌が発刊されるのは沖縄の歴史で初めてのことであろう。

また、真久田とおおしろ建を中心に、私たちは同人詩誌「KANA」も出版している。この同人誌には、今福龍太や鎌田東二らも投稿し、第一七号まで発刊され評価されている。

五、全共闘運動で影響を受けた詩人・文学者

前述したように、私が、全共闘運動のなかでもっとも影響を受けた詩人・文学者は、中国の魯迅、日本の黒田喜夫、高橋和巳、谷川雁、吉本隆明、沖縄の川満信一、山口恒治、水納あきら等であった。魯迅も、中国から東北大学へ入学した留学生であった。医学部へ進学した魯迅だが、大学を中退して文学へ転身した。彼は、中国人の肉体的病気を治すより「精神を革命することが大事だ」と考え小説と評論の創作へ向かった。そして中国の青年たちの革命運動と伴走し、支援し続けた。私は、大学がバリケード封鎖されたときいっさいの授業に出ないで『魯迅選集』(岩波書店、一九五六年)全一三巻を一年かけて読み通したことがある。

黒田喜夫は、武装共産党時代の農民運動と労働運動を経てきた詩人・評論家であった。私は、黒田の『詩と反詩』(勁草書房、一九六八年)を何度読み返したかわからない。黒田の詩「空想のゲリラ」、「ハンガリアの笑い」、「毒虫飼育」等は暗誦するほど読んだ。

彼は、なぜ詩を書くのか、「詩は飢えた子供に何ができるか」、「戦後主体とレジスタンス」とは何

か等を問うていた。黒田の故郷・山形県での農民闘争を経てつかんだ日本プロレタリアートの基層にある「あんにゃ」像の思想は、深沢七郎の『東北の神武たち』と同様、私に日本社会の深層と革命の根本的な課題を突きつけていた。

それはまた、谷川雁や森崎和江等の北九州の炭鉱夫や水俣の農漁民と同様の「原点の思想」を示唆していた。黒田は、「南島歌謡（宮古島の神歌、叙事歌その他）の肉体とアイヌ歌謡（カムイユカルその他）などの肉体をもって、列島中心部（大和）の歌謡・古代詩の肉体を照らしだそうとする」（『人はなぜ詩に囚われるか』）作業を続けていた。

そして黒田の詩と思想でくり返し問われているのは「個性と共同性」、「個人と社会」の関係の革命であった。私は、黒田の詩論の核心と思う「インジヴィジュアルと共振」の思想に励まされて詩と批評を書き続けてきた。幸い、私が一九七九年に第一詩集『夢の起源』（オリジナル企画）を謹呈したとき、すぐに丁寧な激励のお葉書をいただき、直接話を聞き指導を受ける機会を得るようになった。東京へ行くたびに清瀬市の自宅を訪ね、病弱のためソファーにもたれかかったままの黒田から、詩と思想の貴重なお話をうかがった。

文学者と知識人の思想と倫理について教えられたのは、高橋和巳からだ。私は、高橋のエッセイ集『孤立無援の思想』（河出書房、一九六六年）や『孤立の憂愁の中で』（同、六九年）等を読み、小説『憂鬱なる党派』（同、六五年）、『悲の器』（新潮文庫、六七年）、『邪宗門』（同、七一年）等をポケットに入れて、バリケードの中へ入って行った。

高橋は、京大闘争と七〇年安保の年に、京都大学助教授を辞職し、みずから「我が解体」と「自己否定の論理」を実践して示してくれた。私は、『邪宗門』を読んで、プロレタリア文学を超える文学の可能性を学ぶことができた。

また、「知性の反乱」とは何かのイメージを摑むことができた。そのころの知性の反乱とは、一言で言うと、「専門バカの解体」であった。既存の学問や思想のパラダイムに、まず「ノン」と言うことであった。文学部とか理学部の体制や体系の違いを横断することを目指していた。それらの点でも、「大知識人でありすぎる」（宗左近・『悲の器』解説）と評価されていた高橋和巳の全共闘運動への共感と参入の姿は、私（たち）の精神の大きな支えであった。

六、革命未だ成らず

私は、一九七六年に八年かかって大学を卒業し、留学生活を終え、谷川雁の詩「東京へ行くな ふるさとを創れ」や魯迅の「故郷」を胸に込めて沖縄へ帰還した。そして「反復帰論」者の新川明、川満信一、岡本恵徳らと再会した。

また、川満信一、山口恒治、水納あきら、仲地裕子らと同人詩誌「ションガネー」を発刊することができた。その過程で私は、川満信一の『自立と共生の思想』（海風社、一九八七年）を手にし、反国家、反権力、琉球弧の自治・自立・独立の思想を鍛えてもらった。

七二年の沖縄返還＝日本復帰が進むと、日本の既成政党や新左翼諸党派、左翼知識人たちは「沖縄闘争」から後退していった。そしていつの間にか、「安保反対闘争」も下火になっている。大学や知識人のあいだでは、全共闘運動に敵対したり、そこから逃亡した連中が教官になったり、日本のオピニオンリーダーを気取った教育や言説を垂れ流している。

一方、沖縄では日米両政府による軍事植民地化が進むとともに、自民党から共産党、新左翼諸党派、労働組合、民主団体、文化団体、短歌結社、俳句結社等々、あらゆる組織や個人が日本系列化、日本同化、日本の一支部へと再編される嵐が吹き荒れた。

だが、私（たち）には、挫折や転向をする余裕もなかった。目の前の矛盾と格闘し、それを表現していくことで精一杯である。沖縄では、一日たりとも米軍基地問題、自然環境破壊問題、米兵による事件・事故と人権破壊問題、日本資本の巨大開発と自治破壊の諸問題から自由になり、文学創造だけを考えられるような日々はない。

今年は、薩摩藩による琉球侵略から四〇〇年、明治政府・大日本帝国による琉球処分から一三〇年の節目の年である。琉球弧では、奄美群島から、宮古群島、八重山群島まで、この節目の歴史と文化をめぐるシンポジウムや論議が交わされている。しかし、この歴史体験が日本本土の国民にとって注目され、共通の論議がなされているとは思われない。琉球弧の歴史と文化は、日本中央の人々の大多数にとっては、依然として遠い外国のできごとであろう。

私（たち）は、台湾へ行くといたるところで中国革命の父・孫文の有名な「革命未だ成らず」のスローガンに出会った。私は、この言葉が好きで心に染めている。「全共闘運動未だ成らず」という思いでいっぱいである。

沖縄の詩集

くり返し、李白と杜甫の詩集を読んでいる。二人とも、中国の唐代に活躍した詩人だから、約千二百年余も前の八世紀に書かれた作品だ。名詩は、これだけ長い生命力と普遍性をもち、時空を越えて生き生きと感動を与えてくれる。

沖縄の近・現代詩の歴史も百年近く経ち、ぜひ読んでおきたい詩集はたくさんある。その筆頭に『山之口貘詩集』を挙げておこう。貘は、口語会話体の表現を徹底し、貧乏を笑い飛ばすユーモアと批判精神の詩が評価され、日本を代表する詩人の一人となっている。「日本文学全集」の詩の巻には、貘の作品が数多く掲載されている。

沖縄出身の詩人で、初めて「詩壇の芥川賞と呼ばれているH氏賞」を受賞したのは知念榮喜だ。その受賞詩集が『みやらび』である。知念の「おもろ」を連想させるような音楽性とリズム感あふれる詩、強烈な望郷の表現は、今後とも大きな問題を提起し続けるだろう。

戦後沖縄の詩は、牧港篤三たちが切り拓いてきたと言っていい。全詩集『無償の時代』の詩篇は、宜野座村の捕虜収容所で書き始められている。牧港の沖縄戦と戦後体験から生まれた数々の作品は貴重だ。

あしみね・えいいちは、牧港とともに沖縄戦後詩の良き指導者であった。長いあいだ、「琉球詩壇」や「山之口貘賞」の選者として、的確な選評で後進の詩人たちに影響を与えた。詩集『光の筏』には、あしみね節の詩語表現とオノマトペ、ひょうひょうとした味わいの作品が収録されている。

戦後文学に、詩と思想の問題を提起したのは新川明だ。その作品は「ノン（否）の文学」として高く評価されている。詩画集『日本が見える』には、新川の激しい抵抗と否定の批評精神が表現されている。詩「みなし児の歌」は、米軍政府から「発禁処分」を受けた記念碑的作品だ。

詩と思想への格闘を、もっともラジカルに徹底し、持続させているのが川満信一である。川満の飢えと渇きの深さ、普遍的思想への試行、故郷への愛憎あふれる詩篇は、『川満信一詩集』に収録されている。その作品の根底には、宮古島の「ニーリ」や「アヤゴ」の表現やリズムが渦巻いている。

清田政信は、私が出会った天才詩人の一人であった。戦後沖縄の詩は、清田によって厳しく問い続けられている。『清田政信詩集』には、詩思想の鋭敏さ、高度で清澄な比喩力、痛ましいほどの自己切開に満ちた詩篇があふれている。沖縄の詩集で、清田政信の詩を外しては議論ができない。

川満、清田の世代と私（たち）をつなぐ詩人の一人に勝連敏男がいた。勝連は、柔軟な思想で自己対話を徹底し、抒情性豊かな詩篇を残した。『勝連敏男詩集』では、彼の詩質の特徴と良さを読み取ることができる。

戦後の沖縄で、村落共同体や市民社会から意識的にドロップアウトした詩人が山口恒治であった。どんなに貧乏でも詩を手放さず、詩表現中心に生きたという意味で、恒治は山之口貘精神の後継者であった。彼の、無政府へのあこがれ、漢語を多用した独在の詩語、やさしさが表現された詩集として『真珠出海』を上げておこう。

清田と並んで、沖縄の詩に感性と比喩力の重要性を持ち込んだのは水納あきらだ。『水納あきら全詩集』の中の『イメージで無題』というタイトルの詩集は、水納特有の感受性のなかからしか生まれなかった。

沖縄の女性詩人についても多く述べたかったが、ここでは仲地裕子を挙げるしか余裕がない。仲地の『カルサイトの筏の上に』は、女性独特の感受性、豊穣でエロス感あふれるイメージ表現の詩篇がいっぱい詰まっている。

まだまだ、取り上げたい詩人と詩集が多数ある。しかし、編集部からの依頼は「ベスト10」に制限され、紙幅も尽きた。先輩詩人諸姉兄、読者よ、ご寛恕あれ。もっと詩を。

沖縄の詩集（一一冊）

山之口貘『山之口貘詩集』（思潮社、一九八八年）

知念榮喜『みやらび』（仮面社、一九七〇年）

牧港篤三　全詩集『無償の時代』（共同印刷出版社、一九七一年）

あしみね・えいいち『光の筏』（オリジナル企画、一九八四年）

新川明　詩画集『日本が見える』（画・儀間比呂志、築地書館、一九八三年）

川満信一『川満信一詩集』（オリジナル企画、一九七七年）

清田政信『清田政信詩集』（永井出版企画、一九七五年）

勝連敏男『勝連敏男詩集』（行路出版、一九七九年）

山口恒治『真珠出海』（榕樹書林、二〇〇〇年）

水納あきら　『水納あきら全詩集』（海風社、一九九一年）

仲地裕子　『カルサイトの筏の上に』（オリジナル企画、一九七八年）

II　琉球弧の詩人・作家論

❀詩人論

地球詩人の一〇〇年——山之口貘生誕一〇〇年

山之口貘という詩人を知っていますか。今年（二〇〇三年）は、沖縄が生んだ日本を代表する詩人・山之口貘の生誕一〇〇年目である。沖縄ではすでに「琉球新報」や「沖縄タイムス」の紙面特集をはじめ、さまざまな記念行事が始まっている。

その主なものだけを書いてみると、四月二十七日にはＮＨＫを中心にした「山之口貘生誕一〇〇年記念／歌と踊りのつどい」公開録画があった。このつどいでは貘さんの詩十九篇が作曲され、上演された。また、八月二日には沖縄タイムス社の主催で「貘のおくりもの」という講演と詩の朗読会が開かれた。さらに、八月三十日から那覇市中央公民館で「貘さんの世界」という三回連続の市民講座が開講している。

そして貘さんの誕生日である九月十一日には、沖縄と東京で記念行事が予定されている。その一環として、日本社会文学会の二〇〇三年秋季大会が沖縄で開催され、十一日は「山之口貘と現代」というテーマでシンポジウムが予定されている。また、那覇市与儀公園にある貘さんの詩碑「座蒲団」の前では、琉球新報社と山之口貘記念会が中心になって「詩朗読会」が開催され、二十人余の山之口貘賞受賞詩人たちが貘さんの詩と自作詩を朗読することになっている。

山之口貘は、生前「バクさん」と親しまれ「民衆派詩人」「放浪詩人」「貧乏詩人」「風刺詩人」「ユーモア詩人」と呼ばれていた。また、死後は「精神貴族」「地球詩人」「宇宙詩人」と評価されている。「精神貴族」と呼んだのは茨木のり子で「地球詩人」とは高良留美子の評価である。

周知のように、金子光晴は貘の第一詩集『思辨の苑』の序文で「日本のほんとうの詩は／山之口君のやうな人達からはじまる」と予言した。その予言のとおり、山之口貘の詩はいまやフランス語、英語、韓国語などに翻訳され研究されている。また、詩「天」「ミミコの独立」「弾を浴びた島」などは小中高の国語教科書に採録され愛読されている。

私は、高校一年生（一九六五年）のときに初めて貘さんの詩を読んだ。山之口貘詩集『鮪に鰯』（原書房）の

鮪の刺身が食いたくなったと
人間みたいなことを女房が言った
（「鮪に鰯」）

という詩行が強く印象に残っている。それ以来四〇年近く、貘さんの作品を読み続けてきた。そして、私は一九九七年に貘文学の魅力と評価を『僕は文明をかなしんだ——沖縄詩人　山之口貘の世界』（彌生書房）という評伝にまとめて出版した。

そこで論じた貘の詩表現と思想の評価の要点は、次の四点である。まず第一に「平易な日本語によ

る会話体を中心にした口語自由詩」という表現スタイルを初めて確立したこと。貘の詩は、やさしい言葉で深い思想を表現している。

第二に、独特のリズムによる表現で〈七・五調〉や〈短歌的抒情〉から自由で乾いた、クールな表現を確立したこと。これは、貘さんの好きな琉球の歌謡の基本的リズムが〈八・六調〉であることも影響しているだろう。第三に「どもる思想」「複眼の思想」と言える独特の思想で、徹底して人間や文明を客観化して風刺し批判したこと。しかも、ユーモアを混ぜて。そして第四に、どんな貧乏や逆境にも屈することなく、詩の自立と詩人としての誇りと倫理を追究し続けたこと。

その詩表現と思想のいずれも、貘が沖縄出身者であるという資質と切り離すことはできない。貘さんの本名は山口重三郎で、一九〇三年（明治三六）九月十一日に沖縄県那覇市で生まれている。戦前の県立一中を中退したあと、画家になることを目指して一九二五年に再度上京し、放浪生活をしながら詩を発表し続けた。貧乏ゆえに、簡単に沖縄に帰ることもできず、戦後の一九五八年になってやっと三四年ぶりに帰郷したのである。第二回高村光太郎賞も受賞して、文字通り故郷に錦を飾っての帰郷であった。しかし、一九六三年胃ガンで逝去。享年五九歳であった。

貘さんの風刺とユーモアの効いた文明批評の詩は、今日になっていよいよ重要性を増している。

こんな景色のなかに
神のバトンが落ちてゐる
血に染まつた地球が落ちてゐる。

（「喪のある景色」）

多発テロ攻撃があった日と重なっている。

と貘は詩った。まるで、今日の世界情勢を予言するかのように。奇しくも、彼の誕生日は米国で同時多発テロ攻撃があった日と重なっている。

貧乏をも笑い飛ばす精神貴族の詩は、物質的な豊かさ中心主義で行き詰まり、疲労感と閉塞感の漂う現代にあって、現実に屈服しない明るい勇気を与えてくれる。貘の厳しい推敲から生まれた平易な表現の詩は、多くの現代詩が生活実感からかけ離れた感性で難解な観念語を多用して書かれているなかで、読者に大きく開かれている。それらのことが、若者たちの感性に受け入れられ、愛読され研究されるようになっているのだ。

参考文献
山之口貘『山之口貘詩集』（思潮社）
山之口貘『山之口貘詩文集』（講談社文芸文庫）
山之口泉『父・山之口貘』（思潮社）
高良勉『僕は文明をかなしんだ』（彌生書房）

日本の本当の詩は……——山之口貘生誕一一〇年祭記念

一匹の詩人が紙の上にゐて
群れ飛ぶ日の丸を見上げては
だだ
だだ　と叫んでいる

（「紙の上」）

今年（二〇一三）は山之口貘の生誕一一〇年、没後五〇年の記念の年である。貘の郷里・沖縄では、九月一一日の誕生日を挟んでその前後にさまざまな記念行事が執り行なわれた。私（たち）は、貘の生誕一〇〇年記念祭のときも、さまざまな記念事業に取り組んだ。

そして生誕一一〇年祭も規模は小さいものの、内容の充実した有意義な事業が展開されている。まず、琉球新報社は、創刊一二〇年記念企画として連載記事「神のバトンは継がれたか」を掲載すると同時に九月七日は「貘さん、ありがとう」を会社をあげて開催した。会場の琉球新報ホールには、約四五〇名以上が参加し満杯であった。

そのイベントの「座談会　山之口貘はいま」では、娘の山之口泉さんを東京から招いてトークイベントが行なわれた。次に「詩人が読む貘～世代を越えて」の部では、小学生や高校生の朗読から始まった。私が最年長朗読者で、貘の「弾を浴びた島」と自作詩「老樹騒乱」を沖縄語ヴァージョンで朗読した。さらに、記念コンサート「貘の世界に浸る」では、佐渡山豊の弾き語りや、コント等がくり広げられた。

一方、「沖縄タイムス」紙では九月五日から「貘生誕一一〇年」の記事やエッセイが連載された。泉さんへのインタビューや、私のエッセイ「研究深まった一〇年間」も掲載された。

民間では、宜野湾市嘉数の「琉球館」が九月七日から一三日まで「山之口貘生誕一一〇年祭」をくり広げた。約一週間も「貘さん関連の資料や写真の展示」が行なわれ、ブックレット『山之口貘　詩と語り』も出版された。また、八日には泉さんを囲んだ懇談会や「詩の夕べ」の朗読会が開かれた。この朗読会では、泉さんをはじめ私たち「ＫＡＮＡ」同人や『一九九九』同人が自分の好きな貘詩や自作詩を朗読した。ちなみに『一九九九』同人の平均年齢は二〇代であろう。一〇日になると、佐渡山豊さんと泉さんによる「歌と詩とトークのライブ」が行なわれた。佐渡山は、貘の詩「紙の上」や「ねずみ」等を作曲して歌っており、すばらしい迫力であった。

私は、以上のイベントのほとんどに、企画、相談、展開と関わってきたが、私（たち）とは別に、那覇市の映画館「桜坂劇場」一階の「ふくら舎」では、八月一七日から九月一三日の期間に生誕一一〇年記念の「山之口貘特集」が行なわれ、貘の作品と「彼に影響を受けた作家やアーティストの作品を集めて」紹介していた。それらのなかには貘さんの顔写真をプリントしたＴシャツもあり、私も気に入って購入した。

ところで、全国的に「貘生誕一一〇年」はどのように取り組まれているのだろうか。その全体像は摑みにくいが、「毎日小学生新聞」第七三号（九月七日）が「僕は人間でありたい――沖縄を愛し続けた詩人　山之口貘」と紹介していることが嬉しいと同時に、強く印象に残っている。

さて、生誕一一〇年、没後五〇年を記念して、思潮社から三八年ぶりに新編『山之口貘全集』全四巻の刊行が始まった。私もさっそく、第一巻・詩篇を購入して読んだ。いや、読むというよりも、愛玩動物に接するように、手に取ったり、眺めたり、読み返したりしている。

新編全集第一巻の特徴は、旧版全集に収録されていた詩篇の初出が、可能なかぎり明らかになったことである。これは、「解題」を書いた松下博文・筑紫女学園大学教授の調査・研究の大きな成果である。

また、この第一巻詩篇には旧版全集後に発見された「既成詩集未収録詩篇」も多く収録されている。その数は八六編にもなり、詩集三冊分以上の数だ。この新収録詩篇群と初出一覧を読むと、山之口貘詩・文学への理解がさらに深まり、研究が大きく前進することが期待できる。

その主要な点を挙げてみると、第一に私（たち）は新編第一巻によって貘詩の全貌をほぼ読み押さえることができる。貘詩の全体の骨格は、この第一巻で確認できたと言ってよい。第二に、旧版全集の詩と未収録詩篇を初出一覧を媒介に比較し、時系列に並べることによって、作品成立の過程やその時期、テーマの変遷等を知ることができる。

第三に、この新編全集全四巻が刊行されることによって、私（たち）は貘の詩・詩人論をよりたしかな資料に基づき、安心して展開できるようになる。私は評伝『僕は文明をかなしんだ――沖縄詩人山之口貘の世界』（彌生書房、一九九七年）を出版したが、あの時点では「未収録詩篇」八六篇は見ることさえできなかったのである。

言うまでもなく、生誕一一〇年・没後五〇年とはいえ、三八年ぶりに全集の新編版が刊行されることは、そうざらにはないだろう。それだけ、貘の詩・文学の普遍性が認識され愛読者や研究者が増え拡がっているということだろう。

周知のように、詩友・金子光晴は貘の第一詩集『思辨の苑』に寄せた序文のタイトルに「日本のほんとうの詩は山之口君のやうな人達からはじまる」と書いている。ここで金子は、「日本のほんとうの詩」をどのように想定していたのであろうか。私は、そのことについて何度も反芻しながら考えている。金子の序文で印象的なのは、「貘君自然人と文明との大きな戦ひは、これから」（二七六頁）という表現だ。そこに、貘詩のもつ普遍性のひとつの断面「文明批判」が指摘されていると言えるだろう。それと、私はすでに前述の拙著で述べたが、徹底した口語文体による会話体の追求が、いよいよ貘詩の評価を高めていると考えている。

新屋敷幸繁の鹿児島時代

新屋敷幸繁《しんやしきこうはん》（一八九九～一九八五年）とは誰で、どんな人か。一九五七（昭和三十二）年、沖縄に帰り私立中央高等学校の校長から、国際大学副学長、沖縄大学教授、沖縄大学学長を歴任した新屋敷は、学者、教育者としての活躍がめざましく、詩人としての活動は主軸を成していなかった。

したがって、新屋敷美江氏が「南日本新聞」（一九六四年五月二十九日）の「郷土人系」というコーナーで「彼はいわば『鹿児島の島崎藤村』であった」と高く評価されている記事を紹介するまで、詩人・幸繁の鹿児島時代については、ほとんど知られず注目もされていなかったのである。

私たちは昨年（一九九四年）、『新屋敷幸繁全詩集』（ロマン書房）を編集し、出版する過程のなかであらめて幸繁の詩人としての業績の大きさと、その評価・研究の重要性を認識させられたのである。

とりわけ、鹿児島県における幸繁の詩業に対する評価の高さは何を意味するのか。例えば鹿児島在住の詩人・瀬戸口武則氏が詩集『岸壁』（一九八九年）のあとがきで「私は昭和の初期、新屋敷幸繁氏（旧制鹿児島二中の国語教諭から旧制七高教授になった国文学者）の主宰する「南方樂園」や同氏の詩集『野心ある花』や、また詩入門書とでもいうべき『現代詩の理論と評釈』によって〝詩の眼〟を開かせてもらった」と述べている実体は。さらに『現代詩の理論と評釈』の内容はどんなだっただろうか。その調査と研究は、幸繁の評価も含めていま端緒についたばかりだといえる。

私は幸繁の全詩集を編集するときに、年譜作成も手伝ったものだが、鹿児島時代の彼の活動への興味は尽きないものがあった。そんなおり、今年三月二十五日に鹿児島市のホテルで「新屋敷幸繁を語る会」が開かれるのを機に、できるかぎりの調査を開始してみようと思いたった。

そこで、ご遺族の新屋敷二幸、美江夫妻や詩人の佐々木薫氏とともに喜んで鹿児島に飛んだ。その会は、少人数ながら密度が濃く瀬戸口氏をはじめ幸繁ゆかりの人々と出会い貴重な証言を聞かせていただいた。

私と佐々木氏はその翌日、鹿児島県立図書館へ行き〈郷土資料コーナー〉で幸繁関連資料を探索させてもらった。驚くべきことに、そこには私の予想を越える貴重な資料が大切に保管されていた。まずは、今回の調査で得られた資料を基に、鹿児島時代の幸繁の活動を掘り下げてみたい。

幸繁が「鹿児島の島崎藤村」とか「鹿児島詩壇の草分け」「指導者」などと高く評価されていることは、「南日本新聞」や樋渡能定氏らの研究によって、鹿児島詩壇史の定説になっていると言っていいだろう。

事実、同人誌「非詩人」（一九二三年・大正十二）の創刊や、同じく「南方樂園」（一九二六年・大正十五）を創刊したり「南方詩人」を主宰する幸繁の表現活動は「鹿児島現代詩の指導者」と呼ぶにふさわしい活躍ぶりであった。

そして幸繁は鹿児島詩壇でもっとも早い時期に『生活の挽歌』（緑陰社、一九二六年）という第一詩集を出版し、続いて詩集『野心ある花』（日本文学研究社、一九三一年）を発刊している。幸繁の代表作のひとつと言える「薪を乾かす詞」も、そのころ書かれて『生活の挽歌』の巻頭を飾っている。

三月の太陽は
くく　とてる
翼をほすに多すぎない分量で
よくばり強い人間なら
とても
なま木の薪なんか乾かしはしまい。

（「薪を乾かす詞」・第四連）

しかし、今回の調査では残念ながら、これらの『非詩人』や『南方樂園』『南方詩人』などの同人誌を見つけることはできなかった。みんな戦争で焼けてしまったのだろうか。

だが、私たちは鹿児島県立図書館で一九二八（昭和三）年発刊の『現代文学の鑑賞』（大同館書店）や『現代詩の理論と評釈』（同、一九二九年）。そして一九三六年刊の『奄美大島方言と土俗』二巻（大島中学版）の著書や一九三一年に創刊された文学研究誌「日本文學」を創刊号からほぼ全巻を発見し、コピーを取ることができた。

とりわけ、これら三冊の著書『現代文学の鑑賞』『現代詩の理論と評釈』『奄美大島方言と土俗』は御遺族でも所蔵していない貴重な資料であり、沖縄では一冊も書見できないものである。私は限られた時間内で、これらの著書の目次を検討し、数頁を閲覧して幸繁の研究領域の広さと、そのレベルの高さに驚いたものである。

今後、幸繁の学問と詩業に対する研究が本格的に開始されるときに、『現代詩の理論と評釈』や『現代文学の鑑賞』のなかの第十二章「生活美の考察」、第十三章「生活行進曲としての詩論」、第十四章「詩と事実との関係」などは、必読の文献となるにちがいない。また、その内容や影響力の分析は鹿児島詩壇史の詩論部分に大きな位置を占めるにちがいない。

また、『現代詩の理論と評釈』では百田宗治や佐藤惣之助、室生犀星、萩原朔太郎から始まって、高村光太郎、金子光晴や高橋新吉、草野心平まで一九二八年ごろの日本詩壇の代表的な詩人三十三人の具体的な作品評釈が展開されている。その内容も日本の詩史では見落とすことのできない貴重な文献資料となるであろう。

一方、幸繁の主宰した「日本文學」は従来の鹿児島詩壇史ではあまり注目されていないのではなかろうか。しかし、毎号に掲載された詩や俳句、短歌、文芸欄の作品群は決して無視できない貴重な資料だと思われる。そこには、幸繁をはじめ、西条八十、新屋敷つる子、有馬潤、桃原邑子、高濱虚子などの注目すべき作品が収録されている。

このように眺めてみると、幸繁の文学活動や教育活動にとって、鹿児島時代がいかに大切な位置を占めているか、あらためて思い知らされる。彼は一九二三(大正十二)年に鹿児島県立第二中学校教諭に就任し、一九三〇(昭和五)年に第七高造士館教授、一九三五年県立大島中学校教諭を歴任するかたわら既述の詩集や同人誌、代表的著書を精力的に発刊している。彼の三十代までの文学的表現活動はすべて鹿児島県を中心に展開されたと言ってよい。

ただし、大島中学校教諭時代のユニークな位置には注目しておきたい。先述の『奄美大島方言と土俗』全二巻は、なんと大島中学校版としてガリ版刷りで発刊されている。その上梓までの様子を幸繁は次のように序文で書いている。

殆ど典籍によらずに現に民間から得られるものだけを資料とした。これだけささやかなものながら今後の南島研究に新しい資料を提供したことになると思ふ。大島中学校職員、七百の生徒諸君の協力に負ふ所が多い。（中略）、筆写は四年の有田種次君、製本は奥田先生の指導する製本部。その他特にお加勢を願った諸君に感謝します。

この『奄美大島方言と土俗』も幻の著書であった。その内容は、今後とも言語学、民俗学の研究にとって貴重な第一次資料となるにちがいない。

私は、大島中学時代の幸繁の活動が知りたくて、鹿児島の帰りに奄美大島に立ち寄り調査することにした。幸い、その前に教え子の一人である福田正臣医師に市の中央公民館でお会いすることができ、貴重な証言を聞き取ることができた。

福田先生は大島中学三年生のときに幸繁から現代国語を教わったそうだ。そのとき、校長から幸繁のことを「新体詩を始めた偉い人」と紹介されたことを覚えているという。また昭和十年四月ごろの「大島新聞」に掲載された〈修学旅行記〉は福田氏の原稿を幸繁が目を通して添削してくれたものだそうだ。さらに福田氏は幸繁が作詞した大島中学校の校歌をを見せてくださった。

私（たち）は大島高校を訪問して、旧制大島中学時代の資料を調査させていただいた。まずは、前夜の名瀬市での交流会で詩人の藤井令一氏が特別に歌ってくださった大島中学の校歌を探すことにした。

やっと図書館で大島高校が一九七一年に発刊した『創立七十周年記念・記念誌』を見つけることができた。ありがたいことに、その一冊を寄贈していただいた。そこに、まぎれもなく新屋敷幸繁作詞、田村虎蔵作曲の「大中校歌（安陵）愛唱歌」が収録されていた。

さて、今回の三泊四日の短い調査旅行の結果だけからも、鹿児島時代の幸繁がいかに詩人、文学者、教育者として活躍したか垣間見ることができた。しかし、新屋敷幸繁の研究はいま始まったばかりである。

願わくば、幸繁ゆかりの人々が御健在のうちに鹿児島の地でもその研究がさかんになれば幸いである。そして詩人や文学者のなかから私たちと共同の研究者が現われてくだされば これ以上うれしいことはない。

孵化と転生への祈り――あしみね・えいいち論

一、詩の二大元素

詩からあらゆる夾雑物を取り除いていくと、最後にはいったい何が残るだろうか。わたしには、言語感性と思想性の二つしか残らないように思われる。もちろん、ここで言う思想とは、単なるイデオロギーではなく、人間観や人生観、さらには世界観・宇宙観までを含む、広義の思想である。

言語感性と思想性は読むに耐えうるあらゆる詩に包含され、表現されている。わたしが感動する詩は、この二つの元素のバランスの上に成り立っている。つまり、わたしがイメージを喚起され触発される詩の原エネルギーは、この二つの要素によって与えられていると思われるのだ。

あしみね・えいいちの詩は、この二つの元素のバランスから言うと、言語感性の方がより優れた質量を占めているように思われる。わたしは、あしみね詩の言語感性、その独特の比喩力とイメージの喚起力に大いに触発されてきた。

あしみねの詩と言語感性の特徴を一言でいうならば〈沖縄の風水土に突き刺さったモダニズム〉と言えるのではないか。そのことは、すでに第一詩集『光の筏』や、それに続く『あしみね・えいいち詩集』から感じ続けてきたが、今回の第三詩集に編まれた作品群を読んでも、いよいよその思いを強くした。
たとえば〈扉の言葉〉の「美意識のいそぎんちゃく」を読んでも明らかである。

詩とは
数限りない言葉と
感性の触手をそよがせながら
人間心理の深層海底にうずくまる
美意識と
その表出意欲の
いそぎんちゃく　である

と、あしみねは独特の詩論を比喩的に表現している。彼の「美意識」は日本はもちろん、西洋や中国などの知識や教養で飾られている。それは、戦前に東京外語大学、戦後は米国ニューメキシコ大学で学んだ体験が大きく影響しているように思われる。

わたしは、その言語感性の瑞々しさと持続力に驚いている。すでに周知のように、あしみねたちは一九五二年、敗戦後の沖縄でいち早く「珊瑚礁」同人を結成した。その初期から近年に至るまでの詩表現の成果は前述二冊の詩集に結実しているとおりである。

そのほかに、あしみねは戦争中の十七、八歳のころ『心理の塔』というガリ版刷りの詩集をもっていたと聞くが、それはついに〈幻の詩集〉のままで今日まで手に入れることができない。しかし、彼が戦前、あるいは戦中から詩を書き続けていたことはまちがいない。

そしてわたしたちはこの第三詩集に収められた「光の鼓動《ときめき》」に散りばめられた、「芥川龍之介」「モオパスサン」「ストリンドベリイ」「ニイチェ」「ダスタエフスキイ」「ボオドレエル」という作家や詩人たちの名前から、あしみねが受胎したモダニズムの系譜を連想することができる。そしてわたしは彼の作品を読むたびに、沖縄におけるモダニズムの受胎と持続について考えさせられる。あるいは、それは沖縄におけるモダニズムがどのように戦争をくぐりぬけ、戦後において批判され、または変容したかという問題意識に発展していく。

あしみね・えいいちの詩集はそのような大きなテーマを投げかけているが、その論考は機会を改めて取り組んでみたいと考えている。それは、沖縄における詩表現が戦前と戦後でどのように変化したかや、「珊瑚礁」同人たちの評価にも関わる重いテーマでもあるからだ。

二、孵化と転生への祈り

ともあれ、今回の詩集でわたしに強いインパクトを与えた作品は「幻蝶譚」「石蕗の啓示」「反魂塔」「神のさなぎ」等であった。とくに「幻蝶譚」はあしみね詩の現在を代表する作品と言えるだろう。

わたしは　決して忘れたわけではありません　暗い地中の　孵化して間もない日々の意識や無意識　そしてそれに続く模糊《もこ》として頼りない幼虫の年　月　その甘く香わしい樹液と嫩葉《わかば》の饗宴…
わたしのいくたびも　の転生の　あのえもいえぬ体感と　亜熱帯の島唄の懐かしい　メロディを

寓話性を帯びた超現実的な夢物語である「幻蝶譚」は、このように語られ始める。この詩は夢のなかでT・K女の比喩である「おおるりあげは蝶へ羽化寸前の「蛹《さなぎ》」が語った物語を記述するという構造になっているが、作者の好きな〈蝶〉はじつに多様なシンボル性を帯びている。

さて、この長い作品には、あしみね詩の言語感性や思想性の良質な部分がよく表現されている。この詩を中心にして、あしみね詩の特徴と魅力を視てみたい。わたしはなによりも、彼の擬声音や擬態語のファンである。「すわすわすわすわ　すわすわすわすわと　軽くせわしない　絹ずれの」とか「ひわひわひわひわと」「ひゅんひゅんひゅんと」という表現は、鋭い音感に支えられたあしみねならではの詩語である。

他の作品でも、わたしは「ぷちぷち　はじける　あれは　ひょっとして　あんもないいい、いい泡立ち…」（「神のさなぎ」）とか、「陽炎は　にがにがしげに　島々を吐き出す」（「陽炎の島々」）、「血霧は　流れ　たゆたい　のぼり　ひらいたが……」（「昭和墓標の岸辺」）等と、あしみね節を楽しく味わうことができる。

一方、彼の教養に支えられたライトヴァースふうの言葉の表記を楽しむのもひとつの方法である。なによりも作者自身がそこで身軽に遊んでいる。「その甘くかぐわしい樹液と嫩葉《わかば》の饗宴」、「ｅｇｏ　という飛行文字」「賀寿丸《がじゅまる》の葉」という表記にもみられるように、漢字、英語、琉球語が自在に操られている。

そのような特徴は、他の作品にいくらでも見つけることができるだろう。「ボクの顎《カクジ》に飛んできて」（「弦月奔る」）。「野朝顔《やまかんだあ》」「ヨカン・ヨーカン・ヨナカーン」（「反魂塔」）など。

この「幻蝶譚」のテーマは〈孵化〉と〈転生〉への激しい渇きと祈りにあると思うが、それは詩集全体に流れる通奏低音だと言っても過言ではない。それゆえ、あしみね好みのイメージには〈混沌〉と〈危機〉を表現した比喩が多く、また、そのイメージ表現のとき詩言語は鋭くきらめいている。

たとえば〈混沌〉のイメージとしては「日々の意識や無意識」「模糊《もこ》として頼りない幼虫の年月」「ああ　黄金の蝶群のメールストローム」。あるいは、「金泥を流したように」（「石蕗の啓示」）や「振り向けば　おおぶりの黒真珠をいっぱい孕んだ雨雲」（「反魂塔」）。そしてあしみねは〈夢〉を詩うことが好きだ。

では、〈危機〉のイメージはどうか。「氷雨まじりの風」「白鴉の大群」「青い星屑の奔流」。あるいは「弦月」「針月」「木枯らし」「北風」「赤い柘榴火」「総立ちの波頭」「光と闇の奔流よ」といういくつかのキー・ワードへの傾き。

そして詩人はつねに、孵化と転生を祈り求めているのである。そのシンボルが〈蝶〉であり〈光〉なのだ。おお〈光の筏〉よ。この、病める現実にたいして「正しく O ego, thou art sick!　ではございませんか」と嘆く詩人は、現実批判の思想として二つのイメージを暗示する。

三、厭世観と楽天観の渦

ひとつのイメージは厭世的になり、自己の小宇宙へ閉じこもろうという傾向である。その自己宇宙の王国こそあしみね詩のなかにくり返し表われる「小盆地」「掌盆地」「母　懐《アンマーフチュクル》」のイメージである。詩人はナイーヴな自己内面の傷をいやすために、現実を超越して「アンマー　フチュクル」へ帰ろうとする。

二つ目のイメージは、もっと楽天的になり、詩人の叡知でもって現実を批判し、抵抗しようという姿勢である。「幻蝶譚」そのものが現代文明批判の寓話であるが、直接的には「わたしはあのホモ・サピエンスとか呼ばれる　デオキシリボ核酸の化け物たちのように〈言葉の羽衣〉を纏わなければ自分の意思をあらわすことができないほど　退化してはをりません」とか、「スミドロンの牙のように極度に肥大化したｅｇｏが　個体と文明を　狂気の奈落にひきずりこもうとしていることも　また否めない現実でございます」等と表現されている。

あるいは、「わらべ戯《ざ》れ唄」では「核絶壁のとっぱなで《カクフチバンタヌトッパナウティ》」とか表現され、「昭和墓標の岸辺」や「光の鼓動《ときめき》」等の作品ではより生の言葉で現代社会批判が展開されている。

あしみねの内部では厭世観と楽天観が入れ替わり立ち替わり、渦巻いているのだろう。だが、わたしは、あしみねの社会思想批判にはあまり共鳴しない。その抵抗精神は、まだ時の流行的テーマに流されており、根底的には問い詰められていないと思うからだ。

以前にわたしの個人誌「海流」第一号でも書いたことがあるが、あしみねみたいにナイーヴな詩人は、へたに政治に首を突っ込まないほうがいいと思う。政治屋は政治屋どうし、利用しあったり、闘わしたりしておけばいいのではないだろうか。

四、美意識のいそぎんちゃくよ

最後に、詩とも、詩論とも、アフォリズムとも受け取れる「美意識のいそぎんちゃく」と「詩の蚕棚」に触れておこう。

あしみねが詩や詩人を〈いそぎんちゃく〉のイメージで喩化するのはよくわかる。「数限りない言葉と　感性の触手をそよがせながら」という表現から、いかに彼が〈言語感性〉にこだわる詩人であるかも理解できるだろう。また、そこからあしみねが〈思想の哲人〉ではなく「美意識の　いそぎんちゃく」へ昇華するところがわたしにはおもしろい。

一方、「詩の蚕棚」で、彼は「空にジュラルミンの怪鳥とびかい、地に灰色の巨大な墓標たちならぶ、二〇世紀の人類に果たして救済はあるか。いま一度、聖書の原典に立ち帰り、聖なる言葉に耳を傾けねばならない」と警句を発している。「神のさなぎ」における〈人類はいま羽化寸前の神のさなぎである……〉とは、詩人の切実な祈りであろう。いそぎんちゃくよ　亜熱帯の深海の　濃藍の光乱反射する　人間心理の　深層海底にうずくまる　美意識の　いそぎんちゃくよ　その柔らかい　無数の触手で　〈聖なる言霊〉を　受胎し　きらめく　詩のあやはべるを　人類と宇宙の未来へ　解き放て。

一九九〇年四月

優しいたましひは――追悼　知念榮喜

詩人の知念榮喜《えいき》先生が、八月九日に肺炎のため東京で急逝なされた。その突然の訃報にビックリして、しばらく頭の中が真っ白になった。告別式には参加できなかったので、弔電でお別れを告げたのだが、まだ実感が湧かない。いまでも、七月の山之口貘賞選考会のころになると、ヒョコッと帰って来られるのではという気がする。

知念先生は、国頭村で生まれながら幼少のころ本土へ渡って成長し、出版社の編集者として活躍しながら詩を発表し続けた。第二十回H氏賞や第十六回地球賞などを受賞した日本詩壇でも注目される詩人であった。

阿檀の森の雨に濡れ　海鳥の岬によろばふおどろのははは　優しいたましひを　埋葬できない
みやらびよ
（「優しいたましひは埋葬できない」）

H氏賞受賞詩集『みやらび』（仮面社）を最初に読んだときの衝撃は、いまでも鮮明である。その纖細でやわらかい表現とリズム。私は、神謡「オモロ」のリズムを想起したものである。ああ「おどろのははは」よ。そして「優しいたましひは埋葬できない」という普遍的な抵抗の思想が強く詠われる。

私は、知念先生たちの選考のおかげで一九八四年に第七回山之口貘賞を受賞することができた。それ以来、先生が帰郷するたびに親しく接し、直接ご指導を受ける機会に恵まれた。先生が元気なころは、クラブ「千」などで飲みながら楽しく議論したものである。知念先生が懐かしそうに「私の詩の先生は萩原朔太郎だった」と明治大学で直接教わったころの思い出を語ってくださったことが、強く印象に残っている。普段は、涙もろい先生であったが、詩の話になると激しく議論した。

私（たち）にとって、山之口貘と知念榮喜の存在は詩を書き続けていくうえでの大きな誇りであり、精神的な支えであった。知念先生は『ぼくはバクである』（まろうど社）と書き、宇宙の『滂沱』（同）の涙を詠っていた。この系譜は、激しい郷愁と故郷への愛惜に満ちている。知念先生は、バクさんからの「神のバトン」を立派に引き継いだ。優しいたましひよ、心からご冥福を祈ります。うぅとーとぅ。

飢渇の根の自我否定と自己表現——川満信一詩集ノート

一

風化した一九六三年の夢と
凍てついた不信の扉を破り
義眼の論理へ訣別を告げると
記憶の闇に葬むられた屈辱の沼から
野性の飢えを引きずりあげ
未明の寒風に放つ

飢えよ！　すべての頭蓋に花ひらけ

（「義眼との訣れ」）

「詩が私小説的レベルに後退している」とぼくが思い始めたのは、一九七五年の夏ごろからであった。とりわけ、その傾向はいわゆるマス・メディアにおける「日本詩壇」に発表される若手の新人たちの作品に多く、ぼくは月刊の詩誌に掲載される詩作品から表現への切実な内発力とそれを支える思想性、主題の設定や表現の方法において、ほとんど学ぶべきものを失っていた。その失っていく度合に応じて、ぼくはみずからの感受性を疑り、詩思想を相対化せざるを得なかった。

しかし、今年の年始のあわただしさのなかで、吉本隆明氏の『戦後詩史論』を読了し、とりわけ「修辞的な現在」の項を読み通すことによって、ぼくはみずからの詩と思想がかかえた困難性が無意味ではなかったという了解をもつことができた。吉本氏が現今の詩状況を「修辞的な現在」と規定した根拠と、ぼくが「詩が私小説的レベルに後退している」と感じた根拠とに多くの共有できる領域を見つけたからである。

その領域を少々長くなるが、吉本氏の論考『戦後詩史論』から引用してみると、たとえば現今の詩状況に対する「感性の土壌や思想の独在によって、詩人たちの個性を択りわけるのは無意味になっている。詩人と詩人とを区別する差異は言葉であり、修辞的なこだわりである」という吉本氏の指摘であり「戦後詩の修辞的な現在は傾向とか流派としてあるのではなく、いわば全体の存在としてあるといってよい」「詩的な修辞がすべての切実さから同等の距離に遠ざかっているからだ」という痛烈な批判である。

一方、また谷川雁氏のすぐれた詩「東京へゆくな」に触れ「この詩を呼びだすと思想の戦後詩の現在をはかる原型の役割を果たせることができる。稀な才能と思想の個性の形で、整合されていた言葉の努力を現在、詩はどこへやったか」と指摘する吉本氏の冷ややかな嘆きである。

そのような点に強く共感しつつ、だが吉本氏の論考「修辞的現在」においては、現今の詩状況を規定している要因の根拠について、十分整理して呈示されていないという不満が残る。

かつまた、この「修辞的現在」を解体し転換していく方向を詩を書く側からあくまでも自己の詩思想に引きよせて提起していく熱気がうすいという感じも否めない。もちろん「言葉だけの希望がない方がいい。言葉だけの絶望がない方がいいように」と醒めている苦しみに共感しながらも。

それらの点をこれ以上つきつめていく余裕はないが、ただ「修辞的現在」を規定している要因の根拠が「高度経済成長」と「アジア経済侵略」を経た日本帝国市民社会の爛熟と腐朽化のなかにあるとだけは言えるだろう。すなわち、文化的には、擬制としての市民意識に基づく自我意識のタコ壺化と天皇制マスコミを軸とする高度管理による意識コントロールとイデオロギー支配の結果として、個性の自己表現の閉塞状況が進行していると言えるのだ。

そのような詩状況がかかえている困難性はもちろん、ぼくが現存している琉球弧にも波及してくる。とりわけ「中央」志向や日本同化志向の強い詩人たちは、より危機的にその困難性に吸収されがちである。

だが、ぼくたちが、あくまでも琉球弧の歴史と文化の独在性にこだわり、その独自の戦中戦後に表現された詩表現を視つづける作業をおし進めるならば、閉塞状況としての日本詩壇を相対化していく視点もよく視えると言えるだろう。

なぜなら、琉球弧の詩状況においては、琉球の戦後詩がかかえた負荷が、いまだ風化せず、日本詩壇の詩と思想と方法を相対化しつつ、独自の歩みを進めていると思えるからだ。

ぼくは、その大きな成果のひとつに、一九七七年十二月に上梓された『川満信一詩集・一九五三年—一九七二年』をあげることができる。この詩集はさまざまな方法的限界を感じさせつつも、今後ぼく（たち）が琉球弧で詩を書き進めていくときにかかえる多くの問題を提起し挑発している。と同時に、「修辞的現在」と呼ばれる日本詩壇と拮抗する強烈な力をもっているとも言えるだろう。

二

『川満信一詩集・一九五三年―一九七二年』には、川満氏が二十年間の歳月をかけて創造し発表してきた作品群のなかから、厳選された四十四篇の作品が五つのパートに分けられ編まれている。

この五つのパートは、作者の詩思想の位置と詩表現の内発力としての魂のうねりのボルテージを基準に読み込んでいくと、大きく三部に分けることができる。

まず、第一部は詩集のパートIと一致する。ここに収められた作品は「記憶」「若鷹と老鷹」「海」に代表されるように、幼年の自己体験を普遍化、抽象化していこうという試みが多い。

川満氏の幼年の体験の記憶には、出自の島である宮古島のきびしい飢えと渇き、村への愛憎が深く刻印されていることがよくわかる。それをふまえた作者の詩思想と表現方法は、みずからを「語り部」的な位置に置き、島の民衆の共同幻想への共感域からのやさしさに満ちた表現方法をとっている。と同時に、その作品のボルテージは直截的できわめて高くなっている。

第二の部分は詩集のパートIIとパートIIIを包含している。すでにパートIの後半から、詩人の内的、外的状況との困難な闘いを詩作品へ表現していく試みが見られるが、その結晶である詩群は、この第二部でさまざまな方法的試行を含んで全面的に展開されている。だがこの第二部の作品には、川満氏の生活過程の状況と、思想・文学・政治における観念過程の状況のいずれかにおいてもくりひろげられた敗北と転生の葛藤が激しく反映されており、挫折感とストイックな感受性が基調をなしている。

ぼくたちの前には、その敗北と転生の葛藤のなかで培われた思想が論理化されたものの成果として、一九七八年六月に刊行された『沖縄・根からの問い――共生への渇望』（泰流社）がある。

この著書は川満氏の第一評論集であり、彼の詩集と好一対をなす思想論文集である。そのなかには、彼の詩の思想の骨格をなす論文が多々見られるが、ぼくはその内容へ触れたい誘惑をいまは意識的に断ち切りたい。

このノートは、あくまでも詩集のみに焦点を絞り、川満氏の詩思想のもつ意味と位置、その詩の内的構造と詩言語の表現力を分析し評価することに集中したい。したがって、彼の敗北と転生の葛藤がパートII、パートIIIの詩作品に表現されたものに関してその問題性をのちに検討していきたい。

さて、挫折感とストイックな感受性を基調にした作品の多い第二部のなかで、後半に収められた「闇の繭」や「義眼との訣れ」等の作品からは第三部を予感させる、魂のうねりの高揚が感じとられる。

そして第三部を成すのが、パートIV、パートVの作品群である。この第三部の作品表現における内発力のボルテージの高さは、この詩集全体を圧倒するかのようである。しかも、その魂のうねりは、第二部の「挫折感とストイックな感受性」を組み伏せながら展開されているがゆえに、独在の屈折をもったうねりとして、読む人を感動させる。

とりわけ、パートVに編まれた「哭く海」「叩かれる島の怨念」「回帰」「神話への予感」の四篇は彼の詩が現在到達した頂点という意味から、また、ぼく（たち）に詩と思想と表現方法をめぐって、多くの問題を提起している作品群という意味から、この詩集の圧巻である。

とまれ、ぼくは、この詩集の全作品を読んで、この詩人の詩表現が孕んでいる「飢えと渇きの根の深さ」「飢渇の根を否定しようとする情念の激しさ」に撃たれ、その持続力とその詩表現の困難性への苦闘に、強く共感せざるをえなかった。

三

かつて、川満氏はみずからが詩を書くことの根拠について「ぼくにとって詩を書くことは、みずからの存在認識を深化していく自己挑発の行為であり、存在認識の深化によって成す現実への批判と拒絶の一方法である」（「詩と存在」、「新沖縄文学」二三号、一九七二年）と書いている。

とすると、まことに彼の「存在認識」における「飢えと渇きの根の深さ」と「現実への批判と拒絶」における「飢渇の根を否定しようとする情念の激しさ」こそ彼の詩思想の核心をなしている――とは言えまいか。そしてその根底的モチーフを風化させずに問い続けているところに川満氏の「思想の個性」があるとも言えよう。

では、それを持続して問い続ける内発性を支えたものは何であったか。それを、ぼくは彼の詩に孕まれた「存在認識」における「飢渇の根」を方法的意識をもって重層化し深化していったことに求めたい。

この「飢渇の根」の深化における重層性は複雑な構造をもっている。それを、ぼくはまず、「飢渇の根」が届いている表層と基層に分けて分析していきたい。表層における飢渇の意識は詩人の内的・外的な状況に大きく規定されている。すなわち、状況的貧しさからくる直感的飢渇感なのだ。それを冒頭に引用した詩「義眼との訣れ」にみるならば「風化した一九六三年の夢と／凍てついた不信の扉を破り／義眼の論理へ訣別を告げると」に喩化された飢渇感であり、また、そのメタファーを支える引用個所に先行する連における飢渇感である。

そして詩人をこの表層における飢渇感へたたき込むものこそ、敗戦後の沖縄における物質的、観念的貧しさなのである。戦後沖縄における物質的貧しさの状況は、彼の作品では「記憶」や「九月の家族」や「ギブミー文化」によく表現されている。一方、観念の領域における貧しさは「コザの夜」や「義眼との訣れ」等によく表われている。

だが、彼の詩における飢渇の根は、そのような状況的貧しさに触発されながら表層から基層へ向かう。「記憶の闇に葬むられた屈辱の沼から／野性の飢えを引きずりあげ」るのである。

その基層をなしているものは川満氏の出自の村とそこにおける幼年の原体験としての飢えと渇きである。と同時に、その出自の村を呪縛している歴史的な時間・空間における永続的な飢渇感なのだ。そしてそこにも当然、物質的、観念的貧しさがつきまとっている。たとえば詩集の巻頭に編まれた次の作品を見てみよう。

はて十代の空はどんな雲を浮かべていたのだ
風は？　海は？

ああそれらの美しかろう記憶は盲いたままだ
暴れ狂う野犬絞殺の縄を握りしめる
痺れた腕と吊あがる恐怖があり
湯気たつ鍋を囲んだ小さな勇士たちの
輝く饒舌がすべてだ

＝SAN　MIGUEL　BEER＝
の看板をふりむくと
犬を喰った記憶が凄まじく荒れ狂う

（「記憶」終連）

この詩では彼の幼年の原体験での飢えと渇きが、「野犬を喰った記憶」を通して再現されている。この詩を読むと、詩人がかかえた「飢餓のホラ穴」がいかに深いかがわかると同時に、「十代の空」の「記憶」を「盲いたまま」にさせるほどのすさまじさがよく伝わってくる。

ところで、この幼年の原体験としての飢えと渇きを規定し包み、同時に普遍化していく媒介になっているものは、出自の村の歴史的な貧しさである。川満氏の出自の村は琉球弧のなかでも、とりわけ長い人為的差別によって貧しさと飢えと渇きに晒されている、宮古島の村である。

と同時に、その村は歴史的変化をきわめてゆるやかな速度で抑えられたがゆえに共同幻想としての古代宗教や御嶽という共有地と祭りを媒介にした共同体・意識が濃厚に生き続けている村である。

それゆえ、川満氏にとって、出自の村における原体験を掘り起こし、その基層に根を深く突き刺していく作業は、琉球弧の歴史とそこにおける民衆の普遍的問題の根っこを抑えていくことを保障する方法となっていくのである。と同時にみずからの「存在意識」の深化にとって深層心理領域の自己認識を保証し、普遍的存在論への媒介をなす方法を獲得していくことになるのだ。

その宮古島への論考は彼の「宮古論・島共同体の正と負」（『沖縄・根からの問い』）を見ていただくとし

て、詩作品では次のように抒情的に詩われる。

寒露の北風が吹く頃は
誰もがはるかな先祖のように
いまにも泣きだしたいほど
やさしい魂のふところにくぐまるのです

タカは祖先の魂なので
食貧しい島のひとたちは
それを捕えてたべ
いつまでも太古さながらに生きるのです

（「鷹」終連）

このメルヘンふうな詩を支えているのは、先述した民衆の共同幻想への共感域からのやさしさであろう。

さて、以上でひとまず、ぼくは川満氏の詩における「飢渇の根」の深化における重層性について、その表層と基層とそれの意味性をみてきた。そしてそのいずれの層にも貫ぬかれている物質的、観念的な飢渇感がからみあう複雑さもみてきたのである。ぼくは次にその「飢渇の根」の深さと重層性がすぐれて作品化されたものとして「叩かれる島の怨念」をみていきたい。

四

川満信一の詩「叩かれる島の怨念」は多くの問題性を含みながらも、彼の詩と思想が、独自の方法意識に貫かれて結晶化し成功した作品という意味で、代表作のひとつとしてよいだろう。ぼくは、十九連から成るこの詩を全篇引用したい欲求にかられる。

なぜなら、その詩では、川満詩の秀れた側面である劇性が、激しい緊張感をもって展開されているからだ。そのドラマ性の流れを寸断して論じるのに、ある困難性を感じるのである。

他方、これまでの詩批評に多く見られる方法のなかで、たとえば一篇の作品を寸断して引用し評者の観念の自己展開のなかでのみ、おのれの好みに処理して論ずるような極度な主観性に疑念をもってしまうからである。

だが、ここでは紙幅の関係もあるので、比較的に長いこの詩の、重要と思われる連だけを、できるだけ詩の構成を失わないようにして引用してみたい。

叩かれる島の怨念

一

さわさわと
死んだものたちの
ひしめく霊のさなかから
妖しい土語を叫びあげて

母は激しく起ちあがった

獣めく形相の歪み凄まじく
糸車を投げうつと
くずれた石垣を跳び越えて
妄執の森深く姿をかくしたまま
毒ある呪文を闇の海鳴りにこめる

木になってもなお
風吹けば古い地機《ズバタ》の歌を
怨念《うらみ》のしらべにのせ
石になってもなお
叩かれる島の涙を
幽鬼の海に注ぐ母よ

子を寝かせ　役人を帰し
寝乱れのからだ打ちたたいて
地虫泣くしめった土間に
目尻裂き狂ったおまえの

蒼ざめた血液は炎となってゆらめく
(第四連)

底なしの樋に水汲み
底なしの水甕に水満たすまで
略奪の枷は母たちの肝にくいこみ
哭訴噴きあげて
夜ごと情念の死角襲う
(第六連)

二

豚死ぬ凶日の雲赤きおののきよ
ひたひたと磯を沈める波の貪婪
怨恨したたらす樹々は繁り
歔めく心はかなしくうずくまる
(第七連)

無明の風をふるわせる母の妖しい土語の向う魚族の
豊かな旋律は甘美にすきとおり

『叫び』から解放された沈黙が静かに燃えるおのが
死と不幸を追い越して
無辺に広がる世界へ出ていくために
激しい禁欲の縦軸と化し無冥の断層を突き抜ける

浮薄な風と雲たちを静まらせ
樹木の耳に啓示を告げて
まぼろしの潜水夫は始原の闇深く下りていく
無形の神々が無意味に遍満するところ
不可視の根の故郷《くに》へ

神の衣裳を着たものは神であり
神の衣裳を着ぬものも神であり
自在に冥府の里とゆき交い
空と大地が睦び合う祭り!
かなしみもよろこびも
水々しい女体のように満たされているから
〝死〟は汚辱に腐ることもない

(第九連)

碧のさなかにひらける故郷は
母たちの受難の彼方
腐触する時間の外にあるから
文明に疲れたぼくらの飢えはいよいよ深く
叩かれる島の痛みに貫ぬかれる

（第十二連）

三

忍従に踏み固められた島を
やがて牙をむく波が襲撃するとき
やはり人々は酷い習性の褥に眠るのだろうか

（第十三連）

祖国を拒む意志の歩行は
見知らぬ街を過ぎる亡命者の足どりに似て
孤独な惨劇をくりかえし
飢えと渇きにえぐられる

（第十五連）

蟬死に絶える夏のおわり
狂おしい記憶の氾濫のさなかから
母たちの毒ある呪文はせめぎあがり
闇深く幾つもの標的をたてる

（第十六連）

燃えよ怒りの痣
蘇れ！　闇の子宮に声ひそめるものたち
木に化しても
石に化しても
なお！

（第十八連）

（第十九連・終連）

この詩では「飢えと渇き」に貫かれた自我と島の風土の実存への拒絶と愛憎が詩われている。長い引用になってしまったが、ぼくはこの詩で、まず重層化され深化された「飢渇の根」の深さと、それを拒絶し否定的に止揚していく「情念の激しさ」を読みとっていきたい。

この作品にしても、作者が対峙すべき状況の根源は、「飢えと渇き」に喩化されている。その表層は「文明に疲れたぼくらの飢え」であり、「祖国を拒む意志」をもった作者の「孤独な惨劇」の状況に開かれているのだ。もし詩が情況に開かれた表層の感性のみに止まるならば、その作品は情況詩や単なる政治詩やプロパガンダ詩に止まってしまうだろう。

だが、川満詩はその危険性を乗り越えて基層の情念の沈黙界へ降りていく。「叩かれる島の痛みに貫ぬかれ」て「受難の」「母たちの毒ある呪文」を受感することによって。その方法によって「狂おしい記憶の氾濫のさなかから」「受難の母たち」のイメージを通じ「飢えと渇き」に貫かれた「島の怨念」が鋭く表現されている。

その怨念の深さは、受難が深いだけに母たちを狂わせ「毒ある呪文を闇の海鳴りにこめ」させるのだ。深い受難とは、この詩で「底なしの樋に水を汲み／底なしの水甕に水満たすまで」と表現されている。

この苛酷な受難の歴史（時間）のなかで「木になってもなお／風吹けば古い地機《ズバタ》の歌を／怨念《うらみ》のしらべにのせ／石になってもなお／叩かれる島の涙を／幽鬼の海に注ぐ母よ」と詩われる母のイメージは、ぼく（たち）に強烈な衝撃と感動を与える。それは直接には琉球王国内で人頭税という重圧の下で苦しんできた宮古・八重山群島の民衆の情念のイメージとなって突き刺さってくるからだ。と同時にそのイメージは琉球弧の歴史のなかで抑圧されてきた民衆のイメージに転化し、さらには世界的な被抑圧人民の苦難のイメージにまで、拡がっていくからである。

それゆえ、これまでのフレイズは自己を含めた民衆の苦難と沈黙下の情念の内質を「母」という身体のイメージを通して、リアリティと、劇性に富んだ比喩へ表現しえた川満詩の表現力として、注目に価するだろう。彼の「飢渇の根」はそこまで下りていったのである。

だが川満は自己を呪縛している。この「飢渇の根」を拒絶し否定していく。「母の妖しい土語の向う」へ「不可視の根の故郷《くに》」へ下りていくのである。そこでは「神の衣裳を着たものは神であり／神の衣裳を着ぬものも神であり」「かなしみもよろこびも／水々しい女体のように満たされているから／〝死〟は汚辱に腐ることもない」と美しいイメージで詩われている。

すると、「不可視の故郷」「始源の闇」とは作者やぼく（たち）の無意識下のより基層に実存する共同性（体験）から来る「共生・共苦」の魂の普遍域の喩であり、集合的無意識下の神話世界に通底していく領域のメタファーではなかろうか。

「叩かれる島の怨念」は、この「不可視の故郷」で自己浄化の心域に解放されるように詩われる。だが詩人は、そこからも追放される。「碧のさなかにひらける故郷は／母たちの受難の彼方／腐触する時間の外にあるから／文明に疲れたぼくらの飢えはいよいよ深く」それゆえ浄化されないまま、分裂し、吊るされているのだ。

五

詩集パートⅤに編まれた詩篇には「叩かれる島の怨念」に代表されるような、川満詩の方法における共通した特徴がみられる。それは、テーマを追求していく詩に、イメージの領域を表層から基層へ下降させ、土着的素材をも駆使しながら、無意識下の情念層へ、神話的普遍層まで掘り下げて自己表現をしようとする試みと言えよう。

と同時に、彼の詩法のもうひとつの特徴は独特の喩法にある。それは、たとえば「蒼ざめた血液は炎となってゆらめく」「豚死ぬ凶日の雲赤きおののきよ」等のフレイズに見られるように、詩集全体に散りばめられたイメージの断絶の激しい、凶々しい言葉どうしを強引に結びつけることによって成り立っている喩法である。

これらの方法によって川満詩は「飢えと渇き」に象徴された、琉球弧の民衆とそのなかに自分自身の過去と現在を呪縛する関係性を拒絶し、否定し、未来としての反現実の詩時空間を先取りした幻想世界を表現していくのだ。その試みが成功したとき、彼の詩は「飢渇の根を否定しようとする情念の激しさ」を、きびしい思想的倫理性に従って、よく表現しえている、とみる。

これらの方法は詩集の「第二部」に編まれた「挫折感とストイックな感受性」が反映した詩篇の方法と大きく異なり、乗り越えていっている。その転位点をユング心理学等で言われるところの「自我否定と自己表現」の試行の開始と言ってもよいだろう。

今日、詩の表現活動を行なう者にとって、詩・思想における「自我否定と自己表現」の評価をどう考えるかということは重大な意味をもっているとぼくには思われる。それは自己（人間）の実存をどう把握し表現するかという思想的課題を突きつけているからだ。

ところで、ぼくたちのまわりの詩人のなかには、自我意識の処罰を表現することによって、詩思想のカタルシスの円環を閉じてしまう人たちがいる。あるいは自我意識や感性の弱々しいふるえを表現することによって一篇の詩の成立に安定感をみい出す人たちも少なくない。そこに共通してみられるのは現実の社会的関係性を観念的に断ち切り、閉ざしてしまって、自我意識のなかにのみ詩をせばめてしまい、自己表現の領域をせばめているということだ。

そのような状況を谷川俊太郎氏は河合隼雄氏との対談で次のように指摘している。

神話的なものが生きていた時代は、詩人たちも、自己の深いところで他人と共通のものをわりと持ち得たという感じがするんです。いまでももちろん持ち得ているはずなんだけれども、共通のものというのがますます深いところへ行っちゃって、そこまでなかなか到達できない。そこで自己の深さの奥にある普遍性に到達する以前、つまり自我の段階で言葉をすくい上げていると言えばいいのかな。本当の自己でなくて、一種の個別性の段階で自分の意識下の言葉をすくい上げてくるから、何か詩人一人一人が難解なことを書いて、お互に孤立しているような状態になっているという感触があるんです。」（河合隼雄＋谷川俊太郎『魂にメスはいらない』）

それに対し、河合隼雄氏は「われわれの今の社会にある統合というのは、自我による統合でしょう。それをさらに深めた自己の次元の統合への動きが背後にないといけない」と答える。だが、人間疎外の極点へ向かって腐朽しつつある現代において、言われるところの真の自己をみいだし、それを表現することは困難な作業になってしまっている。

それにもかかわらず、詩は「自己の深さの奥にある普遍性へ到達する」表現の試行を続けるしかない。そのためには、表現対象としての自己の関係性を制限することなく柔軟に拡げる必要があるだろう。

それゆえ、ぼくは詩の表現対象を自我意識の観念的処罰のなかに閉じ込めたり、芸術至上主義の狭い観念へ制限することには批判的にならざるをえない。ましてや自己の実存する現実世界を静的な固定した世界としてとらえ、そこに諦念に基づいて観念的に断絶し、内閉した幻想世界のみで円環していくような詩時空間におちいる傾向を拒否しなければならないと思っている。

『川満信一詩集』の第二部に収められた詩篇には、作者のかかえた「敗北と転生の葛藤の激しさ」が、強烈に表現されているのだが、ふりかえれば、その多くは表層での、意識層での、「挫折感とストイックな感受性」に基づく「自我処罰の段階」での表現に止まっていると批判することができるだろう。その例のひとつとして、「ことばを視てしまった」という作品の終わりの部分を引用してみよう。

無への変容は生の先端から梯子も吊り橋もない死の淵へ身をのりだし
凍える戦慄のうちがわから
はだかのわたしをふりかえることであった
すべてのものの愛のかたちにふれることは憎悪と
醜悪に充血したわたしをみることだった
ことばを視てしまったわたしはついに呪われた処罰をまぬがれることができない

（「ことばを視てしまった」八七頁）

この作品では魂の純粋な形象としての〈無〉への渇望が詩われているが、渇望の根拠は「自我処罰」に止まっていると言えるだろう。だが、そのような作品に対し、パートⅤに収められた詩篇の方法では「自我否定と自己表現」へ向けたきびしい模索が行なわれていると言えよう。

もちろん「自我否定」と言っても、それはあくまで「自己」へ止揚していく過渡での「否定」である。そして川満の詩が、弱々しい「近代自我」を否定する表現へ向かう根拠は、自己実存の把握を内部世界と外部世界の、あるいは個性と共同性の交錯する深層に届いたところまで関係のるつぼを拡げた次元での「自己表現」を目指しているからにちがいない。その意義はすでに前述したとおりである。そのような詩表現の格闘から、ぼく（たち）は川満詩の行間にねじ伏せられた、未だ表現されない反詩の世界の豊饒な沈黙界を感じ取ることができる。だが、その詩表現方法の実現に関しては、詩の可能性へ向けた、なお多くの困難性が横たわっている。

六

前回までのノートで、ぼく（たち）は川満の詩表現における「自我否定と自己表現」の模索の開始を確認し、その意義について論じてきた。そこから、ぼくは「未だ表現されない反詩の世界の豊饒な闇の沈黙界」を感じ取ったのである。

川満は、その沈黙に閉ざされた「始源の闇」へ向かい、みずからの感性を、いわば「深層感性」の深みまで下降・還相させて、詩表現で抉り出そうとする。その過程を、たとえばユング心理学を応用した批評方法で照射してみると、そこには「普遍的無意識」におけるイメージや「元型（アーキタイプ）」や「神話」の批評の問題等が横たわっているのである。これらの問題意識を踏まえながら読むと、川満の「神話への予感」という作品のもつ重要性が浮かび上がってくる。

神話への予感

鉤でひき裂かれた眠りの
深い裂け目に落ちたまま

赤い夢の中を
赤い舟に乗って走っていく
舟はどこへ向って走っているのか
赤い舟の　赤い帆を追いかける
黒いくちばしの鳥の眼に
ふるえる不安な記憶がかすかにある

（第一連）

たったひとつ残された最後の意志に
よれよれの肉体を殴たせつつ
それでもおまえは　行かねばならない
視る　視ることのおそろしさ
識る　識ることのおののきに飢えて
それでもおまえは危機にかたむく群衆の
なだれ・くずれゆく彼方
無念の稲妻にめくらむ破滅の涯へ
不眠の眼をみひらいたまま行かねばならぬ

（第三連）

水ぶくれの無惨な荷を背負い
やっと辿り着いたところが
またしてもすべてのはじまりでしかない
びょうびょうの海際だ
たそがれる西の空に
雨が降り
たゆとう血の海に
けだるくめざめる自虐の意志を放つ

（第十三連）

珊瑚礁を渡る猫背の祖霊たちよ
おまえたちの紡いだ掟がおそろしい
遠い異郷の華やいだ街にいても
くるしい思想の原野に踏み迷ったときも
ついにおまえたちの血で固められた掟
から解き放たれることはなかった

（第十四連）

（中略）

おまえたちの掟はぼくのいのちの深みまでくまなくからめとっている血液の綱ではないか！
そのことをしったとある夕暮れ
風はカミソリのようにぼくの叙情を切り
いずこへともなく運び去っていった

（第十五連）

過ぎ去っていったそれらの季節の間も
鉤でひき裂れた眠りの
深い裂け目に落ちたまま
赤い夢の中を
赤い舟に乗って
方向もさだめないまま走っていたのだ

（第十七連）

（中略）

ゆえ知らぬ不安とおののきのなかで
《おれ自身が掟だ》と呻いたとき
ぼくの血はざわめきたって黒潮の原流へと回帰し
入り乱れる告発の中心に

激しい愛と憎しみの種子をかくしていた
いまは祖霊たちのように
　荒々しく信じない
懐疑に串刺しされたまま
炎と血の幻影の明滅するはざまに
不吉な赤い夢の舟をひたすら走らせる

ぼくはすでに新しい神話のさなかを
走っている

（第十八連）

（終連）

この詩においても「飢渇の根」である、共同体とその下での自我意識を否定する情念の激しさはよく表現されている。「懐疑に串刺しされたまま／炎と血の幻影の明滅するはざまに」「ひたすら走らせる」「不吉な赤い夢の舟」とは、その激烈な情念の暗喩と受感してもよいだろう。

川満が現存の関係性を情念と観念で一挙に否定しようとするとき、その詩表現はたとえば、「無念の稲妻にめくらむ破滅の涯へ／不眠の眼をみひらいたまま行かねばならぬ」と表現されるのだ。その否定の情念が非妥協的な根底性をもっているがゆえに、破滅的、終末的なイメージの表層が多くなっている。川満詩にくり返し現われる「赤」色へのこだわりもその色彩的シンボル化を意味していると言ってよい。

だが、この詩の重要なテーマは、その情念や滅亡的イメージが詩いあげるところにはないように思われる。「神話への予感」は滅亡的なイメージから、ひとつの単独革命を経て、「新しい神話のさなかを／走っている」と告げえる、ある再生へ向かっているのだ。そこでは否定の情念のアナーキーな叛乱の表現や、自虐的滅亡感に止まらない「新しい神話」世界への創造の架橋が試みられているのである。

この作品において、その「神話」世界は具体的イメージとしては充分展開されてなく、文字どおり「予感」に止まっている。それは作者の出自と血に潜む「掟」との格闘の果てに出現する世界としてしか詩われていない。

だが、ぼく（たち）は、この作品の冒頭の「赤い夢の中を／赤い舟に乗って走っていく」という二行からすぐに、自己の記憶の深層に通底する一種の神話的共感域に誘われる。それは、かつて波照間や与那国島の島人が、現前の苦しい被支配社会から逃れるために夢みたという、かの「パイ・パテローマ（南・波照間）」や「ハイ・ドナン（南・どなん）」島幻想と共通する「島痛み」からの脱出行の神話世界なのだ。そしてその島脱出の幻想は琉球ネシアの各島々の民衆の深層に潜む、古代から現在まで通底する普遍性をもった幻想と思われるのである。川満詩は、それを抉り出してみせたのだ。

ぼく（たち）はすでに「夢」を分析し、再構成し、創造していく表現行為が、自己の無意識下の神話世界へと続く深層心理とイマジネーションへの架け橋であることを知っている。それはまた、シュールレアリスムの重要な方法である自動筆記法《オートマティスム》にも通ずる道とも言える。

それゆえ、「赤い夢」とは現世を否定し焼きつくさんとする情念の噴出であり、「赤い舟」とは滅亡感から「島の向うに視えない領土（ユートピア）、または、自分の根源的解放区」（「発想」六号）へ向けての川満の未成の観念革命の喩として感じることができるのである。「新しい神話のさなか」とはその萌芽を告げるものである。

七

この萌芽からは、新たな自己表現への豊かな可能性を感じる。しかし、と同時に、現代詩の困難性もそこから始まると言ってよいだろう。

現代の「神話」を詩い上げるほど、困難な創作活動はない。交通の発達と国際社会の相互関係性の深まりによって世界的共時性と空間性はかぎりなく広がっている。と同時に現代社会の階級化と個性化の深まりは、人間相互の理解をさえ困難にさせている。そこに普遍性を見つけていくためには、詩人も、思想的認識のきびしい深化と、伝統を学び、否定して創造していくという闘いを自己に課さなければならない。たんに自己の自我レベルでの抒情を詩っているのみでは「新しい神話」は生まれえないのだ。

だが、認識力の深化は、詩人にとって逆に感性の豊かさを阻害する場合もある。認識力の広さと深さが、感性の豊かさと融合する幸運はそうたやすくは得られない。

川満詩の重要な意義は、あえてその困難性に挑戦し、そこで表現された詩作品の思想性とテーマ性にあると言える。だが、彼のすぐれた認識力が、逆に深層感性の自由な展開を阻害し、彼の詩を硬化させ、表現力の自由度を狭めているとも言えるのだ。

彼は「それでもおまえは行かねばならない／視る　視ることのおそろしさ／識る　識ることのおの

のきに飢えて」と詩わざるをえない。すなわち、川満詩の場合、つねに詩思想の方が先行し、批評意識が強いため、その思想が作品のなかで詩的喩の創造という新しい言語表現のフィルターを充分に通過させて詩う余裕を失い、生のまま露出するというつまずきが、ところどころ見られるのだ。

そのことは、たとえば作品「叩かれる島の怨念」では、「忍従に踏み固められた島を／やがて牙をむく波が襲撃するとき／やはり人々は酷い習性の褥に眠るのだろうか」「祖国を拒む意志の歩行は／見知らぬ街を過ぎる亡命者の足どりに似て／孤独な惨劇をくりかえし／飢えと渇きにえぐられる」という個所等に表われている。

ここで詩われている内容は沖縄の七二年「祖国復帰」前の情況における作者の位相とパラレルな関係にあり、その思想的苦闘の心情にはよく共感できる。

しかし、ぼく（たち）が詩表現で味わいたい、もうひとつの愉しみは、「醜い習性の褥」や「祖国を拒む意志」「孤独な惨劇」等の内容に対する、作者独在の喩による、イメージ化なのだ。それが充分に展開されていないためにこれらの表現からは散文的言語で置き換えが可能であるかのような粗さを感じてしまうのである。

だが、そこまでの困難性は、作者の方がよく自覚しているだろう。川満はそのことをみずからの詩集の「あとがき」で次のように述べている。

七〇年闘争で惨めに機動隊に打ちのめされ、ほめく傷口の痛みに耐えながら、留置場の夜を迎えるとき、そこには禍々しい夢魔の跳梁があった。詩は捨てられ、痩せて、観念は肥大した。そういう情況のなかで書かれた詩はプロパガンダの調子になってしまう。体験の内的咀しゃくが不十

分で、詩のふくらみを出す余裕を欠いてしまうのである。（「あとがき」二二八頁）

ぼくの思想の屈折と陰影は、外的状況の反転に対応し、また、私的情況の淵を、幾通りも下降しながら、その捩れ具合を強めている。そしてどうやら自分の行為を対象化し、体験の内的咀しゃくを果たしていくだけの距離のとり方がのみこめてきた。その意味からすると、ぼくの文学が出発するのは、むしろこの詩集が出たあとかもしれない。（同二二九頁）

すると、いままで自己の思想の詩的表現に追われていた川満詩は「体験の内的咀しゃくを果たしていくだけの距離のとり方」をつかんで、今後、逆に詩表現の思想と方法を内包していく余裕をもった方向へ転換するかもしれない。

だが、表現の苦闘は、その先から、さらに深いところで始まるとも言える。「体験の内的咀しゃく」のなかで、作者はいま一度、自己の資質と向きあい格闘しなければならないからだ。

そこで、ぼく（たち）は、その資質の重要な要素である「言語に対する感性」の問題を検討しなければならないだろう。ぼくは川満詩のもつ、イメージや喩の根底性と激しさに共感しつつも、彼の言語感性に対しては、否定的に受感ざるを得なかった。そのことは、たんに川満詩のみに感じることではなく、沖縄の六〇年代の詩人たちの作品にも共通して言えることなのだ。

川満の作品で詩言語はきわめて意味性の重い言葉や論理性の強い言葉が多用されている。そのことは彼の作品のもつ思想性と倫理性、さらにドラマ性と必然的に対応させられているだろう。

それはまた、沖縄の戦後詩におけるひとつの抒情革命の意義をもっていたにちがいない。彼は「そのことをしったとある夕暮／風はカミソリのようにぼくの叙情を切り／いずこへともなく運び去っていった」と詩っている。川満詩以前の沖縄の戦後詩の抒情と、彼の詩表現以後の抒情が、どのように変化したかは、機を改めて比較・論考しなければならないだろう。

ともあれ、ぼく（たち）は、もはや、意味性の重い言葉や、論理性の強い言葉に、そのままよりかかって多用することには抵抗を感じてしまう。なぜなら、そのような言葉は、すでに先行する詩人たちによって、多くの内容を込められ、既成概念化しているとさえ言えるのだ。

たとえば「神話への予感」作中では「恢復のきかない背信行為を」とか「無念の稲妻」や「黒潮の源流へ回帰し」「懐疑に串刺しされたまま」等のフレイズにおける、「背信行為」「無念」「回帰」「懐疑」という言葉の使い方に、そのような抵抗を感じてしまう。「深層感性」のレベルから詩い上げた作品として、成功している「神話への予感」の作中でさえ、ひっかかりを感じてしまうのだ。ましてやパートⅢの作品群では、その傾向はかなり強かったと言える。

あるいはまた、かつてぼくは、「疼く」という言葉に閉口した記憶がある。六〇年代から七〇年代にかけてのある一時期、なんとなく多くの詩人たちが、自己の身体と精神の苦闘を表現するさいに「疼く」という言葉を共用していたことか。

沖縄における言語感性が、かかる傾向にのみ呪縛されているかぎり、心象表現の自由度はきわめて狭くなってしまうにちがいない。ぼく（たち）が切実に自己表現に向かうかぎり、他の表現者との同様な言葉表現のくり返しには耐えられないはずだ。それゆえ、ぼく（たち）には、たとえば「背信」とか「無念」「懐疑」とか「疼く」とかいう詩語をどのように自己の内言語と化し、オリジナリティと個性あふれる表現として新たな詩行（パースペクティヴ）のなかに成立させるかという重要な課題が問われていると言えよう。

そのさいに、ぼく（たち）は時代情況と拮抗しながら培ってきた川満詩や沖縄の戦後詩の思想性や倫理性、ドラマ性を失うことなく、と同時に、たんに修辞として風化することのないイメージの喚起力と自由度の大きい「喩と詩言語」を、どのように創造するかというきわめて困難な表現課題に直面している。

八

しかし「思想性や倫理性・ドラマ性」と「イメージの喚起力と自由度の大きい喩と詩言語」を同時に包含した作品の創造はきわめて困難である。沖縄の戦後詩の現況は、その良し悪しは別にして、未だに、テーマの「思想性や倫理性」への重視が強く、そのことが「イメージの喚起力と自由度の大きい」表現を圧迫している傾向が強い。

川満詩の「言語感性」を呪縛しているものは、先述した「新しい言語表現のフィルターを充分に通過させて詩う余裕を失い、生のまま露出する」という原因のほかに、その「思想性や倫理性からの圧迫」というところにも根拠があるように思われる。すなわち、川満詩の場合に、テーマ性を後景に押しやって、詩表現を自由に発露させることに「てらい」とストイックな自己抑制が働いていると思うのだ。

ところで、そのような詩表現の不可能性をなんとか打破しようとする、川満の試行のひとつに、神話や古代歌謡等に現われた、ひき裂かれた民衆の共生域との交感による、感性の深化と拡大を計る方法があるように思われる。たとえば、作品「哭く海」では、そのことがさまざまな意匠で、試みられているような気がする。この詩は、まず宮古言葉による祈りの序詞から始まる。

豊穣世《ウヤキユー》ぬ富貴世《フーキユー》ぬ喜悦《ブカラソウ》ば
島《スマ》ぬ島々《スマズマ》国ぬ国々
一人漏《タフキャーム》らす無《ニャー》ん
行き届《トドウ》かし
荒潮越《アラスゥク》い
島岬《スマザキ》ば廻《マー》り
沖縄渡《ウキナードゥー》までぃ
大和渡《ヤマトドドゥー》までぃ
唐《トウ》ぬ彼方《アダタ》までぃ
大洋《ナダ》ぬ涯《パティ》ままでぃ広《ピスゥ》がらし
根神《ニーヌカン》ぬ意志《ククル》ぬ畏みさ
綾語《アーグ》ぬ心美《ククルカギ》さをば
宮古《ミャーク》となぎ
響動《トゥユ》ましふぃさまち
尊《トートウ》うー　尊　尊《トートウトートウ》

（「哭く海」序詞、一八二頁）

ここに使われた宮古言葉は詩語としての独創性は、そんなに高い水準ではないと思われるが、島言葉を、そのまま現代詩のなかに使ったという点で先駆的だった。と同時に、内容的にも川満の祈りが「島《スマ》ぬ根《ニー》」から始まって「大洋《ナダ》ぬ涯《パティ》ままでぃ」世界的共時空をめざして拡がっていく深さがよく表わされている。

詩「哭く海」では、まず「まぼろしの島の／まぼろしの血族たちは／哭く海の空になびかす／白髪の深いかなしみに追いたてられて／不在の顔となり果て／恐ろしい不眠の土地で／終末の悪感にふるえる」（第Ⅰ章、第五連、一八五頁）と「終末感」が詩われるが、それを「引き裂かれた民衆の共生域」の象徴としての「哭く海」と交感することによって、再生の予兆へ向かうことが示されている。すなわち

不安な逃亡者となり
波しぶく南冥の島の岬へ孤独な耳を持つ漁師をたずねるがよい
夜もすがら哭く海の
ふところ深く
おまえたちの不安と
苦悩に歪む魂を抱かせよ
（第Ⅱ章・終連）

始源の母の胎内へ回帰して　声もなくくぐまり

夥しい血の涙流して　荒寥の渚を洗いきよめるがいい
（第III章第II連）

揺れ
倒れ
めくらみ
ゆくは流離
哭く海の
魂雲《たまぐも》
邃い翳りの
いのちのふるえ止まず
（第IV章・終連）

と川満は詩っている。この詩には全篇を通じて激しい緊張感があると同時に海鳴りのうねりとの交感に似たここちよいリズム感が印象深かった。川満が「始源の母の胎内へ回帰して　声もなくくぐまり」新しい詩と思想の創造の弾機にしようとしたことは、この作品からも読み取ることができる。

だからと言って、川満の詩思想を「時代錯誤《アナクロニズム》」だとか「土着主義」と批判する人たちもいるが、それは浅薄な誤解による、的はずれな批判でしかない。なぜなら、「神話や古代歌謡等に現われた、引き裂かれた民衆の共生域と交感」することは、すでに述べたように、深遠な思想的背景があり、かつ詩人の「深層感性」をゆさぶり、ひきずり出すことによって、表現のふくらみと領域を拡大していく可能性をもっているからだ。

九

それは、ひとり川満のみならず、世界的にすぐれた詩人たちが試みているひとつの方法でもある。その例として、まずぼくの大好きなメキシコの詩人・オクタビオ・パスの詩を見てみたい。

浮　彫

踊り子の足　長い髪をもった雨
雷によって噛まれた踵
雨は太鼓の伴奏で落下する
トウモロコシは眼を開きそして伸びる

（詩集『雲の条件』「現代詩手帖」一九八〇年九月号）

この詩の「浮彫」（レリーフ）というタイトルからして古代メキシコの石材に彫られたさまざまな物象を連想させる。作者は、そのレリーフのイメージを凝視しながら、浮かんできた感動と思想をわずか四行の詩のなかに、みごとに詩い上げている。

一行目で、この浮彫がエロスの象徴である「踊り子」の姿であることが像的喩を通してうかび上がってくる。しかも「長い髪」をした「踊り子」であると同時に、「長い髪」のような雨が浮彫や作者の感性を濡らしている。

二行目と三行目には不吉な激しいドラマがある。「雷」とは、外部（国）から突然おし寄せる運命を連想させ、「噛まれた踵」とは破壊されたレリーフのイメージだ。この一行にはメキシコのたどってきた歴史の悲劇が、悲しいトーンとともに封じ込められている。「踊り子」やエロスはいったん破壊され殺されたのだ。

だが死んだ大地を雨が叩く。「太鼓の伴奏で落下する」雨は、読む人の感覚に伝わってくるほど激烈だ。そして「水」が、やがて再生をもたらしてくれる。

メキシコの生命と生産の象徴と感じられる「トウモロコシ」が「眼を開きそして伸びる」のだ。この「トウモロコシ」には作者パスの姿や、祈りまで仮託されているように感じる。それは、何に向かって「眼を開」いたのだろう。「雨」に「長い髪」に「踊り子」の「浮彫」にではなかろうか。

すると、この「浮彫」は「エロス」や「古代感覚」さえ象徴していると言えないか。わずか四行の詩から、ぼくはパスが破壊されたメキシコ文化の悲劇を越えて、「古代感覚」や「エロス」との交感による、新たな生命力と創造を祈り、詩う、凝縮された思想のドラマを感じざるを得ない。

オクタビオ・パスは、フランスで超現実主義《シュールレアリスム》の詩法を学び、かいくぐりながら、魂はつねに出自の国メキシコに回帰している。そして太陽やトウモロコシの神・花や水の神等との交感を試みている。かつてスペインの植民地下に置かれたメキシコの歴史の悲劇と、それからの脱皮と革命への情念をぬきにしては、パスの詩と思想は語れないように、ぼくには思われる。

一方、日本で同様な試みを追求している、すぐれた詩と思想の表現者として、ぼくは黒田喜夫をあげることができる。黒田はすでに評論集『自然と行為』や『一人の彼方へ』で大和歌謡や和歌が成立する以前のアイヌ歌謡「ユーカラ」や、南島歌謡のひとつとしての宮古の古謡「ニーリ」「アーグ」に現われた「古代感覚」との交感の重要性を提唱している。

ぼく（たち）は、そこで提示された方法をふまえて表現された詩作品を、黒田の詩集『不帰郷』で確認し鑑賞することができる。そのなかでもっとも成功している作品のひとつと思われる「葦の湿原《さろべつ》のかなた」の冒頭のみを引用するとこうだ。

河のなかのもつれた糸
海からのぼり
狂気する精子を抱いて
たたかう鮭たちの暗紅色
の糸だ
そして葦と
葦のうえにかがやく青銅の塊
背光からぬけて山地民の頭蓋となった
水の面に傾き　水の
光芒が狭い額をこえると
波形にくずれた
水だけが流れていたがとつぜん

躍りあがり
暗紅に灼ける魚をつかんで岸に
立った　ふたたび
葦のうえにかがやく青銅の
頭蓋となって地に跳ぶ
背光に小さくなっていったあれが
わたしの見た真昼間の
幽霊だ……

（「葦の湿原のかなた」四一頁）

この詩のタイトルになっている「さろべつ」（葦の湿原）という言葉自体がアイヌ語であるだろうが、この作品は「わたしの草の着物は／ひとりの肉と実在を包んでいたと／黙しながら／覚えのある葦のひとが暗がりから／波うつ葉緑素の国家の真昼間へ／深い現時《いま》となって戻らず／ここから歩きでていった」と、現時の国家体制と異質な死者たちの系譜と、それとの交感のドラマを描いている。「真昼間の」「幽霊」とか「覚えのある葦のひと」とは、黒田の深層感性に潜んでいる「衆夷」や、「古代感覚」の暗喩にほかならないだろう。

十

さて、日本や琉球の現代詩において風土や伝統と交感して詩表現へ転化してみることは先鋭的表現者たちに忌み嫌われた傾向がある。それには思想的に重要な根拠があった。日本や琉球においては近代個人主義が未熟なために、個性が、風土や伝統に依拠したり、解体させられる傾向が強いからである。

しかも、日本の場合、風土や伝統との交感と言った場合、天皇制ナショナリズムに足をすくわれてしまう危険性が強い。事実、戦後詩は、かつて風土や伝統への個性の解体と融合が、民衆をまき込んだファッシズムと民族主義・侵略主義に抗しきれず、戦争讃美詩や愛国忠君詩へなだれ込んだという、過去の苦い敗北への批判から出発したと言える。それゆえ、もっとも個性あふれる詩と思想の創造をめざす詩人たちが、風土や伝統から身をひきはがすようにして詩（文学）の自立をめざしてきたのは、重要な意義をもっていたと評価できる。

しかし、他方で都市型市民社会文化や、大衆文化の大量生産と大量消費のなかで、詩（文学）も一個の商品性としての価値重視の傾向に流されがちで、近代個人主義の確立も、「自我意識による自立」へ狭められる傾向が強くなっている。すなわち、詩と思想の固有性としての自立が、個性と共同性（社会）との相互関係の変革を通して追求されるのではなく、自我意識の観念のなかで閉塞しつつあると言っていいだろう。

だが、ぼくにとって、そのような傾向は「いつか来た道」としか映らない。ぼく（たち）は、もはやキリスト教と資本主義の風土の上に築かれた、西欧型個人主義を先験的に肯定したり、目標にすることはできない。したがって、風土や伝統を批判するあまり、それと観念的に切断して、西欧型個人主義のあとを追うという日本近代知識人の袋小路をさ迷うことには賛成できないのだ。自我意識の観念のなかで、風土や伝統と切断しているかぎり、出自において身につけてきた無意識下の情念や、民衆の情念に反撃され、ナショナリズムの渦に抗しきれないことは、去る戦前・戦中の詩と思想の敗北過程や、今日の危機的状況を見れば明らかであろう。

川満が、このような閉塞的な自我意識を否定し、「神話や古代歌謡等に現われた、引き裂かれた民衆の共生域」と交感し、新たな自己表現の創造を目指す背景には、あくまでも個性と共同性（社会）の変革を目指す思想的模索が横たわっているからであろう。しかも、そのことは自己の内なる民衆性を対象化し、それと格闘する契機をつかむと同時に、「深層感性」の深化と拡大にもつながるはずだ。

さらに、その思想的模索の意義は、島尾敏雄の「ヤポネシア論」や黒田喜夫の「南島域の可能性」に対する次のような指摘にも通底するであろう。

> われわれが「ヤマト歌」の奇体な現代のすそ野で、苦悩する自己表現の意識下の衝迫から企てをおもい——移入型の詩という観念のたたらをこえ——自然にたいした原初の衝迫にいたろうともし、列島の上でもっとも古いものとして遺された歌謡に向かうなら、そのことが、自生の律動を簒奪した支配形成の脈絡とその親和の空間にいたることにあるという、われわれと（日本）上代歌謡との即時の関係があると思うのだが、その関係に、たとえば宮古島の歌謡を具象とする南域のうたの層を対してみることで、権力者の自己優位宣言に組み込まれてそれに調律の親和をあたえているものを、衆夷のうたとして民衆の基盤の方へ変容させ、奪いかえすかたちがあり得ることを想うことができる。
>
> （『一人の彼方へ』）

十一

ところで、黒田喜夫やオクタビオ・パスの詩からは、もうひとつ重要なことが学びえる。それは、彼らがみずからの詩思想を、なまの言葉で表現するのを、できるだけ排除し、意識の叙述よりも、イメージを喩化した「物質」の運動のドラマとして表現する方法を駆使していることだ。

その傾向はパスの場合に著しい。たとえば先に引用した作品「浮彫」は、字面のうえでは「踊り子の足」「雨」「踵」「トウモロコシ」の運動しか描いていない。しかし、先に見たように、タイトルも含めて、この物象たちには、多くのイメージが凝縮して仮託され、象徴化されている。

この詩の魅力は、ありふれた土着の素材を用いながら、それを象徴性の高い喩まで磨き上げ、イメージの自由度の大きい詩行のなかに詩いあげた点にあると思う。と同時に、メキシコの詩人パスならではの祈りと思想を含んでおり、しかも作者は、それを徹底して物象のドラマとして描ききったという点に注目したい。

一方、黒田喜夫の場合には、「国家の真昼間」とか、やや硬質の言葉が出てくるが、それでも、みずからの思想を、あくまでも「鮭」や「青銅の塊」、「葦」や「飢えた兎」、「男の身体」と「婦の身体」、そして「水や」や「火」「熱」の運動の緊密なイメージ描写でもってドラマ化している。それゆえ、詩「葦の湿原《さろべつ》のかなた」からは、作者や、その内なる「衆夷」が被むった飢餓と受難が、ぼく（たち）にまで官能的なほど感受されるのである。

これらの方法から、ぼく（たち）は「思想性や倫理性」を失うことなく「イメージの喚起力と自由度の大きい喩と詩言語」の創造へひとつの手がかりを得ることができるのではなかろうか。その鍵は、なまの言葉を抑えて物象の運動の緊密な描写に、思想とドラマを喩化していく点にあると思う。

十二

それにしても、川満の詩は、あらゆる親和性を拒否しているような印象を与える。彼の詩は、みずからの先行する詩作品の方法にさえ背いて、新しい作品が生まれ出てくるようである。それは詩人としての円熟を拒否し、詩のなかでの自己浄化《カタルシス》さえ拒否しているように映る。

事実、ぼく（たち）は二十年余の詩表現を編んだ詩集を前にして、川満の「飢渇の根」を深くえぐり取っていく表現と、それを「自我意識」もろとも否定していこうとする激しい情念と思想の持続力に驚かざるをえない。と同時に、その持続力を支える根拠は何なのだろうと考え込んでしまうのである。

そこで、印象深く想い起こされるのは、詩集に寄せられた島尾敏雄の「川満信一詩集略注」という名文だ。島尾は「私は詩というものがうまく解けないから、その感受だけで物を言うと」と謙遜して書いているが、川満詩の意義をこれほど的確にとらえた文章は少ない。

川満の詩の言葉は簡潔で明るく鋭いが、その底に暗くて深い根がからみついている。仮にどの詩篇をえらんでみても、その片鱗がちらと光るのに気づくことになるが、しかしそれは氷山のほんの一角なのだ。海面下に底知れず沈んでいる部分こそが本体であって、それは無気味に沈黙を守っているわけだ。（中略）つまり日に輝ききらら光る彼の言葉は、まんまとその底に眠る暗黒をねじ伏せってしまったようでさえある。いや暗さの中のじめじめしたものを、日の下ででもなおその暗さを主張できる乾いたものにした。それがつまりは彼の詩が、われわれの目の前で果たした役割りではなかったろうか。

と島尾敏雄は問い返している。ここで言われている「底に眠る暗黒」こそ、ぼくが視て来た「未だ表現されない反詩の世界の豊饒な闇の沈黙界」と受感したものにほかならない。そこを「ねじ伏せって」いる抑制力こそ、川満の持続力の大きな根拠のひとつと言えるだろう。

この自己抑制力は、ときには、ストイシズムとなって、川満の詩を縛る欠点ももっているが、しかし、それが逆に「日の下でもなおその暗さを主張できる乾いたものに」する力にもなっているだろう。つまり、彼がかかえた戦後詩の負荷を、あくまでも「自我意識」のなかに閉じ込めず、個性と共同性の関係の同時変革による自己表現の普遍化へ突きぬけようと提示したがゆえに、川満詩への共鳴の幅とそのテーマの共有化の幅が拡大したと思えるのだ。

ところで、「無気味に沈黙を守って」「底に眠る暗黒」のなかには「ひき裂かれた民衆の共生域」の闇が横たわっている。それについては川満自身が彼の「民衆論」や「共同体論」のなかで新しい思想を構築している途上にある。ぼくは、このノートで、意識的にその思想論の領域への評価は避けてきた。

しかし、最近の川満の詩と思想を支えるその領域へ進まないかぎり、このノートは、もはやこれ以上書き加えることはできなくなった。思えば三年余、『川満信一詩集』のまわりをぐるぐる回っていた。にもかかわらず、川満詩によって突きつけられた問題は、多くのものが未解決のままという感がぬぐい去れない。

とまれ、敗戦後からの「飢渇の根」をかかえたまま、自己とひき裂かれた民衆の、「始源の闇」へ還相し、自己表現の新領域を切り開かんとする、川満の苦闘と問題提起は、共鳴する者にも、批判する者にも、避けて通ることのできない、切実な課題にほかならない。

詩と批評の自立へ——清田政信詩・小論

清田政信（一九三七年〜）は、琉球戦後詩と批評の領域で鮮烈に一時代を画し、後続する者たちへ直接／間接に強烈な影響を与えた。私もまた、青春期に清田と出会い、直接的に語り合いながら、その影響を受けた一人である。

清田については、彼の詩と批評と思想の全体像を論ずる必要があるが、今回は原稿依頼のなかから詩についてのみ述べてみたい。

私の場合、数ある清田詩篇のなかからもっとも感動し、強烈な影響を受けた詩を三篇だけ上げると「ザリ蟹といわれる男の詩篇」（詩集『遠い朝・眼の歩み』）、「辺境」（『光と風の対話』）、「流刑喩法」（『眠りの刑苦』）になる。その他、「乳房の魅惑」等ぜひ上げたい作品群があるが、いまは割愛しておく。

清田の「ザリ蟹といわれる男の詩篇」は、彼の代表作のひとつであるだけでなく、明らかに琉球戦後詩の表現方法の大きな転換を指し示すものであった。「廃墟の風をこころよくあびて立つ　それに〈自由〉と呼びかける日」という戦慄する一行から始まる全十五章から成るこの長篇詩は、戦後琉球の詩表現が「廃墟」や「状況」を引き受け抗いつつ、「政治」や「日常」からも一定の距離を取り〈自由〉に〈自立〉していくことを告げている。

ザリ蟹の男　ひとたちの働く昼は陽を拒み
氷った　ひとりの城で　暗流に耳すまし
おもむろに　奇怪な確かさで渦巻き　泡立つ
内界の海に　瀕死の美神と語る

日輪へ向かって走るな！　汝イカルスの末裔は
暗黒の時代の季節の内部で眼をとざし
卑小な詩法を侮蔑して薔薇色に開示せよ
いまは世界につながる言葉を紡ぐ時であり
ひとたちが投げこむ言葉のかばねを拒み
肉にからむ　つたの葉をちぎって
きみの空に投げ上げ
遠い宇宙
内に展ける激浪に洗わせ
軽やかに　頭冠にきらめくいのちの産声を待つのだ

（「ザリ蟹といわれる男の詩篇」）

全篇が、否定と肯定のイメージの激突から成るこの詩篇は、詩人の内面世界において詩表現と思想をどのように自立させていくかを詩っている。私が、まず感動したのはその内面世界に下降していく否定のエネルギーの激しさであった。

と同時に、清田独特の感受性とイメージと喩法の表現力である。「ザリ蟹の男」「陽を拒み」「氷った　ひとりの城」「内界の海」「瀕死の美神」「日輪へ向かって走るな！」「卑小な詩法」等々と鋭く鮮烈なイメージや比喩が満ちあふれている。私が、清田詩から学んだ第一のものは、このイメージ力と比喩法による「詩の自立」という課題であった。

それにしても、第15章の「みどりの山河をみれば　憂鬱症になる男」という一行は、強く印象に残りいつも気になる詩句であった。私は、その理由を確かめたくて、久米島の清田の出自の村を訪ねたことがある。清田の「軒ひくい」実家は、海と緑の山と福木並木に囲まれた村の中に、ひっそりと佇んでいた。ああ、「みどりの山河」であった。

光はいつでも北に湧いた
内陸に冬は起ころうと終息し
娘らの磯くさい対話へ
するどく細り　廃れた山脈をめぐる
愛はいたずらに乾く
身のふり方を案じてつぶやくひとは
みなみへ去るがいい

（「辺境」）

鮮烈な比喩から成る詩行が、否定のパトスと美しい抒情を表現しているこの「辺境」も、清田詩の代表作のひとつと言っていい。彼の詩は、数行で一篇の詩が成立するほど、イメージと比喩が凝縮されて緊張感をもっている。

この「辺境」も、青年期の恋愛や、自己内面の確立をめざす心象のマンダラ図とも読める。何度読んでも「光はいつでも北に湧いた」の一行が強く印象に残る。そして「娘らの磯くさい対話」「ひらいても吐いてしまう」「砂を頬張り裂けている」「まぶたを撃つ陽はかぶれた卵のようだ」等々と展開される鋭く痛々しい感受性による喩法の強靭さ。

最後に、清田詩の「露頂」のひとつを代表させて「流刑喩法」を読み返してみよう。この長詩も、全篇引用したい誘惑に駆られる。

ならば辺民とはなにか!
きみの出生の喩法にすぎぬ
ならば辺塞に流刑されているきみとはなにか!
きみの幻想への蜂起を潰す喩法にすぎぬ

この詩で、清田は自らの出生を「辺民」と比喩し、出自の村に内閉されていることを「辺塞に流刑されている」と表現している。そしてこの流刑から「幻想の蜂起へ」「詩の路頭へ」向けた自己表出の苦闘を展開し「破滅から翔《かけ》れ/敗走へと翔れ」と激しく呼びかけている。

清田は、自己と同世代たちの詩表現の特徴を「六〇年代は、連帯を信じられない地点から書き始めている。また土着のおらびそのものは、即自としては、思想になりえないという、いわばみずからの存在の基底を掘りすすむことによってしか、他者は発見されないという困難をかかえこむところから出発している」(「沖縄戦後詩史」、「現代詩手帖」一九七二年九月号)と述べている。

私も、この「みずからの存在の基底を掘りすすむこと」を自己の詩表現の方法と思想のひとつにするよう努力してきた。清田の詩と批評の自立へ向けた苦闘を、何度も学びつつ。

カンヌオー（神の青領）の水底から――山口恒治論

山口恒治の第三詩集『真珠出海』を読み終わって、数日経ってから、その詩集を閉じたまま机の前に置き、ほーっと息をつく。そして最初に浮かんでくる詩の数行を自動筆記的に書き留める。夜明け前の窓の外では冷雨混じりの木枯らしがビュービュー唸っている。

敗歴の幾年
骨かおらず ①
桜　吹雪とならず
鳴りっぱなしのサイレン ②
我んねー何ーぬ罰かんたがやー ③
チュイ、チュイ、ヒ、チュイ ④

まささあれ　さやかあれ
さやかあれ　まささあれ　⑤

空穂舟／般若舟　⑥

その作業をやったあと、詩集を開いてこれらの詩句のイメージがくり返されている出典の作品を確かめる。

詩行①の出典は「母胎原郷」。そして山口の第一詩集のタイトルが『夏の敗歴』だったことを思い出す。②の詩句は「昭和の柩―真珠出海」。③の詩行は、再び「母胎原郷」。詩句④は「巫覡の村」「幻褥」「昭和の柩」とくり返される。⑤の詩行は「抱かれるということ」「古井戸のある屋敷で目を病みて」でくり返されている。

最後の対句的な「空穂舟／般若舟」のイメージになると詩「闇の盆」「海の仙人は・今」「幻褥」「昭和の柩」で何度も詩われている。

すると、無意識のなかから浮かんできたこれらの詩句から、この詩集の「母胎原郷」「昭和の柩」「幻褥」「抱かれるということ」「巫覡の村」「古井戸の屋敷で目を病みて」「闇の盆」などの作品群が私の魂を激しく揺さぶったことがわかってくる。

思えば、『夏の敗歴』ノートとして評論「詩と『根の思想』の火花」を書いて以来、第二詩集『かげろうの疎邦から』の書評（いずれも拙著『琉球弧詩思想・状況』・海風社に所収）を書きながらも山口詩は「ぼくには距離がとりにくく客観的に評価することはむつかしい」という思いにとらわれてきた。

実際、『真珠出海』に編まれた「抱かれるということ」「巫覡の村」「母胎原郷」「境る幻郷」「古井戸の屋敷で目を病みて」などの作品は、開南スラム街を中心に山口と時空間を共有しているころに書かれた背景をもっている。ああ、カンヌオー(神の青領)よ。

したがって、もう客観的に評価する云々はあきらめよう。それよりも、私に本格的に詩を書くように教え、同人誌にさそい、つねに励まし続けてくれた山口恒治。その恒治から、私が学び続けたのはなにか、逆に影響を受けないようにしたのは何か、を自分自身へ向けて書くことにしよう。

山口から、私が学んだ最大のことは「詩だけは手放さない」ということである。山之口貘さんも「僕には是非とも詩が要るのだ／かなしくなっても詩が要るし／さびしいときなど詩がないと」(「生きる先々」)と詩っている。恒治も市民社会からドロップアウトし、農連市場の捨てられた野菜クズや、パン屋からもらったパンの耳を齧りながらでも、詩を書くことだけは手放さなかった。

詩と思想に関しては、出自の村にこだわること、自己の幼年期を大切にして対象化すること。女性像とエロスを表現すること。それは同時に、自己の弱さを大胆に晒け出し、対象化していく思想である。それらを私は「根の思想」と呼んでいた。

詩の方法については、琉球語を大切にすること。独自のオノマトペを創り出すこと。そして中国文学をはじめ文学や哲学を広く学び教養を深めること。「沖縄の詩人で山口恒治ほど教養のある詩人はいない」と驚いていたのは琉球大学教員時代の関根賢司ではなかったか。

ものごとの見方としては、つねに小さい方から、低い方から、疎外され負荷をもつ人間と生類の視線から見るように心がけること。詩にとって一番大切なのは自由な思想や哲学である、と教えてくれた一人が恒治であった。エケ、見者となれ。

一方、山口の優れた資質でありながら、私が影響を受けないように避けてきたこと。それは寒山・捨得や竹林の七賢人のように超俗的な自由にあこがれながらも、ロマンチックな詩仙境に閉じこもらないこと。出自の村にこだわりながらも「産土耽溺症候群」（「境る水」）にならないこと。

また、俳句のリズムを学びながらも、リズムに溺れないこと。漢字の哲学的イメージの豊かさを学びつつも、既成のイメージにとらわれないこと。

さて、そうは言いつつも、どれだけ山口詩の影響から自由になれているかどうかは、心もとない。山口詩の物語性の豊かさは、今後とも参考にしつつ、私なりに重層化していきたいと思っている。

山口恒治は『夏の敗歴』で父や母や自己の幼年期への鎮魂を詩った。『かげろうの疎邦から』で共生を願う小宇宙のイメージを展開した。そこへ詩「闇の盆」の新妻を迎えた。しかし、いま最愛の妻に先立たれて再び「空穂舟／般若舟」の旅に出ようとしている。いまいちどカンヌオーの水底をくぐり『真珠出海』のイメージの玉を紡ぎだした。流浪を重ねた山口の旅は、何人も作りえないひとつの宇宙を表現しつつある。それが、私（たち）を鼓舞して止まない。

意味と言葉——水納あきら詩ノート

一、テーマからの距離

詩の批評がむつかしくなった。いや、あらゆる文学の批評がむつかしくなっていると言った方がいいだろう。あるいは、むしろ解体に向かっているのは、思想や批評行為そのものかもしれない。社会の価値基準や思想がゆらいでいるからか。時代は閉塞化していく一方なのに、情報量の氾濫によって現実はますますつかみにくくなっている。ひとつひとつのパラダイムがくずれ、イメージは混乱し、言葉は単なる媒体記号と化して、現実や人々の魂との対応力をなくしつつある。

水納《みずな》あきらは、あらゆる感性の規範を超えようとした。使い古された表現のパターンを彼は自分に許さなかった。とくに沖縄の表現状況には激しく坑がった。

ぼくが初めて水納あきらの詩と出会ったとき、そのリズムとイメージの新鮮さに驚き、この作者は自分の感性を思想化していく人だな、と思った。彼の第一詩集『お通し』（一九七四年刊）の表紙裏に「意味性の断絶によって新しいイメージを創っている」というメモが走り書きされている。おそらく、出版パーティーで書いたものだが、その思いはいまも変わらない。

冷めたさが欲しかった
もっと冷めた暖かさが欲しかった
さめざめ泣いて
歯ぎしりの
背中合せになりたかった

（「背中」）

水納あきらは特異な存在である。当時、沖縄で感性を前面に押し出して詩表現をしている人たちは少なかった。清田政信は独特の位相で感性や思想と格闘し続けていたが、水納のように言葉やテーマの意味性よりも感性やイメージの方に表現の重点を置く詩人は、彼以外には仲地裕子や宮城秀一ぐらいしか目立たなかった。

彼の第一詩集が出た一九七二年前後と言えば圧倒的に政治の季節であり、多くの詩人たちは、自分の表現行為をモチーフやテーマの思想性に重点を置いて作品を発表していた。水納の作品は沖縄で少数派の傾向であり、情況に対して冷めた眼差しをもっていたので、表層的な批評をする人たちからは「思想性がない」とか「言葉あそびだ」とかいう否定的な評価しか聞こえなかった。

だが、ぼく（たち）は最初から水納あきらの感性と表現思想を高く評価していた。また、彼も自分の表現思想に自覚的で、どんな風評が聞こえてこようがマイペースで創作に向き合ってきた。ぼくは彼の作品に対して、その表現する領域への向かい方は逆だが、妙に背中合わせの部分があることを直感していた。それゆえ、長いあいだ同人誌活動をともに続けることができたと思う。

水納は意識的に作品のテーマへ距離を置こうとしている。とりわけ風土性やテーマの思想的意味性にできるだけとらわれない領域を表現しようとする。だからといって、彼の詩に「思想性がない」と評価する人は、逆に、「思想」のとらえ方が狭いとしか言いようがない。思想とはイデオロギーのような狭いものではないことは多言を要しないだろう。イデオロギーはたかだか頭からおへそぐらいまでの領域しかカバーできない。思想とは足の指の爪先から頭の毛の先までを貫く全存在とその表現行為のことだとぼくは考えている。

水納の詩ができるだけ風土性やテーマの思想的意味性から距離を置こうとするのは、ひとつには彼の風土に対するドロドロとしたコンプレックスと、もうひとつには表現情況に対する彼の反抗心が主な理由だとぼくは思う。事実、同人誌の合評会などで幾度となく議論を闘わせたことがあるのだが、彼は風土に対する規範性を帯びた感性や、その言語表現に依存したり、テーマの思想的意味性に寄りかかって言葉のイメージを固定化する傾向を激しく否定するのが常であった。そこが彼の詩・思想を形成している中心のひとつであり、ぼくは多くのことを学ばせてもらったものだ。

さてと
朝昼夜の体言を
他転のころがりで歩き
名詞が君だけのものであったとしても
動詞が仲間だけのものであったとしても

接続詞に吊るされている限り
どこかで助詞がすすり泣くのだ

（「体言止め」）

直接的にテーマの思想性を詩わないこと、これが水納詩の一貫した方法なのである。だからと言って、彼が思想や風土を詩わないということはもちろんない。彼はできるだけの感性の規範を越えて、みずみずしいオリジナル性を発揮しようとするだけだ。

形象のくりかえしはくりかえされることで
幻想は陽光に生き

御嶽に根を下ろした広がる老木の葉は
青々と太陽に受け答え
香炉は島を撫で上げる

サッサッギャー
サッサッギャー
中空へ舞え若木
サッサッギャー

サッサッギャー
中空を支えよ老木

（「お通し」）

では水納は彼の思想やテーマをどのように作品のなかに塗り込めようとしたのか。第一詩集『お通し』に顕著に表われている方法は、現実や状況に対する感性の規範を硬質な論理で批判していくのではなく、新鮮なイメージをたたみ込むことによって、つきくずしていくやり方だと思う。つまり、現実や日常を言葉でもって解体し、作品世界で抽象化することによって、その虚偽性をあばくという方法である。彼の詩語は軽くリズムに乗せられているが、実は鋭敏な感性で選びぬかれた言葉への信頼度はきわめて強い点に注目しておかなければならない。

二、イメージへ

さて、水納の第二詩集『イメージで無題』（一九七六年）は画期的な実験作品であった。まずなによりも、この詩集は「〇〇〇のイメージ」という統一されたテーマで編まれている。このように詩集に編まれることを前提にして一貫したテーマで書かれた作品集は、そう多くはあるまい。管見によれば、沖縄ではもちろん初めての試みではなかっただろうか。

しかも一篇一篇の作品はできるだけテーマの意味性をはぎとるという表現方法がとられている。意味性を指示するような言葉は省略され、作品全体が暗喩であるかのように書かれているのだ。

黒のフチドリは
朝焼けの泣き声の
すべてに混り合えるあざやかさで
体温を越え
視覚を越え
見下ろす抱擁

（「赤のイメージ」）

この詩集で水納は純粋に感性のイメージ力に表現のすべてをゆだねているかのようにみえる。読者はまず、イメージの飛躍と言葉やリズムの転調を楽しめばよい。

まずあなたが居るんだな
そして見るんだな
目の言葉っていう奴がしゃべり出すんだな
探り合いなんだな
呼びだしなんだな
お互いの縄がかすかに見えるようになるんだな

つかめてくるんだな

やはりまずあなたが居るんだな
できあがっているんだな

（「はじめてのイメージ」）

これはひとつの極限的な実験だ。詩を読む楽しみは増大するが、同時に不安も深まる。それだけ現代人は意味性中心の感覚のなかで生きている。このような実験は作者にとっても、きわめて危険な表現のカケを必要としたにちがいない。たとえテーマの意味性からはなれても、イメージは思想の緊張感に支えられてなければ、知的な言葉あそびや、陳腐な表現のレベルに転落してしまうからだ。

ぼくらは真新しい家のごくろうさんに行きました
みな
ホットした顔をしていました
白いごはんが出ました
箸がつきささっていました
それもまっすぐです
もちろんぼくらもまっすぐ来ました
ただあまりにも線香が絶え間なくまっすぐだったので
ぼくらはおかずだけをつまんでいたのです

（「まっすぐのイメージ」）

イメージと表現思想の緊張のバランスがよくとれている作品である。ただ、ややテーマやモチーフの力が強くなってきている。『イメージで無題』が、その実験性のすばらしさにもかかわらず、それほど高い評価を受けなかったのは、作品のレベルの不均一性が目立つところに理由があるだろうとぼくは思う。

ともあれ、できるだけ言語がもっている既成の意味性をはぎとり、純粋にイメージからイメージへの飛躍による表現の可能性を試みたことは、詩における水納あきらの前衛性として、記憶にとどめておかなければならない。

故郷への苦い旅――真久田正詩集『幻の沖縄大陸』

一九七〇年前後、ぼくも真久田正も日本「本土」に居た。ぼくは学生で、彼はすでに働いていたと思う。ぼくらは東京でよく会った。ほとんどが在日沖縄青年運動の会議の席かデモか集会の場所であった。当時の彼は運動の中心的指導者の一人に見えた。そのころ、お互いに私的な意見を交わしたことはほとんどない。

ただし、ときどき彼の「海邦」という個人詩誌をもらって読んだ。ぼくは、高校時代に書いて発表していた「詩」による表現を中断していた。言葉よりは行動が熱く燃えていたのだ。そんなころ、ガリ版刷りで、赤や黒インクを使った小詩誌を読んで、必死に言葉と行動のバランスをとろうとしている人がいるんだな、と思った。その生真面目な姿勢に触れて、真久田正がまぶしいほど輝いてみえた。とくに印象に残っているのは作品「南風」が掲載された「海邦」四号である。

今度の詩集で再び「海邦」に掲載された作品を読み返してみる。読み通すと作品の多くに故郷への苦い旅が同世代への熱いメッセージとして表現されている。彼もまた、故郷を愛するがゆえに、島の現実に傷つき憎み、ついに幻想・理想の故郷へ旅立たざるをえないのだ。詩誌「海邦」の総集版が『幻の沖縄大陸』と命名された所以であろう。

おそらく、ぼくが直接「海邦」を読んだのは第四号までである。詩集には八号までの作品が選択され、収録されているが、図らずも内容的に四号までと五号からとの作品は大きな屈折を示している。そこで、仮に四号までを詩集の〈前半〉、五号からを〈後半〉と呼ぶことにする。
詩集〈前半〉の作品は政治的状況に抗う個人の内面が痛切な抒情性を帯びて詩われている。詩の凝縮度は〈前半〉の作品群のほうが大きく、イメージや言葉のボルテージも熱く高い。とりわけぼくは、「党」という作品の最終連が好きだ。

川崎は海に近い重油の街だ
あれが味の素、あれが東芝、あれが森永、あれが鋼管
それで、みんな死にに行くのだ

八月の交番で、彼は五発撃たれた
五月には黒ぬりのバイクが疾走した
敗残兵は捕虜にされ、戦死者は海へ帰った

島へつづく太平洋ベルト地帯の、すべての不幸は
ここに始まり、ここに終わる
黒い鉄道の走る、圧縮された、この京浜

（「党」）

この詩は状況という素材に寄りかかりすぎる弱点はあるが、たしかにあの時代のあの場所でしか生まれなかった点で、ぼくの魂をゆさぶる。読みながら、京浜地方を野良犬のように歩きまわっていた体験の古傷が浮かび上がってくる。ぼくは在日本「本土」体験をいまだ詩として表現できないが、そのころの状況のエッセンスは、この〈前半〉の作品群に示されていると思っている。「党」をはじめ、「銀色の傷」「オルグ」「パルチザン」などの作品はあの時代じゃなければ書けなかっただろう。

詩集〈後半〉の作品群は挫折をかかえて生活に追われる島での日常を、苦い哀感とブラックユーモアを込めて詩っているのが多い。そのなかで「山猫」と「左手」がとりわけ作品としての完成度が高いように感じられ印象深かった。また、「幻の沖縄大陸」や「東支那海の夜」の苦い開き直りとユーモアは注目に値すると思われる。

真久田の詩は苦しい体験のなかにも明るさとユーモアを手離していない。そのリズムは限りなく歌謡へ近づいていく。ぼくは詩を読みながら、しきりに「歌と踊りの島」と呼ばれる八重山群島を連想した。詩集の冒頭に載せられた「ぷーる」と「ばんちゃぬ、ふっちゃー」は、八重山言葉で書かれたという点だけでなく、その明るいリズムが、この作者の原質をよく示すと言えるだろう。

さて、真久田はこの詩集を出版することによって、詩を書くことから遠ざかるであろう。ぼくは、そうあってほしくない。彼が今後とも書き続けるうえで、もっと詩の言葉ときびしく格闘するように注文をつけておこう。とくに〈後半〉の作品群は、表現のきびしさがゆるんでいるのと、リズムが演歌調に流れがちな点が気になる。苦いユーモアとペーソスをぎりぎりまで追いつめて、芯の強い独立した作品に詩い上げてほしい。また、良質の明るさと抒情性の資質をもっている彼には、それが可能だと信じている。

現在、多くの詩の言葉は衰弱し冷えてしまっている。それはどこかで冷え切り、苦りきった状況と相通じているはずだ。そのような詩の現在にあって、多くの作品が他者へのラブレターのように書かれているこの詩集は、いま一度、熱いメッセージとしての詩の原初の姿を思い出させてくれる。きびしい言葉を、言葉よりはイメージを、さらに表現の根拠を、作者にも読者にも問いかけているのだ。

記録と沈黙――『牧港篤三全詩集・無償の時代』書評

背骨を骨折して、自由には動けない状態のなかで『牧港篤三全詩集・無償の時代』を読み返している。この詩集は一九七一年五月に発刊されている。定価五ドルという数字がなつかしい。沖縄の「祖国復帰」・施政権返還＝日本併合の一年前である。そのころの五ドルとは、そうとうの価値があった。十セントで沖縄ソバが買え、二十五セントでにぎり鮨が食べられる時代であった。一ドルもあれば一晩も酒を飲んだり食べたりできた。

牧港篤三は「アメリカ世《ゆー》」と呼ばれた沖縄の米軍植民地支配が終わりを告げようとしていたときに、敗戦後の一九四五年から七〇年までの詩作品とエッセイをみずから〈全詩集〉と銘打ってまとめ出版した。それは敗戦後の沖縄と米軍植民地下の戦後沖縄における文学・表現活動を象徴する代表的な詩集のひとつと言っていい。

沖縄の戦後詩の出発を告げた代表的詩人は牧港篤三であった。しかし、私たちはその作品をまとめて読めるようになるのに一九七一年まで待たなければならなかった。戦後二十五年余という歳月の体験と表現が、この一冊に込められている意味はきわめて大きい。

わたしは　たしかに生存していた
いまそのことを
あなたに書いてあげる
ことのできるよろこび
にわたしはうちふるえている

（中略）

わたしたちは残る生涯
を通じて　語りおわせない
かず多くの物語りを
たった百日足らずの　戦乱に身一杯
背負いこんだ

（「手紙」）

私は、何度この詩を引用しただろうか。この詩集には「手紙」をはじめ「村　其の一」から「村　其の三」までの村シリーズ、そして「ブランコ」など、「一九四五年・カイコン村にて」と注記の付いた作品群が五篇以上収録されている。これらの作品は敗戦直後わずか二、三ヵ月しか経たない沖縄の捕虜収容所から書き表わされているのだ。

米軍の俘虜収容所で、俘虜の一人として（中略）アメリカ軍の支給するライスの袋をはがして、たんねんに重ねて、手製の手帳をつくった私は、どこからか探し当てた鉛筆をなめなめ書いた詩がこの詩集の冒頭に収めてある。

（「ノート」）

と作者も書いている。沖縄の戦後詩は他の文学（短歌や俳句など）と同様、〈俘虜収容所〉から出発したと言える。この事実のもつ意味を私はくり返し問い直したいと思っている。戦争体験はどのように詩われたか。戦後はどのように表現されたか。

牧港の詩の特徴は、体験をできるだけ客観的に突き放して観察し、それを自己感情を抑制して記録するような方法で表現しているところにあると思われる。それゆえ、牧港は戦争と敗戦という悲惨な体験も、米軍支配下の戦後体験も、自己の内面にいったん引き受けたあと、そこから沖縄人として、人間としてくみ取るべき教訓を黙示として表現している。そして詩作品のなかで執拗なまでに自己の、沖縄人のアイデンティティーを問うている。その代表的な作品として「手紙」をはじめ「村　其の三」「沖縄病」「女身」「環礁にて」「啓示」などを挙げることができる。

一方、この詩集の後半にはかなりの頁をさいて「おもろと現代詩」や「地理の恍惚」、「私の出合った戦争詩」などの〈エッセイと詩論〉が収録されていることに注目しなければならない。詩集にエッセイや詩論まで収録するのは稀なことで〈全詩集〉という編集方針から出たのであろう。

これらのエッセイや詩論のなかで、私たちは牧港が、①沖縄人とそのアイデンティティー、②伝統文化と現代詩、③沖縄語と日本語、④戦争体験とその詩表現化などの問題をくり返し論じていることを読み取ることができる。そこで提起されている問題は日本や沖縄、ひいてはアジアの国々が近代化の過程でかかえてきた諸課題であり、それは現在でも充分に答えが出されているとは言えない。

私たちは、それらのなかでも「おもろと現代詩」に関する論考や「百名浦」「星と三日月」など六篇の〈おもろ〉の現代詩への翻案、そして「ノート」のなかで沖縄の「言語破産」が逆に玉城朝薫の組踊や山之口貘の詩作品を産み出したという指摘に注目し、多くの触発を受けた。これらの問題は、私も詩論のひとつとして引きつづき考え、試行したいと思っている。

ただし、私たちはこの『無償の時代』では牧港の戦争体験が直接に真正面からは詩われ表現されていないことに注意しなければならない。ここに収録されている作品群は、あくまでも戦争体験を基に表現化されたものである。沖縄戦体験の詩・表現化は、儀間比呂志との共著、詩画集『沖縄の悲哭』(一九八二年)まで待たなければならなかった。

大きな文化プレゼント――書評『南風よ吹け――オヤケ・アカハチ物語』

すぐれた思想家は童話が書ける、と言ったのは誰だったか。周知のように、新川明は琉球弧を代表する思想家であり、全国の人々から注目を集めている。

その新川の詩情あふれる文と、名コンビである儀間比呂志の美しい版画から絵本『南風よ吹け――オヤケ・アカハチ物語』が生まれた。二人の共著には、すでに『詩画集・日本が見える』や絵本『りゅう子の白い旗』がある。

私は、この物語を「琉球新報」紙連載中から楽しく読み、絵本になってから再三読み返した。琉球王府側からは「希代の逆賊」と表現され、伊波普猷など多くの人々からは「八重山民衆の英雄だった」と評価されてきたオヤケ・アカハチが、さらに普遍化されてよみがえったのだ。

琉球の歴史書には、一五〇〇年に「八重山でアカハチ・ホンガワラの乱がおこる」と記録されている。琉球王府は、この先島の争乱を征服して初めて北は奄美諸島から南は八重山諸島にいたる統一琉球王国を確立し安定させることができた、と言っても過言ではない。

新川は「私たちは、自らの想像力を可能な限り働かせて歴史の闇に挑み、『物語』を創ることで歴史の〝真実〟に迫るこころみを」（「あとがき」）したと書いている。その試みはみごとに実を結んだと評価できる。八重山諸島の伝承と島言葉を生かした語りは、幼少期を八重山で暮らした新川ならではの表現力である。また、儀間比呂志の絵も、その時代の生活風俗を乏しい資料にもかかわらず、その考証をふまえて生き生きと描かれている。私は「ウヤキ、アカアジ」と「守護神アカハチ」の絵がとくに好きだ。

この美しい絵本は、争乱の歴史を「異国船漂着」から「セイシカの花」で終わる物語として創造した。これは、私たちの子々孫々や若者たちへの大きな文化プレゼントである。新川、儀間のコンビにはさらに謝花昇や謝名親方などの絵本を期待したい。

戦後体験の基層へ――中里友豪詩集『コザ・吃音の夜のバラード』

ぼくたちの言葉は、どこまで体験の深層に降り、意味の重さに耐えうる心象を顕ちあがらすことができるか。中里友豪詩集をじっくりと読み進めながら、しきりにその問いについて考えさせられた。

言葉が、体験の深層から乖離《かいり》すればするほど詩語は単なる修辞へ、記号へと浮上し解体する。一方、体験の重みに打ちのめされ沈黙を続けることは、やがて体験の事実性のみに縛られ、その意味性の表出を不可能にしていく。ぼく（たち）の表現は依然として、この逆方向の二つのベクトルに引き裂かれたままではないか。

水を抜いたプールのようなアスファルト
身をひるがえすほどの憎しみもなく
おまえはただ一つのことを叫びつづける
〈シニゾコナイ〉

（「コザ・吃音の夜のバラード」）

この詩集には一つの主調音が響いている。

「カンポーヌ　クェーヌクサー」（「ひと日の渚で」）と「シニゾコナイ」という、くぐもる低音の怒りの声である。この象徴的な二つの詩行のあいだに一九四五年から一九六〇年、そして一九八四年までのオキナワの戦争体験の時間が流れている。著者は、その間の自己の体験のもつ意味を深層まで問い続け、重厚なイメージでもって思想のドラマとして表現しきっている。その点にこそ、二十五年近くもマイペースで詩表現を持続し、二十五篇の作品を一冊に集大成した本詩集の今日的意義があるとぼくは思っている。

中里詩には体験が覚めた意識へ引き寄せられたとき、状況への怒りやいらだちを表現した作品が多くなる。パートⅠやパートⅣの作品群はその傾向が強い。しかし、怒りがたとえ状況に向けられようとも、同時にその怒りが自己の内省へ向けられている点が、六〇年代を手さぐりの思想でくぐりぬけてきた中里詩ならではの独在性がある。凡百の状況付き合い詩などとは違うのだ。

一方、ぼくの好きな作品群は近代的自我意識をもった作者が、みずからの体験への問いを無意識層や、幼年の記憶の海にまで解き放ったときに詩われた作品が多い。それはパートⅢの久高島紀行を基にした作品群のもつ美しい抒情性の成果のうえに、主にパートⅡの「予兆」「ひと日の渚で」や「海の話」「ヌジファ」そして「任意の朝」などの作品に代表される。

中里詩も近代的意識に整理されすぎると、詩語の重さや硬さがイメージの感受の自由度を狭めるきらいがある。しかし体験との距離にほど良い余裕をもてるようになった近年の作品ほど、喩とイメージの言語空間が豊かに拡がりつつあるのではないか。さわやかな熱風を感じる詩集である。

豊饒な魂——勝連繁雄詩集『灯影』

火をほしがっている
躰の芯が火をほしがっている
ほんとに欲しかったものが
いまわかる
ほんとに喪くしたものが
いまわかる

（「燠火」）

勝連繁雄の第三詩集『灯影』に収録された四十四篇の作品を読みながら、くり返し浮かんできた言葉が〈豊饒な魂〉というイメージだ。長年、詩・文学と古典音楽・琉球芸能の研鑽を両輪にして芸術表現の探究を重ねてきた勝連は、いま恵まれた資質と洗練された教養を土壌にして、豊饒な魂の水脈に突き当たっている。「ほんとに欲しかったものが」率直に表現されてきているのだ。

それは、例えば「人が変わるのは祝宴の場である／はじめ奇妙なほど／寡黙を保ちながら／座っているが／そのうちヒョイッと立ち上がる／一族の者は心得ているから／間髪を入れずに／さんしんが鳴り出す／床やテーブルが拳で／叩れる／お椀の淵が箸で／叩れる／男はまず足で小さくリズムをつける」（「ある男」）という世界であり、「女」や「おかあの声」などの作品に表出された〈やさしい魂の根源〉であろう。

そこに到るまで、作者の近代的知識や思想は「悲しい火」や「羽根のある音楽」、「息子へ」などの作品のように屈折し、ゆれ、ふるえている。だが、勝連の〈民族意識の根源を掘る〉とでも言える方向性はゆるぎないであろう。

私もまた、別個に進んで共に掘り下げたいと共感している。この琉球弧の文化基層と伝統は人類文化に貢献できる〈文化遺伝子〉の一つとも言えるもので、勝連が「花には根があるものを」とくり返し指摘してきたように豊かなモチーフやテーマが渦まいている。

願わくば、その素材を血肉化すると同時に、詩表現のもう一方の軸である「言語とイメージと感性の新鮮な創造と表現領域の拡大」も豊かにしていきたいものだ。

沖野神話満ちあふれる——沖野裕美詩集『無蔵よ』

すばらしい詩集が出た。私は沖野裕美の『無蔵よ』を一気に読み、二度、三度と読み返している。

この詩集にはミューズとエロスの綾なす沖野の神話が満ちあふれている。しかも、過去から未来を貫く神話だ。その最大の成果が、長篇詩「名蔵風土記」と「無蔵よ」である。

潮が満ちてくる名蔵の湾に
槍穂《やりほ》きらめくさよりが
群よってくる暁
オヒルギとメヒルギの根が交差し
うずくまった沼沢地の陸島を
青く密生させた刺草《いらくさ》の岸辺に
媾曳《あいびき》を祭る名蔵の巫女《みこ》たちが
絵がき御羽のしなやかな水の礼装を

ゆるやかに解きほぐしながら
なだらかにまどろむ寝姿がみえる

（「名蔵風土記」）

この、沖野神話と言ってもいい「名蔵風土記」や「無蔵よ」を全篇引用できないのが残念なぐらいだ。「さより」「根」「刺草」「水の礼装」「寝姿」に暗喩されたエロスはどうだ。

皮の鎌首《かまくび》をかくし持つ勇者が
満身の力で泥湿の扉を押しあげ
開かれたほこらに
たえだえの悲鳴をあげて乱入する
あの無蔵よ

（「無蔵よ」）

かつて沖野（仲地裕子）は詩集『ソールランドを素足の女が』と『カルサイトの筏の上に』で、この琉球弧を「ソールランド」、「カルサイトの筏」と比喩化して宇宙への航海へ解放した。しかし、豊饒《ほうじょう》な詩語とイメージ力で展開される本名・仲地裕子の詩集は、十分に読み解かれ正当に評価されていないという不満が残った。とりわけ視覚的な思想詩が高く評価されてきた沖縄ではそうだった。二十二年ぶりに仲地は沖野に変身した。

いまこそ、沖野の才能豊かな詩語とイメージの表現力、感性までゆき届いた詩思想と、始原から現代までを往還できる創造力が、高く評価されるべきである。十二篇で編まれた『無蔵よ』では「港川原人」や「このシケーでは」、「うなじゃら道」のようにユーモアと風刺の利いた作品も現われ、「霊」のように霊感も強まり、沖野ワールドは広がりと深まりも増しつつある。

大胆な実験的詩集——上原紀善詩集『ふりろんろん』

上原紀善の第三詩集を読んで、大胆な実験的詩集に挑戦したものだと感心した。この詩集をめぐっては、大いに議論したいものだ。すでに彼は詩集『開閉』や『サンサンサン』でうちなーぐち（琉球語）の語感やリズムを基層にしながら、独特の「紀善語」や「宇宙語」とも言える詩文体を創造し、高く評価されている。

その試みは、今回も詩集のタイトル『ふりろんろん』にも表われ、作品「ゆやぬゆんよい」や「ふりりんりん」の系列や「彷徨」などに継承され次のように詩われている。

アフリンの花を
突き上げると
三日月の
踊りが
ヒュン　ヒュンと
滑り始める
（中略）
新しい形を
試みると
ざわめき始める
炎が立っている
言葉が
宙に舞っている

（「彷徨」）

しかし、今回の詩集は、できるだけ言語や文脈から意味性を解体し、既成概念や既視感覚から解放されて「新しい記号として、あるいは心のスイッチとして」（あとがき）の詩語を創造しようと試みられている。琉球語であろうと大和口であろうと言語を既成概念から解放し、源初の音素まで掘り下げようという表現意識は重要であり賛同できる。

また「言葉としては認められていない音を使って、まわりのありさま、自分のおもいを表そう」(あとがき)という方法論も野心的である。新しい詩語とイメージを創出したいのは、詩表現者の強い欲望と義務のひとつだ。

ただし上原の試みは、十分に成功したとは言えない。

春の
はな
はに
ひに
ふんずの海
うんず
うりずん
うんずの

(「春」)

パッサイ
ひるんぬ
くるんぬ
かちみららん

(「人生」)

などは、どうだろう。あまりにも琉球語という素材の語感やリズムに依存しすぎてはいないか。むしろ、琉球語の「既成の意味性」に引きずられた作品が多いのが残念であった。

精神の軌跡を鮮烈に表現——砂川哲雄詩集『遠い朝』

八重山でハイレベルの詩を表現し続けている砂川哲雄さんから嬉しい詩集が届いた。長いあいだ、待ちに待っていた第一詩集である。この詩集には、砂川が一九七四年から二〇〇〇年までのあいだに同人誌「薔薇薔薇」や個人詩「環礁」、そして「八重山毎日新聞」などに発表してきた作品のなかから三十二篇の詩が厳選され収録されている。

やさしすぎる祈り
悲劇すぎる祈り

おれは拒む
拒むことによって
密やかに祈りを反転させる

（「夢の海」）

四半世紀余にわたって砂川が格闘してきた精神の軌跡を鮮烈に表現している重厚な詩集である。この一冊によって、砂川が一貫して風土から足を離さず、風土と歴史に対峙して自己を相対化し、風土・歴史と自己もろとも変革しようとしてきた真摯な思想的苦闘がよく伝わってくる。

したがって、作品「うつむく男」「鳥眼の男」「環礁」「遠い声」「渇いた空の夕暮れに」などの詩表現が、私の実存の深層まで染みわたり共鳴・共振させていく。しかも「すべるように耳もとを　ながれる／海笛を　呼び／かすかにふるえ　つづける　二月の風」（「環礁」）のような純度の高い硬質の抒情はどうだ。ああ「海笛、呼笛」よ、光、風、緑、少女のイメージよ。

一冊の詩集に収めるにはもったいないぐらいの三十二篇も、注意深く読むと三期に変化していることがわかる。「悪魔の島」までが前半で、「夜が明ければ」までが中半、そして「朝の黙示録」からが後半と読んでいいだろう。二〇代から五〇代までの人生の積み重ねが、当然ながら詩を変容させている。それらのなかで、「光と風の伝説」のような「伝説詩篇」の全面展開が大きな可能性を予感させる。

後半の詩篇には、「苦い記憶」や「悔恨」「傷心」などの表現が目立つが、砂川は着実に「遠い朝に向かって歩みつづけ」ている。

母くぐりの彼方へ——松原敏夫詩集『アンナ幻想』

松原敏夫にとって二冊目のこの詩集を手にしたとき、まず「アンナとは何なんだろう」と思いをめぐらした。詩集の表題になった作品「アンナ幻想」を読むと、

アンナ！　深くて
アンナ！　不思議に広い
そして妻もアンナになった。
サバンナのような海の不安
けいれんする波達の
静かな織女。

やがて「アンナ」が「母」であることにたどりつく。すると、この詩集は松原にとってひと

つの母くぐり＝母性くぐり＝原郷くぐりの幻想を表現した面が強いことが読み取れてくる。彼は結婚→出産→父となる。みずからの生活過程をくぐりぬけることによって、逆にみずからの身体→家族→母性→出自の幻郷域を遡行せざるをえなかった。

このささやかな子をつくったので
君は君の父や母を想った。
そのまた遠い父や母を想った。
見えない先祖を想った。

（「血の橋――わが六月――」）

まことに純粋で素直な抒情である。しかしここにたどり着くために作者は「〈父〉という名詞のなかに入った。／ひとりの女を血まみれに苦しませ／血まみれに子供を産ませて／君は〈父〉という自然の関係に参加したのだ。」「その血の行事に言葉は無力である。／その肉体産出式に君は自然を見たのである。」（同）

と苦く関係に覚めなければならなかった。松原は「血の橋」を渡り「自然の生活過程」に参入したのである。かつて第一詩集で「生活を守れだって？／おれには守る生活が今はないのさ／いつか造らなければ」（「低空飛行録」）と詩ったのは松原敏夫であった。

しかし、いま彼は「日常を素材にした作品が増えた。観念の雲の上で書かれたような第一詩集と比べて、生活の反映が色濃く出ているかもしれない。」（あとがき）と自己対象化している。

したがって、ぼくにとってこの詩集を読み進めるのはつらいことである。日常生活における関係に覚め、ときには自己の幻想や観念を扼殺しても耐えなければならない。自然の生活過程や風土の圧力のむごさを、ぼくもまた体験しているし共感できるからである。

だが、一度自己表現の言葉をもったものは、「血の行事に言葉は無力である」と打ちのめされても、書き続けることで、この関係を耐えなければならない。そのとき、松原は二つの方向性での方法を選び取ったと思われる。

ひとつは「しかし、ただ日常を書いているのではなく、その裏や底に拡がる闇を視ようと思った。そういう方法を通せば視えてくるものが必ず存在すると思う。」（あとがき）とみずから意識的に方向づけている。日常の「裏や底に拡がる闇」のなかから噴出するマグマが、たしかに超現実的な夢やイメージをもたらしてくれる。その豊かな可能性を示す作品として「宴」がある。

老いた魚の鱗を剝がした台所で
夢遊病者のような手つきで
私は水を飲んでいた。
すると私の形をした水の影が
私の渇きを飛泉のように
通り過ぎた。

だが、観念の過剰が自己規制された分だけ、日常のなかのドラマ性はうすれていく。観念を自己の等身大の内部で深めようとする、覚めた意識が強い分だけ、松原の詩を固くるしく平板化させてしまっている。「迷夢」シリーズは、せっかくすさまじいイメージの一歩手前までいきながら、その飛翔を意識で閉ざしてしまっている。「迷夢」というタイトルが示すように、作者には「夢」の不条理性に対する一種の拒否反応があるように思われる。

ところが、もっと深い夢を視るため、作者はより自己の出自へ、幼年期へ、原郷の島の風土へ降りて行く。そこには松原のすぐれた資質である抒情の源泉がよく表現されている。

しかし、そこには詩の大きな困難性も待ち受けている。過去の幻影は、よほどの方法がないかぎりどんなに悲惨な体験でも親和性を帯びた抒情として浮かび上がってくるからだ。そして風土の感性は不断に既成の表現パターンに誘い込むと同時に、その地域にしか通用しない方言の閉鎖性の壁を作ってしまう。松原はそこで立ち止まったり、必死に抗おうとして、第二の方法を試みている。

そのとき、意識的か無意識にか選ばれた方法が、表現技術と新しい比喩への傾斜だと、ぼくには思われる。意味性やドラマ性はできるだけ抑えられて、言葉の自律的なイメージに比重が置かれている。その成功した例が「パスリカ」と「みどみど」だ。

水を吸う土から浮きあがり
拡がる葉の衣を剝がして今
キャベツは収穫期である。
みどみど。
花粉の匂う植物やまの風。
みどみど。

意識的なオノマトペ（擬声語）を創らすとすぐれた個性を発揮するのは、第一詩集から視られる松原の才能のひとつである。だが、ここでも詩は修辞とテーマの葛藤にぶつからざるをえない。

いずれ、松原詩が抱えた困難性は、またぼく（たち）が突き当たっている詩表現の困難性である。ただ、ぼくの個人的な希望としては、松原にはもっと別のベクトルを突き進んで欲しかった。

ぼくの内面では、長いあいだ土着の感性を嫌悪し、風土に背を向けている姿が、松原らしいというイメージが強かったから。「不当じゃないのかい　おい！／こんな島で生まれて死ぬなんてさ」（「低空飛行録」）という詩句が強烈な印象をあたえてきた。

しかしいまは、観念の過剰な青春の日々を、あえて「母くぐり」のなかで濾過し、その彼方へ歩み出そうとする詩表現の持続に注目し続けたい。『アンナ幻想』のなかで、松原の清冽な喩と抒情はさわやかに輝いている。

新しい詩の地平へ——おおしろ建詩集『卵舟』

わが「ＫＡＮＡ」同人のおおしろ建が、第一詩集『卵舟』を出版した。私は、「帯文」を原稿依頼されたので「短詩形の鬼才が編む第一詩集！　現代詩と俳句の激突から生まれたイメージと比喩の豊かな作品群。ここに新しい詩の地平が切り開かれた」と書いた。

周知のように「帯文」は、限られた紙幅に象徴的な内容を紹介することを力点に置いて書かれる。それゆえ、その象徴的な内容の根拠を充分に展開することはできない。

私は、「卵舟」を再読、三読しながらあらためてその書評を展開してみようと思った。本書には三十三篇の詩が四章に分けられて編集されている。その大半は、同人誌「ＫＡＮＡ」に発表したものなので、その編集や発刊のときにも読んでいる。また、「合評会」も開いて議論してきた。

これらの詩篇のうち、私は第一章の「卵舟」「鯨工場」「三線《サンシン》」「清一伯父」。第二章の「カレーズ（地下用水路）」「三十五週目の会話　まだ見ぬ子へ」「こんな話」「貞子叔母」。第三章の「舌」「指」「爪　足の小指の場合」。第四章の

「黒いカバン」「残す」「水無し河　亡びた民へ」等が、とくに印象に残った。

おおしろ詩の第一の良さは、そのイメージ力の豊富さと新しさにある。彼は、長いあいだ「天荒俳句会」で活躍し、俳句集『地球の耳』で沖縄タイムス芸術選賞奨励賞を受賞して高く評価されてきた。また、「沖縄タイムス」紙で「俳句時評」を書き続け、現在は「沖縄タイムス俳壇」の選者を務めている。このような、長い俳句歴で鍛えられた感性がイメージ力を支えている。

詩「指」の冒頭は

青空の眼球なでる人さし指
透明な恋情をぬぐえば血の涙
一滴の切なさが結ぶ氷河期

から始まるが、その一行一行は俳句と言ってもいいぐらいである。「青空の眼球なでる」「透明な恋情」「一滴の切なさ」が新鮮なイメージとして表現されている。このような、俳句的な数行が多くの詩のなかに挿入されて効果を高めている。

しかも、そのイメージ力は「氷河期」のように地球的、宇宙的感性にまで拡大されている。「カレーズ（地下用水路）」では

海の底のトルファン盆地
海抜マイナス百五十メートル
二重構造の青天球の下で
人々は人種の坩堝を孕む

と詩われている。

一方、おおしろ詩の良さは、物語的な語りのおもしろさにもある。そしてエロスとユーモアも感じさせる。その代表が「貞子叔母」「清一伯父」「三十五週目の会話　まだ見ぬ子へ」そして第三章の「人体解剖図鑑」シリーズの詩群

である。

父はびぃびぃ泣いていた
いつまでも泣いていた
仲の良い兄妹であった

私のなかで、「たったひとりの兄妹」を亡くした父が、まだ「びぃびぃ泣いて」いる。
詩集全体を代表する力作は、第一章の「卵舟」「鯨工場」「三線《サンシン》」と言っていいだろう。

卵は水面を漂い互いを呼び合い寄り添う
そのとき卵は自らを「卵舟」と名乗る
（「卵舟」）

鯨はその上を
うつ伏せで引き上げられる
遙かな水平線を見つめながら鯨は
バレーボールほどの涙を流す
（「鯨工場」）

茶色の旅行カバンと三線ケース
黒い瞳の妻とふたり
貨物船のタラップに足を乗せる
（「三線《サンシン》」）

おおしろ詩の基層に旅／移動する者／物のイメージとテーマが通奏低音のように流れている。詩人は、それを乾いた感性で受けとめているようだ。対象化される故郷。
おおしろ詩の可能性として、「鯨工場」や「爪　足の小指の場合」等に表現されている神話性があると思う。神話的物語が、現代詩のなかに生かされている。その重層性は貴重だ。自己の無意識層の幼年期を表出することである。
あえて、おおしろ詩に注文をつけるとすれば、詩が冗舌になったり説明的になっている作品が見られることである。イメージ力の何を削り、テーマを深く掘り下げるかが課題であろう。
とまれ、現代詩と俳句という困難な創作の道は両立する価値が充分にある。第一詩集『卵舟』はすでに出港した。管見でも、安東次男、高橋睦郎、清水哲男、高岡修、金城けい、仲本瑩等々と、果敢に現代詩と俳句の創作に挑み、貴重な成果を上げている詩人たちがいる。おおしろ建への期待は大きい。

感性力と思想力——桐野繁詩集『すからむうしゅの夜』

桐野繁の詩人としてのデビューは早かった。あれは、おそらく一九八四年ごろではなかったか。琉球大学時代の桐野や高江州公平、天願赤美たちの同人誌「ＬＵＦＦ」を贈られたのは。桐野詩の感性の新鮮さに注目を覚えた。

したがって、私たちが一九九七年に詩と批評の同人誌「ＫＡＮＡ」を創刊するときに、彼にも真っ先に声をかけた。

長いあいだ、桐野の作品を読む機会はなかったが、彼の感性のレベルと持続力を信じていた。

このたび、桐野が待望の第一詩集『すからむうしゅの夜』を上梓する。わがことのように嬉しいが、ここでは「桐野繁論」の第一歩として「批評を自立させる」ため、できるかぎり私情を抑えて突き放し、彼の作品を読み込んでみたい。

桐野の詩作品の最大の良さは、繊細な感性と新鮮なイメージ、それを表現化する詩言語の独在性と、それらを支える詩思想のしなやかさにあると思う。沖縄の詩人では故・水納あきらの作品群の美質を思い出させるが、日本全体の詩人のなかでは誰か。

　今回の詩集のなかでは「夢」や「紫の魚の夢」、「みどり」などがその代表的な例である。「夢」の「女の顔をした黒猫が」や「紫の魚の夢」の「紫の魚の目にも月」、「みどり」の「名付けられて少しだけ／みどりはみどりとしての顔になった」というイメージや表現に桐野の並々ならぬ力量を読み取ることができるだろう。詩集を「夢」が貫いている。

　桐野作品の場合は意識的、無意識的になされていると思われる、感性と表現とテーマを「ズラす」方法の魅力も見逃せない。彼は自己や日常生活や事物を複眼的に観て相対化しているようだ。詩集のタイトル「すからむうしゅ」は日本語で「道化」と聞いている。

しんねんは名前ほどキョウジンではないの
　で
たとえば時々いわゆるザセツにさいなまれ
　る

（「しんねん」）

追伸
雨ばっかよ　オキナワ

（「おショーがつ」）

　これらの作品に見られるように、桐野は一見さりげなく、決まり決まったようにくり返される日常の不安定さを見逃さない。現実を批判する確固とした「しんねん」や思想はないように見せながら、しなやかに相対化してしまう。

　したがって、その思想は不安定で弱々しそうに見えながら、実はしたたかだ。そうでなければ、

島はやさしいので
ふくよかな胸をあらわに　うっぷして
ゆるやかな私の息を止める

（「道標」）

などという苦いユーモアとエロスあふれる醒めた詩表現は生まれないであろう。桐野の批評意識は鋭い。

彼は「生い立ち（故郷へ）」に見られるように鹿児島で生まれ、沖縄で青春時代を送り、働き、生活している。異郷に住む桐野には異邦人の感覚やマージナルな人間の感覚が発達しているのだろう。あるいは永劫の旅人？　それらを根拠にして自己の日常や現実を相対化しているように思われる。

したがって、彼の複眼的な視線で感受されたイメージや表現は、私たちが思いつかない角度から、新鮮さをもって顕ち上がってくる。この美質の展開は大きな可能性を予感させる。

ようやく沖縄にも、桐野のような感性力や思想力のバランスが詩作品に表現できるような世代が現われたということだろう。まだ詩語には漢字の多様による堅さがあるにしても。

いったん第一詩集として作品をまとめた以上、もう後退は許されない。この切り開いた地平を、さらなる言語空間の高みへと押し広げなければならない。桐野には、それが可能なはずだ。

優しさとリズム——書評・山中六詩集『指先に意志をもつとき』

琉球弧・奄美大島奄美市出身の山中六が文庫版のかわいらしい第六詩集を上梓した。本書は二章に分けられ、「祭りの夜」から「ひらがなに　こいしている」まで十八篇の詩が収録されている。

詩集全体に、細やかな日常と優しい感受性とリズムが表現されている。私にとって「宿屋の主」「それは母さん」「茶碗」「指先に意志をもつとき」「しまぬ世《ゆ》」「言の葉に」等の詩篇がとくに感動的だった。

私も、奄美市で何度も泊ったことのある「宿屋の主」は「少しずつ進む」認知症だったのだ。

　母は
　ガラスに映る
　姿を見ている
　アンマ、ウガシガリ、シラガヌムティ
　語りかける
（「それは母さん」）

語りかけている奄美語が暖かく効果的だ。その母も、八十九歳で逝去した。「家に残った者が／仏さんの／茶碗を／玄関先で割った／／帰ってきても／あなたの茶碗は／あ　り　ま　せ　ん」（「茶碗」）。何ともつらく厳しい葬送の儀式である。

山中の詩には「あ　り　ま　せ　ん」のような一字アキにした特徴的な表現が多く見られる。そこから特有な呼吸法とリズムが伝わってくる。それは、彼女が陶芸を学んだり、朗読会や舞踏等でつかんだ方法ではなかろうか。

いまは鹿児島本土に住みながらも、詩には奄美群島の文化遺伝子が表現されている。「奄美―神道《かみみち》に導かれて」「私の子宮に眠るカムィヤキ」「しまぬ世《ゆ》」というタイトルだけでも嬉しくなる。「足許にからみつく／先人の無念／いまこそしまぬ世を歩め！」（「しまぬ世」）

山中は、「指先に意志をもつとき」で「そこに／船を　浮かべよ！」と自他に命令する。書くこと、表現し続ける「言葉を孕む／臨月の夜」（「言の葉に」）の決意である。現在を生きながら「体内に／層をなす」奄美文化を詩い続けること。さらなる精進を祈っている。

批評精神と豊かな詩語――宮城隆尋詩集『盲目』

高校生の詩人が誕生した。しかも二冊の詩集を出版して。自分の高校時代と比較して、驚くばかりである。

二冊目の詩集『盲目』の書評を依頼されながら、だいぶ時間がたってしまった。それだけ慎重に読まざるをえなかったのだ。若い才能をどのように評価し、伸ばしていくか。

珊瑚にしみこんだ赤い色と
いまだただよう死の臭いで
吐き気をもよおすこの島では
醜い亡者の叫び声が
いつまでたっても聞こえてくる
（「赤い叫びの島」）

まず若い詩人の最大の長所と特権は「否定のパトス（情念）」の激しさにある。若い詩人は自己の全身全霊で既成の社会と対峙し、批判し否定しようとする。それは、詩人が新しい自己宇宙を創造しようとするときに必然的に通過しなければならない産道であろう。

宮城の才能が非凡で大きな可能性を示しているのは、その批評精神の鋭さと、それを表現する詩語の豊かさである。おそらく、並外れた読書量に支えられているのだろう。そして、いまは内面からわき出る表現エネルギーの勢いで詩が書けるはずだ。

しかし、問題はここからである。宮城の詩語はまだ観念的段階で飛び交っている。

詩人気取りの胡散臭え
砂糖野郎が遠吠え
文学かぶれの自殺志願
発狂できない乳臭え奴ら　（「発狂」）

ここでシタリ顔で人生体験の重要性など語りたくない。それよりも、今後さまざまな体験を経ても、いかに詩的感性と言語表現力を持続させるかという、自分なりの方法を身につけることの方が大切だ。たんなる文学青年で終わらないためにも。

したがって、宮城に問われているのはいい詩を読み続けることと、書き続けることだと思う。そして私たちはこの若い才能をうんと刺激しながら、見守りたいものだ。

始源の海へ――下地ヒロユキ詩集『それについて』

下地ヒロユキ詩集を読み終わると宮古島の海と大野山林、米軍戦闘機やヘリコプターが飛ばない「アオウスラ（青い空）、プカウスラ（深い空）」のイメージが残った。

第一詩集『それについて』には「一本の樹（亡き父へ）」から「トルソ／銀河のレッスン」まで二七篇の作品が収録されている。

それらのなかで、私には「濡れた草」「遠い海」「不知魚のこと」「半月に吠える」「海辺の霊歌」等が好ましく強い印象を与えた。

青い海はいつも遠くで
人を視つめている
赤い海は人の内部で
その遠さを淋しがっている
暑い海は嵐を生み出し
いつもこの島に恵みと悲しみを与える

（「遠い海」）

下地詩の良さは、イメージの新鮮さと、つねに始源へ、宇宙の始まりまで遡及しようとするテーマへの意志力にある。

彼は「五十の坂を越え、やっと第一詩集に辿り着いた。二十代のころ、僕は絵画、詩、瞑想と二兎どころか三兎も追いかけていた。ある日、若気の至りというか、身の程知らずというか、瞑想ひとつに絞り、絵画も詩もやめた。つまり、悟る気でいたのだ。」と「あとがき」で述べている。

なるほど、「悟る」への志向は宇宙や海をはじめ万物の始源をつかみたいという慾望を生み出す。この始源へ向かう詩表現は、私も好きだ。

ヒロユキが、二十代のころ「絵画も詩もやめた」ことは残念であった。しかし、その絵画表現の体験は現在の詩の構成力や色彩表現力のなかに充分生きている。「海辺の霊歌」のような、シュールレアリスム的な佳作もある。

あえて注文をつけるとするならば、もっと表現技術を鍛錬することだ。タイトルは、それ一行で詩になるように。詩は説明的になるより、高らかに歌い上げること。

私は、先輩詩人に「百篇以上いい詩を書くまでは、自分に〈詩人〉という呼称を許してはならぬ」と鍛えられた。とまれ、宮古島からまた詩人が誕生しつつあるのを祝福したいものだ。

骨太で直截――野ざらし延男句集

たった一行の詩句に、どれだけのイメージと宇宙を盛り込むことができるか。

○火の粉を浴びわれら向日葵の黒種吐く

日本の現代俳人叢書の第三十四集として刊行された『野ざらし延男句集』を読みながら、しきりに脳裏をかすめたのはこのことだ。わずか十七余字のなかに。

一九七八年から一九八一年までの作品のなかから選ばれ、作者にとっては第三番目の句集に編成された作品は一八四句。私は何度も読み返しながら、印象に残った句を書き写してみた。自分の好みに合わせて選んでみたのだが、その句数は五十余。一気に筆写する手首が疲れた。そのせめて半分をも引用する紙幅がないのが残念である。

○山頂の星動き出す点火の窯
○窯は女火の頂点を抱きころがる。

それでも、書き写すたびに、作者のイメージの波動と呼吸のリズムが確実に伝わってくる。改めて野ざらし句の骨太で直截な表現が創り出す緊張感が心地よい。

○銀河よじれ母体をしぼる悪鬼納よ。
○十指とがる反日本の鬼蘇
○梯悟落花わが断念の色のまま
○雨百目臓のはみでる琉球史
○窯中白夜悲悲朗朗と火の声紋

野ざらし作品のイメージは個人の内面から始まり、琉球弧・日本・さらには銀河系宇宙まで飛翔する。しかも単なる言葉やイメージの遊びはなく、つねに状況や風土と拮抗する思想を手放していない。一行の詩に込められた狂おしいまでの表現の可能性がみごとに開花している。野ざらし作品にあえて望むとすれば、状況を表わす既成概念語に束縛されないことだ。さすがにその傾向は一九八〇年からはかなり克服されている。とりわけ句集後半の窯炊きを中心にした作品群は圧巻である。

俳句は決して自然と馴れ合ったり、人生余暇の飾り物ではないことを高い水準で指し示す一冊である。

○樹液したたる琉球列島内耳炎
○スイカ割らずこの世を笑う黒種たち
○つぶされない椎間板のくくく苦

どうか病気に負けず。ふてぶてしい笑いを忘れず。

書評・玉城一香『地の力』

沖縄にとって俳句表現とは何だろう。俳句にとって沖縄の伝統、風土、文化とは何か。玉城一香の『地虫』に続く第二句集『地の力』を何度も読み返しながら、しきりにそのことを考えた。

針金もて縛る木責めの梯梧咲く

一九八一年から八七年までの七年間の作品四百句。それらを「樹齢」「戦後の木」「人の鎖」と三章に編集したなかで、私にとってもっとも印象に残り感動した作品のひとつがこの一句だ。ここには作者と沖縄の歴史状況の姿がみごとに象徴化された表現の強さがある。

私は句集を読むとき、印象に残る作品を選択し、筆写することを楽しみにしている。今回、四百句のなかから写し取ったのは八十余句。一句一句写すごとに、作者のリズムと呼吸、イメージ力、キーワードの特徴が伝わってくる。

一香作品の特徴は有季定型で、平易な表現と骨太でたしかな写実力にあると思う。「登り窯反りて銀河の裾のぼる」「梅雨晴れの艇庫に古き祭舟」「父逝きて台風の夜の中柱」「歳の夜の早き消燈病個室」「演習の基地へ寒雲組織の旗」。

しかも、ダイナミックであると同時に細かい抒情が詩われている。「台風の眼の中にゐて蟻出でず」「雪鎧ふ浅間も伏して地に抱かる」「病室の薊野に咲け陽を浴びよ」「わが乗りし青田の機影肥後平野」。

一香俳句はしきりに「台風」「焼き物」「エイサー」「基地」「戦争」「蟻」「蟬」にこだわり、さらにこの句集では闘病記が加わっている。その日常感覚を土台にした観察眼は安定しており、とくに一九八二年は秀句が多い。

しかし、問題はそこから始まる。表現のイメージ喚起力が、どれだけ日常感覚からの飛翔と写実とのバランスをとれるか。その難問を手放すと「子らに個室あり一月の灯がともる」などの平板なスケッチに終わってしまう。作品への詞書きや旧かなづかいも大きな疑問として残る。むしろ一香作品には「学期終ゆ子の成績の電子文字」のような、現代俳句の表現の最先端を切り開く前衛性を期待している。

豊かな詩情――崎間恒夫『東廻い』

肩書も定年もなし鬱金掘る

踏み光る東廻いの石畳

俳句歴十年余を経て、崎間恒夫第一句集が出版された。選び抜かれ、収録された作品は三百八十余句。崎間句の良質な特徴のひとつが、地域の風土や伝統文化への愛情を詠んだ句が多いということである。「神事終へ斎場御嶽の蝶の羽化」。また、家族愛をうたった作品にも佳作が多い。「寝言にも妻の香のあり熱帯夜」。

一方、時事詠や社会批判の作品にも鋭く力強いものがある。とりわけ、沖縄戦や基地問題を詠んだ句は注目すべきである。「基地撤去の叫び届けよ天の川」。読み進めて、ユーモアに富む作品が多かったのも楽しかった。「何取りに来たか忘るる朝の雷」。崎間句は、やさしい言葉を使いながら、豊かな詩情の表現に成功している。

知性と感性——おおしろ房句集『恐竜の歩幅』

たっぷりと時間をかけて、俳句集や短歌集を読むのは楽しい。おおしろ房が、二〇年近くかけて発表してきた作品群をまとめた第一句集『恐竜の歩幅』をくり返し読む。

まず、三百余の作品に○印を付けながら読み通す。次に、印が付いた句を原稿用紙に書き写す。六十近い句が集った。書き写すとき、ペン先に伝わってくるリズムが心地よい。さらに、そのなかから何点か選んで代表作を決めていく。

寝返れば吾子とかさなるオリオン座
さよならが二乗になってサクランボ
ウインナー弾け朝一番の反逆児
ヘゴ林子ら恐竜の歩幅になる

私が選んだベスト四である。おおしろ房の作品は、まず女性特有の生理的な感受性がすばらしいと思う。そして知性とのバランスがよく取れている。

制服の縫い目に嘘が見え隠れ
春さらさらあとがきのない別れです
受話器から水滴のごと母の声

なども、男性の私たちが把えきれない感性のきらめきが表現されていると思う。

俳句の技法で言えば、房句は「二物衝撃法」による表現のレベルの高さに優れていると言えるだろう。「ダム底に骨より白き裸木立つ」、「夕日射す蛇のごと廊下立ちあがる」など、その詩的イメージの喚起力は新鮮で強烈だ。

しかも、房句の表現思想は社会状況まで切り込んでいく。「憲法改正白骨の波に月溺れ」、「苦瓜の切り口ただれ基地移設」などと、その批評意識は鋭く的確である。

これら房句の高い芸術性は、天稟の資質とともに野ざらし延男の良き指導と、天荒俳句会の厳しい鍛錬の成果であろう。野ざらしの「解題」である「闇の突端を耕す」は房句集への高度な批評であると同時に読みごたえのある詩・俳句論となっている。

あえて房句集への要望を付け加えるなら、知性が勝ちすぎないように、という点である。それでも、「二乗になって」のように、専門の数学概念をくり込んだ作品の展開も望みたい。

ひたすら・ていねいに――玉城洋子歌集『花染手巾』

私と玉城洋子短歌との出会いは、第一歌集『紅い潮』（オリジナル企画、一九八二年）の校正で、故・水納あきら（詩人・社長）を手伝って以来である。私なりに可能なかぎり、洋子短歌を読み続けてきた。

今回の第三歌集『花染手巾』には三六〇首の作品が収録されている。まずは、どんどん読み進めながら、心の琴線に響く作品をマークしていく。百余首が残った。さらに読み返して二重丸の引用候補作品を選んでいく。最後に、それらを原稿用紙に書写しながら、リズムを楽しむ。いよいよ、二〇首余だ。

○芋づるを背負ひて帰る夕まぐれ母は病の
　床に伏したり
○父の亡きかのこまだらの五十年母は戦後
　を生き抜きて老ゆ
○海底に眠る骸の父恋し五十余年を父亡く
　生きて

玉城の『花染手巾』を読み通すと、ひたすら、ていねいに短歌と向き合い創作してきた清々しさが伝わってくる。しかも、戦争で父を亡くし母子家庭で成長してきた作者の思想は、一貫して「平和への思いと愛」を歌い上げている。ゑけ！　花染よー。

○コーヒーに短歌からませ咀しやくする言
　葉　韻律　悲喜　時事の世界

この一首には、玉城の作歌への姿勢が端的に表現されている。娘として、母として、教師と

して生きながら、生活の悲喜や時事のなかから
ひたすら歌を詠んでいく。

○キラキラと輝く電照菊畑の寝られぬ少女
　が夢見る世界
○耳だけは得意なのと君に言へば耳かみて
　奪ひしあの日のあるを
○一つ一つ終はらせていくのが人生か一息
　つきてコーヒーを飲む

私は、あえて玉城の時事詠、日常詠の作品は
ほとんど引用しなかった。すでに、洋子短歌の
歌風と高い評価は確立していると思うからだ。
むしろ、これら三首のような歌集後半の作品群
に今後の新たな可能性が展開されていると言え
る。もっと、感性を自由に大胆に。

日本・人間を問う移民文学——大城立裕『ノロエステ鉄道』

大城立裕の「南米連作」と銘打たれた最新小説集『ノロエステ鉄道』。著者自身が南米四ヵ国を踏破して取材した「ノロエステ鉄道」（ブラジル）、「南米ざくら」（ボリビア）「はるかな地上絵」（ペルー）、「ジュキアの霧」（ブラジル）、「パドリーノに花束を」（アルゼンチン）の五篇が収録されている。

すべての作品に共通していることは、南米移民の歴史と現実に取材し、その群像を描くことによって、移民とは何か、日本とは何か、日本人・沖縄人とは何か、国家とは何か、人間とは何かを問うている。読み通して、強烈に印象に残るのは、アカバナー（仏桑花）の花、「南米ざくら」と呼ばれるトボローチの花、そして日本の桜花である。『ノロエステ鉄道』は赤に近いピンク色につつまれている。

おそらく、作者はアカバナーに沖縄、トボローチに南米、桜花に日本を象徴させたかったにちがいない。そしてその意図は、ある程度成功している。個々の作品について、詳細に論じる紙幅はないが、五篇のなかでは「南米ざくら」が一番味わい深く印象に残っている。この作品には人間存在のわからなさや、ゆれぐあいがよく表現されているのだ。

いま、どれくらいの日本人が南米移民となった沖縄人や日本人に思いを寄せ、関心をもっているだろうか。私たちは、これらの移民たちの歴史と現実をぬきにして、日本の近代や日本人、日本文化について軽々しく論ずることはできないことを銘記すべきである。その意味でも『ノロエステ鉄道』は北杜夫の『蒼き空の下で』、上野英信の『眉屋私記』に並ぶ〈移民文学〉の大きな収穫の一つである。

大城は五篇の作品それぞれに、方法と文体を変える試みを加えている。しかし、文体にはまだ不満が残る。それでも、私は大城文学における対象が、上海や南米と海外に拡がっていることに、大きく触発されると同時に、その成果を喜び味わっている。

オキナワから世界へ——評論・又吉栄喜の文学

受賞の予感

又吉栄喜が「豚の報い」で第百十四回の芥川賞を受賞することは、ある程度予感していた。その根拠は「豚の報い」論として、すでに「沖縄タイムス」紙に「豚と神話と〈文化遺伝子〉」（一九九六年一月八日）というタイトルで発表しておいた。

それゆえ、芥川賞発表当日の十一日は、午後六時ごろから又吉の自宅へ行き、本人や友人たちとともに待機していたのだ。午後七時十三分に、受賞決定の電話が東京から来たときは、我がことのように嬉しかった。とうとう、オキナワに我々の世代から初めて芥川賞作家が誕生したのだ。私の予感は成就した。

オキナワからの芥川賞受賞者は、大城立裕、東峰夫に続いて三人目。じつに二十五年ぶりで「復帰後」初の快挙である。又吉にしても、一九八〇年第四回すばる文学賞を「ギンネム屋敷」で受賞して以来、十年余の試行期を克服して受賞したビッグ・タイトルである。

又吉の発表してきた作品は初期からほとんど読んでいる。と言うのも、私たちは一九七七年から一九八一年ごろまでは一緒に月一回の文学研究会をやっていたからだ。メンバーは又吉や中原晋、前田政一の四人で、毎月お互いの作品を批評しあっていた。「ギンネム屋敷」も原稿段階で合評したことがある。この勉強会を私は「琉球アイルランド文学研究会」と呼んでいた。

低い視線で

又吉栄喜の小説は、まず沖縄の戦後文学に大きな〈二つの転換〉をもたらした。そのひとつは〈視線の転換〉である。一九七八年に第八回九州芸術祭文学賞を受賞した「ジョージが射殺した猪」では、ジョージという気弱な米兵の被害者としての心理を描いてみせた。これは、米軍の圧倒的な軍事・植民地支配下で被害者の立場にあった沖縄の文学者にとって考えられないような主人公への視線であった。米軍は相対化された。

続いて、「ギンネム屋敷」では、沖縄戦で強制連行された朝鮮人の戦後生活の視線を描いた。そして今回「豚の報い」では、正吉が風葬された自分の父の骨を新しい神にし、現代の〈新しい御嶽（うたき）〉を作るという〈新しい神話創造〉の視線を入れてみせたのである。

一方、もうひとつの転換とは〈視点の低さへの転換〉である。又吉栄喜は、全作品を通して社会の最底辺に視点を置いて小説を構成している。彼の作品にもっとも多く登場するのがバーやスナックのホステスたちであるというのがそのことを象徴している。この低い視線は従来のインテリたちの内面心情をを描いた〈私小説〉

の伝統をひっくり返すものだ。それゆえ、又吉小説の登場人物への視線は、どこか市民生活一般からは壊れてしまっている社会的弱者まで行き届いていて、あたたかい。

骨太な文体

その作品世界を又吉の文体が支えている。彼の文体の特徴は骨太で文章が短くスピードがあり、エロスとユーモアにあふれている。そして深刻なテーマも意識的に庶民がもっている〈ワイ雑な世界〉を導入することによって哄笑のなかへ相対化してしまうのである。「豚の報い」では非業の死を遂げ十二年間風葬されたままの父の遺骨との対面を

> 骨は神々しく白かった。いうにいわれぬ光沢を放ち、どこもかもぐっとひきしまり、不純なものは微塵もなかった。正吉は横に座った。だが、正吉の父の顔はそっぽを向いている。正吉は向こう側にまわった。正吉と目があった正吉の父は笑いかけた。正吉も笑った。骨を拾い、門中墓に納めるという正吉の決心は崩れた。

と描いている。

強い独自性

又吉栄喜は、一貫して沖縄の風土と人間を素材に小説を書いてきた。それが、今回の芥川賞の選考過程でも「強い独自性、風土に培われた文化がある」などと、高く評価されたらしい。そして今後も「占領下の沖縄と沖縄の民俗・神話という二つのテーマを車の両輪のように追求して書き続けたい」と語っている。あるいは「メーンは沖縄の人間の主体性を描くこと」だとも。

又吉の小説は、沖縄を素材にしながら普遍性をもっていることが実証された。私たちは「琉

球弧から垂直に世界へ飛翔するのだ」と語り合ってきたがゆえに、彼が今後とも世界文学へ貢献することを期待し、見守り続けたいと思う。一万数千年の歴史をもつ琉球民族と先住民族の〈文化遺伝子〉がインターネットとぶつかり合い、創造され、世界同時性の文化のなかへ組み替えられ、貢献する時代が確実に到来している。

島・宇宙の美しさと残酷さ——島尾ミホ『祭り裏』

島から拡がる豊かな魂の宇宙をどのようにして伝えましょうか。

奄美群島から八重山群島にまでいたる琉球弧の島々の自然風土と歴史文化、人々の生活誌は、柳田国男や折口信夫そして伊波普猷以来、歴史学・民俗学や国文学・宗教学をはじめとする諸学問によって分析研究され、広く紹介されてきました。琉球弧の風土や文化を日本文化や普遍性のなかへ比較分析して位置づける研究は、今日ますます深められながら進められています。

その「沖縄学」と呼ばれる諸学問の発展を喜ぶ一方で、私は島人としての自分たちが観察され解剖され細分化されていくような奇妙ないらだちを感じています。島の歴史と文化が断片的にしか伝わってない気がするのです。学問的専門用語で分析され概念化されて紹介されたものが多いなかで、島と宇宙をトータルに描き切った作品が少ないのはなぜでしょうか。それでも、詩作品にはかなりの成果があるのですが、小説はまだまだ層が薄いような気がします。

そんな私の周辺の状況と内面の渇きのなかで島尾ミホの『海辺の生と死』（中公文庫）を読めたのは大きな驚きと同時に、汲み尽くせない喜びでした。この第十五回田村俊子賞を受賞した作品集に続いて、今回私は『祭り裏』（中央公論社）を読む機会に恵まれました。

小説集『祭り裏』には七篇の作品が収録されています。その全篇とも『海辺の生と死』同様、作者の幼少時代、奄美群島・加計呂麻島での体験と記憶と幻想を再構成して物語化する方法で書かれています。

そのなかの「祭り裏」と「老人と兆」「潮の満ち干」の三篇は、それぞれ短篇として独立しながら重要な内容的関連性をもっています。

「祭り裏」では、十五夜祭りの夜、孟宗竹の藪の中から少女である私が盗み見した残酷な物語が描かれています。十五夜祭りは、島の最大の祝い日のひとつです。そのハイライトはなんと言っても相撲大会であり、十人抜きの取組です。とりわけその年は「近衛兵に選ばれたトウセイと海軍にはいるヒロヒト」という村を代表する二人の若者が最後まで勝ち残ったのです。優勝者は熱戦の末ヒロヒトが勝ちました。

しかし、勝者に酔う母親のウスミおばとヒロヒトは私生児だということで公衆の面前で耐えがたい辱めを受けてしまいます。どうやらトウセイとヒロヒトは異母兄弟のようです。そこでウスミおばと、その弟ニジロおじはトウセイを縛り捕えたうえ、包丁で刺し殺して仕返しをするようにヒロヒトへ迫ります。少女はそこでニジロおじが世にも恐ろしいと言われていた「ムレヌタハベグトゥ（癩者の呪文）」でトウセイに仕返しをするのを視たのです。祭りのハレの日の裏に秘められた、それはじつに残酷な物語でした。

そのトウセイは、「老人と兆」でコウマブリ

（人の死の前兆のわかる人）のギンタのおじに夜ごとの「墓所通いのイキマブリ」を視られて止められるのですが、とうとう自殺してしまいます。「老人と兆」では、そのギンタのおじと年中裸のマー坊との神話的な生活や、座敷牢に閉じ込められたマサミとの交流も描かれています。

　マサミはなぜ座敷牢に入れられたのでしょう。そのいきさつの物語が「潮の満ち干」です。マサミとヤエは村じゅうの祝福を受けて結婚しました。しかし、マサミは神経衰弱になりヤエに捨てられ、自分の家に火を放ってしまいます。そのヤエもマサミの弟サダトに山畑で犯され男の子を生んでしまいました。

　他の四篇「潮鳴り」「あらがい」「家翳り」「紫挿祭り」では、少女ミホをとりまく、父や母、村の子供や友人・先生・親せきや使用人たちとの生活が、体験に引き寄せられて描かれています。そのなかでも「潮鳴り」や「あらがい」「家翳り」では島共同体のなかで、そのしがらみから逃れられず押しつぶされていく人間の悲しみが美しすぎる魂の文体で綴られています。「紫挿祭り」はなんと言えばいいのでしょうか。小説と民俗学と神話が一体となった物語です。

　この『祭り裏』で、一番感動するのは語りと文章の美しさです。とりわけ私は、作者が意図的に島の言葉（島口）を会話のなかで生かしているのに感動し深く考えさせられました。しかも島尾ミホは「ホホラシャン《誇らしい》トゥキンニャ《ときには》
ウドゥトゥティ《踊っていて》　イカティ《喜び》、キモグルシシャン《肝苦しい》
トゥキンニャ《ときには》　クイアギトゥティ《声を上げていて》
ナキュンムンドゥ《泣くのが》　チュウヌナサケヤ《人情というものじゃ》
アリョーランナー《ありませんか》」（二四ページ）のように、島の言葉に共通語のルビを振るという独特の方法を全篇の会話文で用いています。

　本土方言や共通語しか知らない人には読みづらいでしょうか。しかし、私たちにとっては、このカタカナで表記された島口の方がじつにス

ラスラ読め、その会話の息遣いまでが魂のヒダヒダに染み渡ってくるのです。しかも島尾ミホの会話文と引用された島唄は琉球弧の古代歌謡を読むがごとく、その言葉は精選され、リズムは練り上げられているのです。このような琉球語群の文学表現を、今後の日本文学はどのように受け取るのでしょうか。

　それにしても、琉球弧に住む私たちが島出身の島尾ミホという表現者をもち得たことは、まことに幸福なことだと思います。それは島尾敏雄という貴重な作家を失った日本文学全体にも言えることではないでしょうか。

　島尾ミホは島での生活と人間の美しさと残酷さを描き続けることで、共同体のやさしさと残酷さ、人間と自然と宇宙との共生と交感の深さの意味を、荒廃する現代の精神にさし示し問いかけています。『祭り裏』とは、島というミクロコスモスからトータルにとらえられた人間と共同体と宇宙の核心の姿が描かれているのです。

　ここで初めて、琉球弧は未来の創造へ向かって断片化されない魂をミクロコスモスのまま自己表現することを始めたと言えるのでしょう。そして読者の多くは、島での生活や共同体の記憶と幻想が現代の私たちの魂の深層で生き続けていることの重要性に気づくはずです。

　あの女神のような島尾ミホがどうしてこのような人間の残酷さを凝視《みつ》め続けることができるのでしょうか。文芸誌「海」に連載中断されたままになっている「海嘯《かいしょう》」の完成が待たれます。

七島灘を越えて——安達征一郎著『憎しみの海・怨の儀式』

今年（二〇〇九年）の四月から、何かに憑かれたかのように奄美群島（関係）出身の作家たちの小説を読んでいる。一色次郎、干刈あがた、そして安達征一郎の作品である。

じつは、今年は一六〇九年の薩摩藩による琉球王国侵略から四〇〇年の節目である。この四〇〇年間に北は奄美群島から南は八重山群島までの琉球弧の私たちは、鹿児島県と沖縄県に分断と統合という支配を受けてきた。島人の意志に反して。

私は、安達の『祭の海』（海風社）を読んだことがある。そして、今回は『憎しみの海・怨の儀式』だ。本書には、処女作「憎しみの海」をはじめ二一篇の小説と川村湊の「解説と年譜」が収録されている。

やはり、圧巻は「太陽幻想」「種族の歌」「怨の儀式」「島を愛した男」等だ。私は、「太陽幻想」を読んで、久しぶりに小説を読みながら勃起した。山田詠美の小説を読んで以来だ。

また、「種族の歌」や「島を愛した男」を読んで餓死に至る貧しい南島における生存の暴力性と悲哀に圧倒された。安達は、琉球弧の残酷な歴史と宿運へ復讐するために小説を書いているのでは、と考えたりした。

安達の小説世界からは、G・マルケスの「百年の孤独」や中上健次等の作品が連想される。そして彼の作品が、今村昌平の名作映画「神々の深き慾望」の原案になったことを忘れてはならない。彼の文体の緻密さや衝撃力は重苦しいが迫力がある。

私は、安達と同じように琉球弧（南島）の出身なので彼の描写する島言葉や自然描写のイメージや象徴性は皮膚感覚で理解できる。しかし、安達が二回も直木賞候補になりながら受賞できなかったことはかえすがえすも残念だ。彼の作品群が「海洋文学」として高く評価されてきたことはあえて論じない。

かつて、伊波普猷は琉球文化圏と日本本土のあいだには「言葉の七島灘がある」と嘆いた。安達の作品はその七島灘を越えて真に理解されただろうか。

世界への飛翔――米須興文著『マルスの原からパルナッソスへ』

私は、沖縄の地で世界に誇れる四名の碩学に私淑する幸運に恵まれた。琉球大学卒でないにもかかわらず私は、民俗・地理学の仲松弥秀、英語・英文学の米須興文、哲学・記号学の米盛裕二、日本・琉球文学の故・仲宗根政善先生方の自宅や研究室等に通い、その深い学識と思想を教えていただいた。

今回、そのお一人・米須興文著『マルスの原からパルナッソスへ』をくり返し読む機会を得た。本書は、著者の英語・英文学人生の回顧録をベースにしているが、一本の文学作品として、また戦後史の証言としても読むことができる。米須は、本書の冒頭に「人の世はなべて芝居の舞台／男も女もこれ皆役者に過ぎぬ」（シェイクスピア）を引用し、自分の人生をできるだけ客観化し、ドラマとしても記述しているからだ。

本書の目次を見てみると「第一幕　放たれた『いくさの犬』」「インタルード（幕間）」「第二幕　英語・英文学への旅立ち」「第三幕　ルビコンのむこう」と演劇的に構成されている。

この人生ドラマを読み通すと、どんな逆境にも負けずに生きぬく感動と勇気が湧いてくる。沖縄の戦前、戦中を生き延びてきた人々は、筆舌に尽くしがたい貧困と苦難の道を歩んできた。私は著者が高校卒業後すぐには進学せず、軍作業に就職してから米国留学試験に合格したことは知っていた。しかし、幼少から続いた生母をはじめとする肉親との死別や、大分県疎開の戦争体験など中学時代の苦難は、今回初めて知った。

米須は社会的条件の貧しさに屈することなく、学問研究を積み重ね博士号を授与され、琉球大学名誉教授になった。そして、いまやW・B・イエイツをはじめとするアイルランド文学、英米文学の研究で「国際英語英米文学教授協会（IAUPE）」の学会員に推挙され「世界のコメス」と評価されている。パルナッソスの高峰に登ったのだ。

私は、米須の独創的な文学批評理論である「創造的循環論」（二二八頁）に強く共感し、世界的視野から相対化した沖縄文学・文化批評から多くを学び創作の源泉にしてきた。本書からも、文学者や研究者、教育者をはじめ読者が触発されることは多大である。

すべきだ、を越えて——岡本恵徳先生追悼

私が敬愛し、私淑してきた岡本恵徳先生が、八月五日に肺ガンのため逝去なされた。今年（二〇〇六年）の夏はとても暑く、八月は岡本先生の死去を受容しなければならない残酷な月となった。

私は、岡本先生に文学、思想、住民運動、生き方の面でご指導を受け、文字通り公私ともお世話になった。何度お礼を申し上げても足りないぐらいである。

岡本先生の名前を初めて知ったのは、学生時代に読んでいた「新沖縄文学」の「反復帰論」特集や新聞での文章であった。とりわけ「解放読本『にんげん』をめぐって」（一九七一年）が強く印象に残っている。私の内面にも、新川明、川満信一、岡本恵徳の反復帰論を中心とした論考と思想が激烈に影響を及ぼし始めていた。

私が、岡本先生と初めてお会いしたのは一九七二年の松永裁判闘争のなかだったと記憶している。私も、松永裁判を支援する市民運動に加わり、七二年九月の「松永闘争を支援する市民会議」の結成を手伝った。岡本先生は、この市民会議の代表になって下さった。七一年の一一・一〇ゼネストで逮捕された松永優さんを殺人犯にでっち上げる裁判を粉砕し、運動は勝利した。市民会議は、日本復帰後の沖縄で初めて展開された市民運動として歴史的に評価されるだろう。

それ以来今日まで、岡本先生と住民運動や思想・文化運動をともにしてきた。私が、仕事や勉強のために一時的に沖縄や運動から離れることがあっても、先生は金武湾の反ＣＴＳ闘争を支援し「ＣＴＳ阻止闘争を拡げる会」を結成し

「琉球弧の住民運動」を創刊・発行し続けてきた。

そして一九九〇年に「琉球弧の住民運動」が終刊すると、九三年に新崎盛暉氏や私たちと「けーし風」を創刊し代表の一人になった。このように、岡本先生は入院する直前まで住民・市民運動や思想・文化運動の現場に立ち続けた。

私が先生と公的な場所で最後に会ったのは、五月二〇日の「比嘉春潮シンポジウム」(西原町立図書館)と翌二十一日の「わじっていいとも!」(那覇市ぶんかテンブス館)集会であった。

一方、私は岡本先生に詩・文学の創作活動面でも個人的に指導していただいた。とりわけ、先生の著書『沖縄文学の地平』(三一書房、一九八一年)の書評をさせてもらったことは大きな勉強となり飛躍となった。また、九一年には『高良勉詩集』に「解説」を執筆していただいた。私は、何度この「解説」に激励されたかわからない。

私が、フィリピン留学から帰って来て、エネルギーを消耗し落ち込んでいたときに救いの助言をして下さったのも岡本先生であった。「君はいままで、○○すべきだ、○○しなければならないという生き方をしてきた。これからは、○○したいと本当にやりたいことを第一に生きなさい」と諭してくれた。

おかげ様で、私は立ち直ることができた。そして毎年正月に先生の家で飲んで語り合うことで一年間の大きなエネルギーをいただいてきた。しかし、いまとなってあの言葉はむしろ岡本先生自身にこそ言いたかったと思う。楽しみにしていた天竜川下りをはじめ、ともにやり残したことはあまりにも多い。合掌。

国境なき沖縄文学研究——仲程昌徳著『沖縄文学の諸相』

私は、仲程昌徳の沖縄文学研究から多大な学恩を受けてきた。それらは、私の詩・文学創作に深く影響を与えている。今回読んだ『沖縄文学の諸相』もまたそうである。しかも、本書はこれまでの沖縄文学研究の地平を大きく乗り越え拡大する刺激的な論文で満ちあふれている。

この研究書は「I　戦後文学の出発」、「II　方言詩の出発・開花」、「III　戯曲の革新と展開」、「IV　海外の琉歌。戦後の短歌」の四章で構成されている。このなかには、斬新な内容の論文九本が収録されているが、私はまず仲程の文学研究領域の豊富さに圧倒されながら嬉しくなった。

というのも、最近は小説は研究するが詩歌には論及しなかったり、短歌は研究しながら戯曲には触れない等の細分化された文学研究者が増えているが、仲程や故・岡本恵徳の沖縄文学研究はすべての文学表現を研究しようとする総合力と情熱に富んでいた。

それでも、小説はもとより、琉歌や「つらね」、琉球舞踊にまで論及してきたのは仲程の独壇場である、と言っていいだろう。このすばらしい沖縄文学の研究方法は、ぜひ継承されて欲しいものだ。

一方、本書の内容が従来の沖縄文学研究のレベルをさらに拡大・深化させていると思われる最大の特徴は海外移民の小説や琉歌の研究が本格的に成果を表わしている点にある。移民に行った琉球人・ウチナーンチュの小説を研究した論文「位牌と遺骨」や「ペルーの琉歌」研究の論文を読むと、もはや「日本文学のなかの沖縄文学」研究という狭い枠は、大きく突破されていることがわかる。移民先・海外での琉球人の文学表現を考えると、「沖縄文学研究」という概念よりは「琉球・世界文学研究」と呼んだ方がふさわしいのではないかとさえ思ってしまう。

さらに、仲程の方言詩や戯曲、琉歌研究をはじめ随所に書き込まれた言説を読むと、著者がいかに琉球語や琉球文化に熱い愛情をかたむけて研究を深化させているのかという深い感動が伝わってくる。

III アジアの詩・文学論

中也の苦い思い出

一、やっと中也が

昨年（二〇〇八年）の十月から、集中的に中原中也関係の作品を読むことができた。これまで、中也関係の作品は全部途中まで読んで投げ出してあった。中原中也生誕百年特集を組んだ「現代詩手帖」（二〇〇七年四月号）も、そうであった。

一番大きな原因は、大学生時代から中也の詩集を読み始めても最後まで読了することができなかったからだ。一九八二年に読み始めた中村稔編著『中也のうた』（現代教養文庫）も、「山羊の歌」までしか読めなかった。河上徹太郎編『中原中也詩集』（角川文庫）も途中で投げ出している。一九六九年に買った集英社版の日本文学全集『三好達治・中原中也・伊東静雄』は、どこまで読んだか覚えていない。

中也の詩作品を読み通すことができないのだから、ましてや「中原中也論」等の評論は充分に読むことができなかった。友人の佐々木幹郎から恵贈された『中原中也』（筑摩書房）も、何度も手にしながら本棚に戻された。

しかし、やっと五十代の終わりになって中也の作品を読み通すことができるようになったのだ。これは、恥ずかしい話かもしれない。私のまわりに、中也ファンの詩人はたくさんいる。そして彼らのほとんどは青春時代に中也体験をくぐりぬけている。だが、私はその中也体験を回避したとも言える。

二、なぜ中也が

私は、なぜ中也の詩集を読み通すことができなかったか。今回、中也と正面から向き合いながら、その原因を考えてみた。私も、中也の詩には高校時代に出会っている。たしか、「サーカス」は教科書で習ったはずだ。

幾時代かがありまして
　茶色い戦争がありました

幾時代かがありまして
　冬は疾風吹きました

から始まり、有名な「ゆあーん　ゆよーん　ゆやゆよん」のオノマトペはすぐに暗誦したものだ。先述の集英社版・日本文学全集を買った一九六八年は、大学一年生のときである。「汚れつちまつた悲しみに……」も、何度読み返して暗誦したかわからない。「都会の夏の夜」「帰郷」「生ひ立ちの歌」「骨」「朝鮮女」「北の海」「一つのメルヘン」「また来ん春」「正午」等々感動した作品はたくさんある。

しかし、それ以上は進まなかった。

私はまず、中也を本能的に恐れていたと思う。中也の詩に表われている、独特の感受性と天才性。そしてその詩人としての生き方の自己破滅性と不幸。おそらく、私が青春期に中也に溺れ込むと、その影響をまともに受けた詩を書き、無軌道な大学生活を送っていたであろう。事実、私のまわりの中也ファンの文学青年には、そのようなタイプが多かった。

また、私の「詩論」の勉強が黒田喜夫や吉本隆明のそれを学ぶ方向へ進むにつれ、日本の四季派的抒情詩を嫌うようになり、安易に中也もその四季派の一員としての枠に入れてしまった。これは、当時もっていた集英社版の日本文学全集が『三好達治・中原中也・伊東静雄』と編集されていたせいもある。

さらに、私は中也の〈唄うような詩〉が短歌的抒情やリズムに依りかかっていると早とちりしていた。私は、中野重治や小野十三郎にも影響されて、短歌的抒情に反発していた。「おまえは歌うな／赤まんまやトンボの羽を歌うな」という心境であった。

三、中也の実像

だが今回、集中的に中也の全体像を読み込むことによって、従来もっていた中也のイメージが崩壊し、大きく変わっていくのを感じた。

まず私は、中原が初期にダダイズムを通過した意味を深く考え始めた。しかも、中也は一九二三(大正一二)年の秋に高橋新吉の『ダダイスト新吉の詩』を読み、なかの数篇に感激してダダイズムの詩を書き始めたという。それは、彼が十六歳のときであった。

中也が、一度ダダイズムの嵐をくぐり、しかも早々（?）と抜けたということは、彼の詩が短歌的抒情ではくくれない、意識的な構成力を発揮する土台になっていると思う。その点、三好や立原道造などの抒情派とは異なっている。そのことは、中村稔も「中也と現代」（「現代詩手帖」一九六二年七月号）という座談会で〈中也は四季派の主流にはなれなかった〉という主旨の発言をしている。

次に驚いたのは、同じ中村稔によれば、「中原中也の位置づけということですが、中原中也の生きていた当時の評価というのは、ほとんど問題にならない。評価が問題になるのは死んでからのことで、死んでから小林秀雄をはじめとする中原の友人たちが中原について書いた」（同前）ということである。

私が高校時代のころから、すでに中也の詩は国語の教科書に載っており、彼は生前から詩人として充分に評価されていた、と思い込んでいた。しかし、中也もまた宮沢賢治と同様に生前にはほとんど評価されずに、詩集も『山羊の歌』一冊しか出版されていなかったのだ。詩人として、生前の中也は恵まれていず、不幸だったとさえ言えるだろう。

その中也が、賢治の詩集『春と修羅』を買い、いち早く高く評価していたという事実も意外であった。『春と修羅』も、賢治の生前には数冊しか売れず、残りは神田の古本屋の店先に積まれていた、と言われている。中也と賢治、この二人の相互比較と評価については、私の知的好奇心を強く刺激する。

実際、中也の詩「永訣の秋」や「修羅街挽歌」のタイトルは、明らかに賢治の「永訣の朝」や「春と修羅」「オホーツク挽歌」からの影響を見て取ることができるだろう。私は、中也が賢治をどのように評価していたのか、今後全集などで調べてみようと思っている。

中也と小林秀雄の関係も、私の想像をはるかに越えていた。私のなかで、小林は中也と同棲していた恋人の長谷川泰子を奪った男というイメージで定着していた。しかし今回、長谷川本人の『中原中也との愛——ゆきてかへらぬ』(角川文庫)を読んでみて、ことはそんなに単純ではなく、小林も被害者の一人だったと思うようになった。

また、私は小林の方が中也へ圧倒的な影響を与えたと考えていたが、むしろ逆だったかもしれない。小林は、「中也の思い出」のなかで「君は相かわらず千里眼だよ」と言っているように、中也のなかにランボーが唱えた天才の「見者」を視ていたと言える。そして小林秀雄は中也の天才性に脱帽して詩人や小説家の道をあきらめた、と言えるだろう。

中也と小林の友情は、二人が泰子と関係のない別々の女性たちと結婚したあとも続いた。それゆえ、中也は一九三七(昭和一二)年九月に『在りし日の歌』の清書を終えて、原稿を小林に託したのだ。その詩集は、中也の死後にしか創元社から出版されなかったが。

中也が、山口県の方言や民謡、子守歌等を詩に活用している事実も意外でおもしろかった。その点に関しては、佐々木幹郎の『中原中也』の「第六章『山羊の歌』——子守歌的なるもの」の論考が有意義であった。佐々木は、藤井貞和の論文「柳田における〈神話〉の位相」に触発されて中也の『山羊の歌』の詩篇を琉球文化圏の〈天人女房譚〉とも比較している。

私は、中也が映画や音楽にも造詣が深かったことをうらやましいと思うと同時に注目している。映画は、恋人長谷川泰子が女優だったから当然深く関わっている。音楽に関しては、中也が「お道化うた」で

月の光のそのことを、

盲目少女《めくらむすめ》に教へたは、
ベートーヴンか、シューバート？
俺の記憶の錯覺が
今夜とちれてゐるけれど、
ベトちゃんだとは思ふけど、
シュバちゃんではなかつたらうか？

と詩っているように、クラシック音楽にも深く親しんでいたようだ。それらの研究については「まなざしの方眼図」（「現代詩手帖」二〇〇七年四月号）という北川透、高橋世織との座談会で樋口覚が述べている話が重要な参考になる。

最後に、中也が私の敬愛する山之口貘と交友があったことも付け加えておこう。バクには、「中原中也のこと」（『山之口貘全集』第四巻・評論、九七頁、思潮社）というエッセーがあり、同人誌「歴程」の会合での付き合いや、「会の帰りに、草野心平と中原中也と僕の三人は新宿裏の何とかいうおでん屋で、夜更まで飲んだ」思い出を書いている。そして中也の印象を「僕はその彼の、概念にこだわらず小ざっぱりした味をよいと思った」と述べている。中也の方は、バクさんをどう観ていたのか。中也の手紙のなかに、チラッと出てくるが、今後日記等を調べてみようと思っている。あるいは、草野心平の日記も。

四、中也の詩に向けて

さて、私はこれからいよいよ中也の詩について論考を深めていきたいと思う。高校時代に詩「サーカス」の「ゆあーん　ゆよーん　ゆやゆよん」に出会って以来、大学時代の私の内部では「汚れつちまつた悲しみに……」の

汚れつちまつた悲しみに
今日も小雪の降りかかる
汚れつちまつた悲しみに
今日も風さへ吹きすぎる

が鳴り響いていた。

しかし、中也の詩はそんな甘い抒情詩ばかりではない。

いかに泰子、いまこそは
しづかに一緒に、をりませう。
遠くの空を、飛ぶ鳥も
いたいけな情け、みちてます。

（「時こそ今は……」部分）

ホラホラ、これが僕の骨だ、
生きてゐた時の苦労にみちた
あのけがらわしい肉を破つて、
しらじらと雨に洗はれ
ヌックと出た、骨の尖《さき》。

（「骨」部分）

海にゐるのは、
あれは人魚ではないのです。
海にゐるのは、
あれは、浪ばかり。

（「北の海」部分）

秋の夜は、はるかの彼方に、
小石ばかりの、河原があつて、
それに陽は、さらさらと
さらさらと射してゐるのでありました。

（「一つのメルヘン」部分）

また來ん春と人は云ふ
しかし私は辛いのだ
春が来たつて何になろ
あの子が返つて來るぢやない

(「また來ん春……」部分)

これらの研ぎ澄まされた独在の感性はどうだ。そしていま、中也を突き放そうとしても「秋の日」の「なんでも　ないてば　なんでも　ないに」の一行が、何度も何度も幻聴のように顕れてくる。

宮沢賢治と沖縄

一、異界、異郷と「風の又三郎」

あれは、いつのことだったろうか。たしか、私が小学校五年生のころだったと思う。一九五九年ごろのオキナワ。映画は、一年に正月と学校行事の「映画見学」の二回ぐらいしか見られない貧しい村の時代。「文部省推薦映画」だからというので、学校の団体見学で「風の又三郎」を観に、三〇分ぐらいバスに揺られて与那原町まで行った。オキナワは、まだ米軍政府の占領下で日本国から分離されており、通貨はドルで、見学料は十セントぐらいではなかったか。

どっどど　どどうど　どどうど　どどう
青いくるみも吹きとばせ
すっぱいかりんも吹きとばせ
どっどど　どどうど　どどうど　どどう

白黒の映画だったと思う。「風の又三郎」は恐かった。とくに、この有名な出だしで主題歌にもなった呪文のような歌は怖かった。映画の粗筋は忘れたが、この「どっどど　どどうど……」だけは、現在までずっと響いている。歌の意味がわからなかった。まず、沖縄では「くるみ」とか「かりん」というものは見たこともないし想像することもできなかった。ずっとあとまで、「かりん」とは「りんご」のことだと思っていた。「青いくるみ」や「すっぱいかりん」は、なぜ「吹きとばせ」と言われるのか。

そして映画全体に二百十日前後の〈野分〉などと呼ばれている風が吹いているのだが、沖縄の台風みたいなカラッとした嵐ではなかった。それは、子どもをさらっていくような魔力をもった風のように感じられた。

それゆえ、私は映画「風の又三郎」の大半は恐くて目をつぶっていたような記憶がある。いま思うと、クライマックスなどの名場面は、とくにまともには見られなかったのではないか。暗い映画館の中の青白い光の世界。

なぜ、あんなに恐かったのだろう。宮沢賢治の詩や童話を読むたびに、そのことを考え続けていた。しかし、大学時代に「風の又三郎」を読み返しても謎は解けなかった。現在は、少しわかりかけたような気がする。

周知のように、「風の又三郎」には多くの名場面や描写がある。筋書きにそって上げてみると、谷川の岸にある小さな学校の朝の教室に突然「おかしな赤い髪の子供」三郎が登場する場面。その日は九月一日、二学期始めの日で、転校生高田三郎が紹介され、「白い服の人」・三郎の父がモリブデンの鉱石を掘るために転勤して来たと知らされる。

次の日の授業中、三郎が佐太郎に鉛筆を「呉れる」場面。その次の日、一郎と嘉助と佐太郎と悦治、そして又三郎の五人で野原へ遊びに行く。ところが、嘉助が牧場の柵を外したために大切な馬を逃がしてしまう。嘉助と又三郎の二人で必死になって追いかけて行く。しかし、二人は迷い子になってしまい、やっと助けられる。

また、その次の日は学校が済むと栗の木のある藪へ「葡萄蔓とり」へ行く。そこで、又三郎が耕助と対決する場面。さらに、次の日は川下の方へ泳ぎに行き大人の「発破漁」でやられた魚を取り合うところ。あるいは、次の日に佐太郎たちと「山椒の粉」で「魚の毒もみ」をやる場面。その後の「鬼っこ」遊び。そのときに「誰ともなく」叫んだ、「雨はざっこざっこ雨三郎、風はどっこどっこ又三郎」という叫び。

そして最後は一郎が「どっどど　どどうど……」の歌を夢のなかで聞き、朝早く「烈しい風と雨にぐしょぬれになりながら」学校へ行くと、又三郎は「もう外へ行き」転校していなくなってしまっていたという場面。

これらの名場面のなかでも、私が好きで強烈な印象に残っているのは、やはり又三郎と嘉助が逃げた馬を追い、霧の中で迷い子になる場面である。疲れ果てて昏倒した嘉助は、夢のなかで又三郎が「ガラスのマントを着て」空を飛ぶ姿を視る。一方、さいかち淵で「雨はざっこざっこ雨三郎、風はどっこどっこ又三郎」の叫びが聞こえる場面も忘れられない。

すると、「風の又三郎」の恐さとは、「異界や異郷」から来るモノの恐さであることが浮かんでくる。又三郎は、風とともにやって来て、風とともに去っていく。「異郷」というのはわかりやすい。高田三郎は、北海道という異郷から転校して来た。そして私（たち）にとっては北海道も岩手県も見たことのない異郷であった。

しかし、宮沢賢治の描く「異界」は重層的で複雑である。まず、宇宙的、自然的異界というものが設定されている。それは、冒頭の「どっどど　どどうど……」という歌や、「雨はざっこざっこ雨三郎……」の叫びで表現されている。これらは、最初だれが歌い叫んだかわからない。異界から吹いてくる風や雨の歌や叫びである、と言えよう。また、自然的異界は、一郎が想像する風の行方は「タスカロラ海溝の北のはし」とも表現されている。この「タスカロラ海溝」は「三陸地震津波」等の震源になった金華山沖の海底にあるという異界だ。

次に、アニミズム的、精霊的異界である。賢治の感受性は、この異界に鋭く感応している。全篇に風が吹いているが、「風がどうと吹いて来て」という表現がくり返され場面の転換が行なわれている。そして高田三郎は「二百十日で」転校して来たから「風の又三郎」と呼ばれるようになる。つまり、「風の又三郎」は「風の精霊」でもあるのだ。少なくとも嘉助は、そう信じている。

ちなみに、「ウィキペディア」で「風の又三郎」を検索すると、「地元で伝説となっている風の神様の子。神というよりも悪霊に近い存在」と説明されている。また、「岩手県や新潟県などの複数の地方において、風の神を『風の三郎様』と呼んで祭礼を行なう風習がある」とも報告している。

賢治の描く太陽や空もまた、アニミズム的表現になっている。「何だか、お日さん、ぼやっとして来たな」「陽はぱっと明るくなり」「空がまっ白に光って」「空はたいへん暗くなり重くなり」「空が光ってキインキインと鳴っています」「空が旗のようにぱたぱた光って翻えり」（……）とすばらしく表現されている。

おまけに、芒の穂が「あ、西さん、あ、東さん、あ、西さん、あ、南さん、あ、西さん」と言い、「さいかちの木は青く光」り、「楊も変に白っぽく」なるしまつである。草や木の精霊たちが物を語ったり、色が変わったりするのだ。これらの表現は、たんに比喩としてすばらしいだけではなく、アニミズム的感受性の賜と言えるだろう。

そしてさらにこれらの異界と現実が交錯する幻想域が現われる。それが、嘉助が昏倒した夢のなかで視た「ガラスのマントを着て」空を飛ぶ又三郎の姿であり、一郎が夢のなかで聞いた「どっどどどどうど……」という歌で表現されている。それらは、夢の異界あるいは幻想的異界と言ってもいい。

一方、さりげなく書かれているが、迷い子になった嘉助が「(間違って原の向こう側へ下りれば、又三郎もおれも死ぬばかりだ。)」と思ったときに聞いた「伊佐戸の町の、電気工夫の童あ、山男に手足い縛らえてたふうだ」という幻聴も見逃せない。とりわけ、「山男」や「なめとこ山の熊」の「熊捕りの名人淵沢小十郎」から連想される「マタギ」の住む山は、もうひとつの異族的、文化的異界だ。その、山の文化的異界は、賢治の童話では、「なめとこ山の熊」や「狼森と笊森、盗森」で大きく描かれている。

さらに言えば、「風の又三郎」全篇に散りばめられている「青じろい」光の世界は、死後に霊魂が行く異界=他界を連想させる力をもっている。この「青の世界」に「赤い髪」の又三郎が風とともに来て、風とともに去ったのである。

したがって、これらの異界と現実が交錯する世界で、リアリズムとシュールレアリスムが交錯するような物語が展開されているがゆえに、「風の又三郎」は私にとって恐かったのだと思う。そしてこの異界と現実との交錯こそ、宮沢賢治の詩や童話全体を貫いている重要なテーマや方法の中心だと言えるだろう。

二、宮沢賢治と沖縄

私が、沖縄で『宮沢賢治全集』（筑摩書房）を読んでいると、その表現世界の共通性と異質性が鮮明になっていくような気がする。共通性の第一は、「風の又三郎」で見たように、自然崇拝、精霊信仰、アニミズムの精神世界である。琉球群島では、いまでも太陽、月、星はもちろん山、川、海、火、水、土、石、動植物等の「自然万物が神」であるという信仰が生きている。

第二に、縄文文化的とも言える「山男」や「マタギ」等の先住民や「異族」が住む「異界」を信じたり意識している精神世界である。それは、大和中央の奈良、京都、東京中心の歴史や文化とは違うと思う精神世界である。あるいは、エミシやエゾの文化伝統や『遠野物語』の伝統のような精神世界とも言ってよい。

第三に、「東北方言」とか「琉球方言」と呼ばれる地方語の世界である。「風の又三郎」には、私がいまでも理解できない「ちょうはあかぐり」とか「なして泣いでら、うなかもたが」、「わあがない」、「さあ、あべさ」等の東北弁が使われている。賢治は、童話の原稿を赤い鳥社へもって行って、「鈴木三重吉に一篇だけ閲読を乞うたそうである。そのとき鈴木三重吉は、『私はこどもの綴方の会話には方言使用をすすめているけれども、おとなの作家が、こどものために書くものの場合、方言をいれるということは不親切だ。雑誌は、日本全国のこどもが見るものだからね』といわれたそうだ」（巽聖歌「宮沢賢治の生涯と思想」『風の又三郎』新潮文庫・解説）という話が伝わっている。

現在でも、詩や小説に「地方語」や「方言」をどのように表現するかは、大きな問題である。とくに琉球語（琉球方言）の場合はそうだ。しかし、私は（何度も書いてきたが）、高校時代に宮沢賢治や山之口貘の詩を読んで、「方言でも詩が書けるし書いていい」と知って感動し、自分も詩を書くようになったのである。賢治の時代、結局、彼の童話の原稿は「赤い鳥」に一篇も採用されなかったという。

さて異質な点は、第一に賢治の作品の大部分がイーハトーブ（岩手県）の「山と草原の物語」とすれば、琉球弧の私たちはつねに「海の物語」に引き寄せられている、という感受性の違いである。正直に言って、私は山の中の「異界」については、恐れるのみで充分に理解できないのでは、と思うことがある。

第二点目は、仏教や法華経、極楽と地獄、さらに宗教観に対する異質性である。みずからを、「おれはひとりの修羅なのだ」と表現する賢治は、現実の地獄を見つめ、極楽へ祈る。しかし、琉球弧の私（たち）にはそのような「極楽と地獄」観がない。

私の生まれ育った村には、二十一世紀の今日でもまわりにひとつのお寺も神社もない。私（たち）が信仰し、崇拝しているのは「ウタキ（御嶽）」と呼ばれる聖域の自然の神々や祖先の霊魂である。したがって、私（たち）が宗教組織に接するのは葬式のときのお寺や、結婚式のときの神社ぐらいである。おまけに、それらは車に乗って市街地まで行かなければならない。また、琉球弧では本土のような檀家制度とか氏子制度というものは、ほとんど定着していない。それゆえ、私には賢治父子のように浄土真宗と法華宗との対立や苦悩というのは、実感として理解できない。そして私（たち）は「極楽と地獄」とは異なる「ニライ・カナイ」という他界観をもっている。

第三に、琉球弧の私（たち）の自然崇拝、祖先崇拝、アニミズムの信仰や精神世界は、アイヌ民族やエミシ、ハヤト、クマソ等の先住民族の伝統文化や精神世界に近い。賢治の作品世界はエミシやエゾと呼ばれた先住民族や、「山男」、「マタギ」等の文化的異界を充分に意識している。ただし、賢治の足場はどこに立っているのか。

たとえば、近年の研究では増子義久が『賢治の時代』（岩波書店、一九九七年）二三二頁で紹介している西成彦の次のような指摘がある。「柳田国男の差別的な『山人』観に至るまで『勝利する開拓者』対『帰順する先住民』という主題の反復からなりたってきた日本の植民地主義的な物語群のなかで、宮沢賢治もまたどこかその系譜から逃れ得てない部分をもっていることは否定できない。」（「植民地主義のはじまり」「ユリイカ」一九九四年四月号）。

もし、西が言うように賢治も「植民地主義的な物語群」の系譜のなかにいるならば、琉球弧の私（たち）は、侵略され征服された先住民側の系譜のなかにいると言える。また、もしアイヌ民族の詩人や批評家が宮沢賢治作品を批評したら、私（たち）と同様な感想を述べるのではないかと思う。

とまれ、私は一九八五年に個人詩誌「海流」を創刊し「賢治まんだら――極私的宮沢賢治への旅」の連載を開始した。その第一回目で、映画「風の又三郎」と詩「雨ニモマケズ」に触れた。第二回目（二号、八五年）は、童話「よだかの星」について論じた。第三回目（三号、八八年）では、妹とし子の死に関する詩「無声慟哭」と「永訣の朝」「松の針」をとり上げた。しかし、「海流」第四号（九一年）から中断してしまっていた。

幸い、今回は季刊「月光」の〈宮沢賢治特集〉に原稿依頼されたので、童話「風の又三郎」について考察してみた。これを機に、「賢治まんだら」を再開してみようと思っている。そしてこの「極私的宮沢賢治への旅」はできるだけ遠くまで行きたいものだ、と祈念している。

黒田喜夫と宮古歌謡

詩人の黒田喜夫氏が長い闘病生活の果てにこの世を去ったのは昨年（一九八四年）の七月であった。「空想のゲリラ」「ハンガリアの笑い」「毒虫飼育」「除名」などの詩作品で知られる黒田さんは、ぼくが私淑していた唯一の「本土」詩人であった。

最後にお会いしたのは去年の三月、入院先の東京都清瀬市の国立結核研究所付属病院の一室であった。黒田さんは長い昏睡状態から奇蹟的に生き返り、ベッドの上で話ができるようになっていた。しかし、幾度かの手術によって小さくなった肺臓の負担は重く酸素欠乏状態がひどかったために、身体じゅうの筋肉が繊維状態になっていると聞かされた。「元気になっても身体障害者だな」と笑っておられたが、まさかあのときが最後のお別れになるとは思わなかった。

だから七月十日の訃報を聞かされても信じられなかった。いまだに追悼文などは書く気がしない。黒田さんの詩業はすでに抵抗詩の巨峰として高く評価されているが、最後までプロレタリア文学とシュールレアリスムの詩が抱えた困難性を戦後詩のなかで止揚していく闘いを手放さなかった。

ところで、この戦後の詩と思想に大きな足跡を残した山形県出身の黒田さんの、晩年の思想を支えていたのが「アイヌ古歌謡」や「宮古の歌謡」であったという事実は、沖縄や宮古の文学愛好者や研究者には意外と知られていない。分業に囚われた研究者は、詩人など他のジャンルの人が書いた評論をなかなか読もうとしないから困ったものだ。

しかし黒田さんのアイヌ歌謡や宮古歌謡に関する論考は、すでに一九七〇年代から始まっており「ユリイカ」や「国文学――解釈と鑑賞――」などの雑誌に発表されている。また評論集『一人の彼方へ』(国文社、一九七九年)や『人はなぜ詩に囚われるか』(日本エディタースクール出版部、一九八三年)として一冊の本にまとめられている。

これらの論考にはさまざまな問題が提起されているが、そのなかでも①古代歌謡と文学・詩の発生、②個人から生まれた詩が他者の魂を共振させる根源的力の問題、そしてなによりも③アイヌ歌謡や宮古歌謡のもっている感性の力で天皇制に基づく「ヤマト的感性」を撃とうとする文学・言語・思想上の壮大な戦略が一貫して重要な提起であると思われる。

とりわけぼくにとって、『一人の彼方へ』で展開されたアイヌ歌謡や宮古歌謡の感性でもって「万葉集」を批判していく方法は、驚きであると同時に大きな示唆を受けたものである。

いま、ぼくは黒田さんの生前の最後の著書となった『人はなぜ詩に囚われるか』を読み進めている。宮古島狩俣の神歌「はらいぐい(祓い声)」などを口に出して読んでいる。黒田さんによって文学・詩・思想を創作し考えるうえで宮古歌謡のもつ戦略的重要性の骨組みは提起された。それにいかに肉づけするかが残された大きな宿題である。黒田喜夫、享年五八歳。合掌。ぅうとーとぅ。

南島論の動向――〈未来の縄文〉への旅

一、琉球弧のざわめき

ひとつの苦い思いがある。島尾敏雄・黒田喜夫・吉本隆明・谷川健一の存在と提言は、私たちが琉球弧と日本の関係を考えるときの大きな指標であると同時に、強烈な反射鏡であった。いま、そのうちの島尾敏雄と黒田喜夫はすでに亡い。その島尾から引く。

日本の歴史の曲り角では、必ずこの琉球弧の方が騒がしくなると言いますか、琉球弧の方からあるサインが本土の方に送られてくるのです。そしてそのために日本全体がざわめきます。それなのに、そのざわめきがおさまってしまうと、また琉球弧は本土から切り離された状態になってしまうという、何かそんな感じがして仕方がありません。(1)

おおづかみにいえば、この列島は先史の時代から、日本本土への文化的、政治的な影響を飛び石伝いに運びこむ海上の道であった。(中略) 日本の国の歴史的な曲りかどには、かならずこの道すじからの歴史的契機の信号によって、国の命運の方向を設定してきたにもかかわらず、本土はこ

の島々の役割を見ぬき評価することができなかった。(2)

島尾敏雄が一九五四年の時点で、すでに『沖縄』の意味するもの(3)」を書き、のちにみずから〈琉球弧〉と命名する、北は奄美群島から、南は八重山群島までを含む〈南島〉を重視していたことは注目に値する。それは、島尾が学生のころから歴史専攻であり、また敗戦の体験を奄美群島加計呂麻島で迎えたことに深く起因しているだろう。島尾は日本本土で(柳田國男や折口信夫はもちろん)敗戦後、もっとも早くから「この道すじからの歴史的契機の信号」を感受できた一人と言える。

吉本隆明も、この「琉球弧の方からのサイン」を鋭く感受した一人だ。吉本は、「歴史的契機の信号」をどのように解読したか。それは『敗北の構造』(弓立社、一九七二年)のなかに「南島論——宗教・親族・国家の論理」として突出し、「宗教としての天皇制」「南島の継承祭儀について——〈沖縄〉と〈日本〉の根底を結ぶもの」「『世界—民族—国家』空間と沖縄」として展開されている。

私が、これらの吉本「南島論」を最初に読んだとき、沖縄人として強烈な平手打ちをくらわされたようなショックを受けたものだ。

天皇制統一国家に対して、それよりも古形を保存している風俗、習慣、あるいは〈威力〉継承の仕方があるという意味で、〈南島〉の問題が重要さを増してくるだけでなく、それ以前の古形、つまり弥生式国家、あるいは天皇制統一国家を根底的に疎外してしまうような問題の根拠を発見できるかどうか、それはまさに今後の追求にかかっているのです。

そういう問題のはらんでいる重さが開拓されたところで、本格的な意味で琉球、沖縄の問題が

問われることになるだろうとおもいます。(4)

この「天皇制統一国家を根底的に疎外してしまうような問題の根拠を発見」せよという吉本の提起は、「現在の政治的な体制と反体制のせめぎあいのゆきつくところは、いまのままでは、たかだか辺境の領土と種族の帰属の問題にすぎなくなる」(5)。一九七二年前後の沖縄問題をめぐる状況にイラダチながらも、学生運動家の域から、なかなか脱け出せなかった私を激しくゆさぶったのであった。

二、吉本「南島論」の構造ノート

一九七〇年九月三日と十日、筑摩総合大学講座として紀伊國屋ホールで話されたと〈講演メモ〉にある、「南島論——家族・親族・国家の論理」は、大胆で独創的仮説に満ち満ちており、きびしい論理に貫かれている。吉本の基本的モチーフが展開されたこの講演録をとりあえず吉本「南島論」と呼ぶことにする。この吉本「南島論」と前後する講演録で、のちに『敗北の構造』に収録された「宗教としての天皇制」「南島の継承祭儀について——〈沖縄〉と〈日本〉の根底を結ぶもの」を含めて吉本「南島論三篇」と名づけておく。その後、吉本「南島論」を深化、発展させる過程から生まれた「家族・親族・共同体・国家——日本～南島～アジア視点からの考察」(『知の岸辺へ』に収録)を頂点とするもろもろの〈南島論〉を含む論考を広い意味で吉本「南島論考」と、仮に私は呼ぶことにする。この吉本「南島論考」の全過程を解読し、それに関連する「南島論の動向」を展開するには、紙幅と時間が許さないので、まずはスタート台とも言うべき吉本「南島論」のモチーフと構造をしっかりと読み込んでいきたい。(IA～IVQまでの番号は私が便宜的につけたものである。)

第一章

第二章

第四章

IV A・共同宗教としての農耕祭儀と結びついた宗教的〈威力〉継承の方法よりも古形の祭儀の任意の例（六四頁）

IV A_1・鎮魂祭と八十嶋祭の事例（六四〜六五頁）

IV A_2・諏訪社の生ける神の即位の祭儀（六六頁）

IV A_3・稲作信仰以前の山岳信仰（六七頁）

IV B・ノロ継承の祭儀でも聞得大君の祭儀でも、すべて女性の〈巫女〉の祭儀であるのに、天皇位継承の大嘗祭は、例外的に女性もいますが、その宗教的〈威力〉継承は男性によって行なわれてきたという問題（六八頁）

IV C・母系性はどのようにして崩壊するのかという過程の理論的な追求（六九頁）

IV D・兄弟姉妹を挺子とした親族理論（六九頁）

IV D_1・母系相続の原型（七〇頁）

IV D_2・父系が相伴された母系相続（七一頁）

IV D_3・父系が優性になった母系相続（七二頁）

IV E・親族展開の基本となる概念は、〈性〉的な親和と〈性〉的な禁忌の両価的な展開の方向性を使えば充分（七三頁）

IV F・婚姻における住居性（七三〜七四頁）

IV G・婚姻展開の総過程（七五頁）

IV H・〈南島〉における婚姻形態（七六頁）

IV I・これらの形態は母系制の名残りを尊重していながら、母系尊重と父系尊重とを平等にかんがえているが、しかし総体には父系的といったほうが適切だとおもわれる双系形態（七七頁）

IV J・〈南島〉における共同祭儀を軸として問題を立ててゆくかぎりでは、母系制から父系制への転化を考えてよろしいだろうとかんがえます。（断定することはできません。）（七七頁）

IV K・クロス・カズン婚（交叉イトコ婚）とよばれる婚姻形態について（七七〜八〇頁）

IV L・レヴィ＝ストロースの親族構造論批判（八二頁）

IV M・家族における宗教体系の展開、あるいは親族体系の展開は、国家制度、あるいは部族共同体の制度とは別個のものとして考えなければならない（八二頁）

IV N・〈南島〉で長く遺制をとどめたヒメ－ヒコ制の問題（八二頁）

IV O・姉が宗教的権威をふるい、弟が農耕社会における首長として権力をふるうという形は、日本神話の基本構造を決定しています。（八三頁）

IV P・〈南島〉の問題は、たんに政治的に現在を通過してゆく問題としてのみじゃなく、一個の強烈な世界史的な課題をになって、われわれの眼前に現われてこなければなりません。そういう問題が現われ、それが追求されてゆくのは今後に属するでしょう。（八四頁）

IV Q・その問題は切実に世界的同時性の問題であること（八四頁）

長い抜萃引用になってしまった。ここで吉本は「南島論三篇」や後に「南島論考」で展開される主要なモチーフをほとんど述べていると同時に、課題となるべき諸問題を予測的にあるいは予言的に提示している。細かいところには疑問や異論もあるが、しかしここで私は吉本「南島論」の四大基軸をまず確認しておきたいと思う。

第一に〈南島〉を取り扱うときの思想的、理論的立脚点としての〈世界的同時性〉の追求。第二にその世界的同時性を貫く方法としての〈時‐空性の指向変容〉概念。第三にそれを具体的に適用した、〈南島〉におけるノロの継承の儀式と聞得大君という最高の巫女の継承の儀式と天皇の世襲大嘗祭との関係における〈指向変容性〉。第四に家族から親族へ、さらには共同体へ展開していくときに〈母系性はどのようにして崩壊するのか〉の問題に引き寄せられた〈指向変容性〉の関係。

この四大基軸を読み込んでみると、吉本「南島論」とその後の動向は、吉本が『共同幻想論』で確立した「個人―家族―共同体―国家」の関係の幻想領域を中心にした〈原理論〉を〈南島〉を媒介に具体的に適用し展開したと言ってよい。〈時‐空性の指向変容〉という方法を導入し、「国家論」を確立し、「天皇制統一国家を根底的に疎外してしまうような問題の根拠」の発見へ向けて。

三、〈南島論〉の動向

吉本「南島論三篇」や、このあとの吉本「南島論考」全体のすぐれた解読の試みとして、私たちはすでに山本ひろ子の「国家孕みし幻の島」（『吉本隆明論集』燈書房）をもっている。

この論文で山本は「吉本の南島論の現在性とその射程」を、次のように簡潔に要約している。

こうして天皇制国家を解体すべき鍵を秘めつつ、吉本南島論はいわば二つの作業仮説のうちに展開していったといえよう。

一つは〈南島〉に国家以前の国家の温存された形態を見い出すこと、日本国家を覆滅すべき

〈クニ〉を掘りおこすことであった。（中略）
いま一つは、〈南島〉もまた本土と通底する国家として、共通する位相で普遍的な国家の問題を考察するという基軸である。その普遍性とは、〈アジア的生産様式〉という吉本の世界認識の核としての固有の歴史段階論の想定にほかならない(6)。

山本は吉本「南島論考」の全過程を「(一) 神話と歌の位相、(二) 親族から共同体への展開過程、(三) 祭祀と宗教の三つの基軸に組み換えて(7)」(一) と (二) について論究しているのだが、その前に「私の目に触れた範囲であるが、なぜいままで吉本の南島論について正面から論じたものが皆無であるのかという疑念」を呈示している。そしてその理由を二つあげている。

一つは、沖縄の本土復帰を政治課題として、南島論が状況論に終始する形で受け取め《ママ》られがちであったこと、もう一つは南島論が〈指向変容〉などの方法概念の表層で問題にされ、吉本のその後の理論化の作業過程を理解し対象化しうるだけの努力を論者(読者)の側で果しえないことなどである(8)。

そして山本は「その意味では南島の人々こそ、吉本の南島論を論ずるにふさわしくもあり、又論ずべきであろう」とか「南島の在地の研究者の側からの、吉本南島論への正面からの取り組みを希求(9)」している。

たしかに山本の指摘するとおり、私の見た範囲でも、吉本「南島論考」について正面から論じたのはきわめて少ない。とりわけ、山本の切望する「南島の在地の研究者の側からの」正面きった取り組みは皆無と言っていい状況である。

その理由も、山本があげた二点は強烈に痛いところを突いているし、大筋において認めざるをえない。しかし、一方で山本があげた二つの理由だけではくくり切れない側面もある。そのひとつの例は、学問的にまわり道をしながらでも、調査と研鑽をつみ重ね、間接的に吉本「南島論」で予言された領域を埋めていく作業が続けられていることだ。

その大きな成果のひとつが一九八〇年に外間守善を編集代表にして「南島の在地の研究者」たちを中心に編まれた『南島歌謡大成』全五巻が角川書店から刊行されたことであった。この五巻が出そろうことによって、吉本「南島論」第三章で提起された〈III D〉〈III E〉〈III F〉〈III G〉の問題に答えていく土台が大きく拡張された。

また、他方で、山下欣一の『奄美のシャーマニズム』(弘文堂)や『奄美説話の研究』(法政大学出版局)を中心とした、〈南島神話〉や〈ユタ・シャーマニズム〉〈アニミズム〉の研究の深化によって、吉本「南島論」の第二章から四章にいたる「わが国における宗教性の観念」にかかわる諸問題が、多角的にとらえ返されつつある。

さて、山本の二つの理由ではくくれないもうひとつの例は、吉本の「南島論」や「異族の論理」などに触発されつつも、独自の思想方法で自前の課題を掘り下げ、それでもって別の回路から吉本「南島論考」の根本モチーフである「天皇制国家を解体すべき鍵」をさぐりあてようという試みが続けられていることである。

そのすぐれた成果のひとつとして、私は新川明の『反国家の兇区』(現代評論社)や川満信一の『沖縄・根からの問い』（泰流社）をあげることができる。この二冊の労作に収められた論考の大部分は吉本「南島論三篇」の同時期に書かれており、それは『敗北の構造』（一九七二年初版）出版前のことである。そのなかでも、新川明の『「非国民」の思想と論理』（一九七〇年初出）や川満信一の「沖縄における天皇制思想」（同）、「沖縄と日本の断層——小共同体と天皇制」（一九七二年初出）はとりわけ注目しなければならない。

四、〈未来の縄文〉への旅

吉本の「南島論三篇」の講演が行なわれた一九七〇年代初頭、島尾敏雄や黒田喜夫も〈南島〉に関する発言を活発にする。島尾は、みずから創出した〈ヤポネシア論〉における、琉球弧と東北の重要性をしきりに強調している。

一方で黒田喜夫は一九七三年から「一人の彼方へ」を発表し始め「わが北辺の唄の無声へ向うために、なおも対する南の地の深みのうたのすがたの方へ(10)」と唱え「亡滅である土着」というイメージを提示していた。

新川明や川満信一は、おそらく吉本「南島論」と同等か、それ以上に島尾の〈ヤポネシア論〉に大きく触発されたであろう。たとえば川満は吉本の「わたしたちは、琉球・沖縄の存在理由を、弥生式文化成立以前の縄文的、あるいはそれ以前の古層をあらゆる意味で保存しているというところにもとめたいとかんがえてきた」（「異族の論理」）こともふまえて、島尾敏雄の「ヤポネシア論」の示唆するものを〈未来の縄文〉という魅力的なイメージにまとめた。

縄文古層の文化は、神話の世界に置き去りにしてきた文化ではなく、私たちの根源的な時間のなかに、いまも脈打っているものであり、しかもそれは、現代の文化のある種の畸型性に、本質的な蘇生を促す可能性として想定されているわけだから、未来の縄文として、私たちを鼓舞しているわけである(11)。

その一方で、川満は吉本「南島論」に対して「天皇の祭儀と、これら島々の共同祭儀を原理の同一性という点だけから同一視することには問題があると思える(12)」などの疑問を出し、みずからは「沖縄と日本の断層」を見極める作業へ向かったのである。

そして川満は谷川健一の「ヤポネシアとは何か」(『沖縄・辺境の時間と空間』)などにも触発されつつ、ついに〈未来の縄文〉のひとつのユートピア像として「琉球共和社会憲法C私(試)案(13)」まで行きついている。

さて、私もまた、吉本隆明や島尾敏雄、黒田喜夫や谷川健一らから学び、はげまされながら、新川明や川満信一たちのあとを追ってきた。吉本「南島論考」で突きつけられた「天皇制統一国家を根本的に疎外してしまうような問題の根拠」を手さぐりで捜し、「南島を世界同時性」でとらえる方法を学びつつ模索してきた。そのなかのいくつかは、おぼろげながら視えてきつつある。

その過程のなかで、最初に吉本「南島論三篇」を読んで以来、私が引きずってきた、疑問点や異和感の中身も徐々に明らかになりつつある。その代表的なものを箇条書きに整理しておくと、①琉球弧の縄文と日本の縄文との比較。②吉本の「南島論」と東北やアイヌ民族文化との比較対象化。③原理的普遍化に伴う、情念や身体性の捨象と画一性への傾斜の問題。④〈南島〉におけるユタ・シャーマニズムやアニミズムの評価をどうするか。⑤吉本「南島論」の方法で記紀歌謡の神話世界を突きぬけることができるかどうか。私の疑問の③④に重なるような問題は、すでに山本ひろ子も「神話と歌の位相」の章(14)で論究している。さらに③④⑤の疑問に直接的に答える労作として、私たちは藤井貞和の『古日本文学発生論』(思潮社、一九七八年)をもっている。この一冊のなかでも、とりわけ「シルエットの呪謡」「寿と呪未分論(上)(下)」「原古の再現ということ」の四つの章は注目しなければならない。そして藤井は言う。

〈南島古謡〉の世界
←亡滅
〈記紀歌謡〉の世界

さらには、

X($X_1X_2X_3$……X_n)
←亡滅
〈記紀歌謡〉の世界

と念を押した図式化(15)のなかのn個のxの発見と、〈亡滅〉のベクトルを逆向きにする研究、思想の深化のなかから〈未来の縄文〉の豊かなイメージが湧き上がってくると思う。その創造過程のなかで②①の課題が徐々に浮上するだろう。とりわけ〈南島論〉と〈北方論〉とも言うべき、東北やアイヌ民族文化との比較検討こそ、吉本「南島論考」の地平をさらに豊富化する緊急の課題だと思っている。

（1）島尾敏雄「ヤポネシアと琉球弧」（全集第十七巻二三八頁）
（2）同「奄美──日本の南島」（同四六頁）
（3）（『島尾敏雄全集』第十六巻一一頁）
（4）吉本隆明「南島論」（『敗北の構造』六三頁）
（5）同六四頁
（6）山本ひろ子「国家孕みし幻の島」（『吉本隆明論集』一五五頁）
（7）同一五九頁
（8）同一五八頁
（9）同二〇五頁
（10）黒田喜夫「一人の彼方へ」（『一人の彼方へ』一〇〇頁）
（11）川満信一「未来の縄文」（『沖縄・自立と共生の思想』二八頁）
（12）川満信一「沖縄と日本の断層」（『沖縄・根からの問い』八七頁）
（13）川満信一（『沖縄・自立と共生の思想』一〇八頁）
（14）山本ひろ子（『吉本隆明論集』一七六頁）
（15）藤井貞和（『古日本文学発生論』一三三頁）

いま「南島論」とは

一九八八年十二月二日（金）、吉本隆明氏が初めて琉球弧にやって来た。私たちは三十余名で「沖縄実行委員会」を作り、雑誌「文藝」と共催で「シンポジウム・吉本隆明を聴く」を開いた。そのサブタイトルは〈琉球弧の喚起力と「南島論」の可能性〉であった。

当日の吉本氏の基調報告「南島論序説」をはじめ、シンポジウムの全容は、すでに一九八九年度の「文藝」春季号に収録されている。

私は、吉本氏は私の生きているあいだには沖縄に来ないかもしれないという思いに駆られていた。何度か、秘かに招待する試みを企画しながら。ついに、吉本氏が確実に沖縄へ来ると決まったとき、私は「琉球新報」紙に「北風と共に――〈吉本隆明を聴く〉シンポジウムへ――」と題するエッセーで、その期待を次のように書いておいた。

吉本氏は「わたしたちは、琉球・沖縄の存在理由を、弥生式文化以前の縄文的、あるいはそれ以前の古層をあらゆる意味で保存しているというところにもとめたいとかんがえてきた」（「異族の論理」）と述べていたが、昨年の「文藝」秋季号での「歴史としての天皇制」と題する網野善彦氏との対談では「でも一時期すこぶる怪しくなりました」と注目すべき発言をしている。

しかし、伊波普猷からずっと〈沖縄の沖縄研究者〉を呪縛している「日琉同祖論」的思想を批判しつつ「やっとこのごろそうじゃないんだ、沖縄とアイヌの問題は同一性の問題として追求できるところがあるんだよという印象を持てるようになりました」(「文藝」二四九頁)と新たな展開への自信を語っている。

そして全集撰・四で初めて単行本化された「柳田國男論」の〈第Ⅰ部　縦断する「白」〉で「白(シラ)」の語義をめぐって「南島論」と「北方論」の激突とも言うべき具体的論考を重ねている。

常に〈世界認識の現在〉を問い続ける吉本氏に、私たちが聴きたいことは実に多い。「聞得大君の就任儀式と天皇の大嘗祭」との比較検討はあれでいいのか。「南島における共同体の祖型」としての「グスクB式」への評価は現在どうか。「A式・直列型共同体形成」と規定された南島の特徴は等々。そのアジア的共同体と国家の起源をめぐって、地元学者や思想家と吉本氏の白熱した議論を期待したいものだ。(「琉球新報」一九八八年十一月三十日)

私たち実行委員会は、この間、吉本氏が「異族の論理」(『情況』に所収)や『敗北の構造』に収録された「南島論」、「宗教としての天皇制」、「南島の継承儀式について」、さらには「家族・親族・共同体・国家」(『知の岸辺』)で展開された一連の〈南島論考〉のさらなる深化を期待していた。そのために、パネリストとして東京から『王と天皇』を発表している赤坂憲雄氏、地元沖縄から考古学の嵩元政秀、社会人類学の比嘉政夫、思想評論の上原生男、宗教学の渡名喜明の諸氏を選考し、出演をお願いしたのである。

十二月二日の沖縄タイムスホールは午後六時開場にもかかわらず、一時間前から長蛇の列であった。千円の入場券はたちまち売り切れとなった。私たちは急遽第二ホールにワイドスクリーンを準備し、莫蓙を敷いて無料会場を準備した。参加した人々は八百名近く。私たちの予想をはるかに越えていた。「文藝」編集長の高木氏も、この反響に「東京でもこんなには集まらないのに」とびっくりしていた。

私にとって、吉本氏の一連の〈南島論考〉は、島尾敏雄・黒田喜夫・谷川健一の諸氏による〈ヤポネシア論〉や〈琉球弧論〉とともに大きく触発されて、思想形成に多大な影響を受けたもののひとつである。しかし、私は吉本氏の〈南島論考〉については、どうしても多くの疑問点や〈違和感〉を引きずってきた。先述した「北風と共に」で述べた期待も、その疑問点が解消されることを願ったものだ。また、すでに學燈社の「國文學」（一九八八年三月号）の〈吉本隆明特集〉で「南島論の動向――〈未来の縄文〉への旅」と題して次のような疑問点を出しておいた。

その代表的なものを箇条書きに整理しておくと、①琉球弧の縄文と日本の縄文の比較。②吉本の「南島論」と東北やアイヌ民族文化との比較対象化。③原理的普遍化に伴う、情念や身体性の捨象と画一性への傾斜の問題。④〈南島〉におけるユタ・シャーマニズムの評価をどうするか。⑤吉本「南島論」の方法で記紀歌謡の神話世界を突き抜けることができるかどうか。

私の疑問の③、④に重なるような問題は、すでに山本ひろ子も「神話と歌の位相」の章（『吉本隆明論集』）で論究している。さらに、③、④、⑤の疑問に直接的に答える労作として、私たちは藤井貞和の『古日本文学発生論』（思潮社、一九七八年）をもっている。

さて、今回のシンポジウムの〈基調報告〉として話された「南島論序説」の内容は、私の予想をはるかに越えて、吉本氏の〈世界認識の現在〉における核心的骨格を、きちっと整理して根源的に提起した。それは、私の①、②の疑問に間接的に答えると同時に、はるかな原初に遡行し、問題の立て方そのもののパラダイムの変換を迫るものであった。吉本氏の「南島論序説」の概略は、氏自身によってみごとに要約されている。

一つは、都市論と南島論はどうつながるのか、また、どう違うのかをお話ししてみたいのです。その次ぎに、普通の言葉だけでなく、さまざまな言語的役割をもつものからみた南島とは何なのかわかっている範囲でお話ししたいとおもっています。それからもう一つは、自然とか、神話とか、祭儀などに段階があるわけですが、その段階とは何なのかということを、南島の問題にそってお話ししてみようとおもうわけです。（「文藝」春季号、一九八九年、二〇八頁）

そこで吉本氏は、まず〈都市論と南島論の比較〉をやりながら、「南島論」の今日的意義と課題を次のように提起している。

（一）一つは、基層を影像化することとです。つまり国家の根拠よりもっと基層の方に掘り下げたところを影像化できるかどうかということとです。（中略）イメージ化することで、言ってみれば人類の普遍的な母胎のところに到達できるかどうかというのが南島論のひとつの課題だと思います。
（二）世界都市の場合は都市のなかに自然を内包することができるか、あるいは自然を基体とするのを包括できるのかというのが、大切な課題の一つになりますが、南島論の場合は逆に自然がそのなかに都市を包括することができるかどうか、それがとてもおおきな課題になるだろうと僕にはおもわれます。（同二一〇頁）

かつて、吉本氏の「南島論」は「天皇制統一国家を根底的に疎外してしまうような問題の根拠の発見を」根底的なモチーフにし、呼びかけていた。しかし今回、吉本氏は「都市論と南島論」から〈国家の枠〉を越えていくことを提起した。そして今後の〈南島論〉には「人類の普遍的な母胎」の奥まで基層を掘り下げ映像化することを呼びかけている。吉本氏のこの提起は、たとえば「Gm遺伝子言語」で説明される時間尺度が「一億年」であり、氏がかつて「異族の論理」などで理論的に先行していた「縄文より以前の古層」をも、はるかに突きぬけてしまっている。それでも吉本氏は「遺伝子的な言語からみましても、南島は北方とともに、日本国家の成立よりもはるか以前の基層を、確固として存在の基礎として保持しているといえることになります」（同二一四頁）と断言している。

ここで、吉本氏の「南島論」は良い意味でも悪い意味でも〈変容〉している。私は「南島論」が〈日本国家〉や〈天皇制〉の枠から半ば解放されつつあるのを歓迎したいと思う。しかし、〈未来の縄文〉も突きぬけて「人類の普遍的な母胎」のイメージまで掘り下げられるかどうかについては、激しいめまいを感じざるをえない。

それでも、私は「ぼく達は琉球弧から垂直に世界へ飛翔するのだという姿勢でいきたい」（『夢の起源』）と主張し、「国家・民族・国境を相対化し止揚していく思想運動を続けていく」（『琉球弧——詩・思想・状況』）と宣言したからには、みずからの基層を掘り、私の「琉球弧論」を積み重ねていくしかない。その主要なモチーフは、ようやく視えつつある。

光あれ　月・星・太陽の　渦の中
新しき　矢となれ　月・星・太陽の下

吉本隆明との出会いと別れ

東日本大震災・東京電力福島原発爆発事故後一年目、沖縄の日本復帰＝沖縄再併合四〇年目の今年（二〇一二年）三月一六日に、吉本隆明氏が逝去された。私は、その日の午後二時過ぎ沖縄タイムス社学芸部の友利仁さんの電話で知らされ、いろいろと取材された。沖縄県教育庁文化課沖縄県史料編集班へ出勤途中の車の中だった。

あれから、まだ一カ月も経っていないというのに、はるかな時間が流れたという感じがする。底なしの言いようのない寂しさを感じる。日本の詩・文学と思想界から、また一本の太い基本軸が倒れたという気がする。

できるだけ頭をまっ白にして、吉本隆明との出会いと別れについて想起し考えてみる。私はいま、私的追悼の意味を込めて吉本隆明『言語にとって美とはなにか』（角川文庫）を再読している。この本だけは残るだろうと。

吉本隆明には、二〇代前半から詩と思想を教示され影響を受けてきた。最初に読んだ詩集は『吉本隆明詩集』（思潮社）だった。「固有時との対話」を読んで、自分の生活に二五時間目を創る重要さを学んだ。「転位のための十篇」等から、詩表現のなかに思想を歌い込む重要性と可能性を叩き込まれた。

思想書のなかでは、やはり『共同幻想論』の衝撃が大きかった。幻想や観念領域における「個人幻想―対幻想―共同幻想」の構造と関係性の分析方法。大学生の私にとっては、難解な思想書ではあった。国家論の共同幻想的側面の指摘は重要であった。ただ、「個人幻想と共同幻想は逆立する」という主張には疑問が残った。

私のなかで、吉本思想は『最後の親鸞』（春秋社、一九八一年）がひとつの頂点であった。「僧にして俗に非ず、俗にして僧に非ず」という愚禿親鸞の像は、「知識人にして大衆に非ず、大衆にして知識人に非ず」という吉本像に重なって印象に残った。

私は、吉本思想から「自立の思想」を学び、なによりも『自立の思想的拠点』（徳間書店、一九七〇年）をみずからの言葉で打ち立て鍛錬する方法を学んだ。そして詩・文学の政治からの自立を心がけてきた。ただし、吉本思想の「大衆の原像」や「知識人と大衆の関係」論には違和感があった。それよりは、谷川雁の「工作者と民衆」論の方が親しみがもてた。

周知のように、吉本隆明は七二年沖縄返還前後に沖縄に関する「南島論」と呼ばれる諸発言を旺盛に展開した。私は、のちに『敗北の構造』に収録された講演録「南島論――家族・親族・国家の論理」と「宗教としての天皇制」、「南島の継承祭儀について――〈沖縄〉と〈日本〉の根底を結ぶもの」を吉本「南島論三篇」と名づけた。そして『知の岸辺』に収録された「家族・親族・共同体・国家――日本～南島～アジア視点からの考察」を含めて、広い意味で吉本「南島論考」と仮に呼んだ。

私は、これら吉本の「南島論考」に関して一九八八年に「南島論の動向――〈未来の縄文への旅〉――」（「國文學」昭和六三年三月号）を書き検討を加えた。吉本「南島論考」の核心点は「弥生式国家、あるいは天皇制統一国家を根底的に疎外してしまうような問題の根拠を発見」（「南島論」）せよという呼びかけと、その作業にあったと言っていいだろう。私は、吉本「南島論考」に影響され激励されつつ、同時に違和感についても書き残しておいた。

一九八八年の一二月、吉本隆明はついに初めて琉球弧へ来島した。那覇市の沖縄タイムスホールで「シンポジウム・吉本隆明を聴く」に登壇し「南島論序説」という基調講演を行なった。私は、この「南島論序説」の意義についても「基層の根源へ――うふゆー論序説」(「新沖縄文学」七九号、一九八九年)を書いて述べた。この小論は、吉本講演の核心である「南島の基層の根源まで掘り進め」という提起に応えるつもりであった。それは、のちに吉本共著『琉球弧の喚起力と南島論』(河出書房新社、一九八九年)に収録された。

さて、ここまで書いて私は吉本隆明の良き読者であったかどうか疑問が湧いてきた。私にとって吉本の詩論からの影響は、『戦後詩史論』(大和書房、一九七八年)でピークを迎え衰退していった。思想的には、『「反核」異論』(深夜叢書社、一九八二年)以来、距離が開いていった。その理由は、共著『ヒロシマ・ナガサキからフクシマへ』(勉誠出版、二〇一一年)所収の小論「琉球弧から視る核時代批判」に論述してある。

私は、吉本の『マス・イメージ論』(福武書店、一九八四年)や『ハイ・イメージ論』(同、一九八九年)からは、かつてのようにその著書を集中して読み込むことは少なくなっていった。吉本の『超資本主義』(徳間書店、一九九五年)をはじめとする高度資本主義評価は、肯定することができなかった。

そして吉本と埴谷雄高や黒田喜夫との論争や対立が、私を埴谷と黒田の方へ傾斜させていった。私は、詩・文学においては黒田や埴谷、島尾敏雄の方からの影響を多く受けていた。吉本と埴谷、黒田との対立と訣別は悲しく、虚脱感に陥ったが私ごときの力ではどうしようもなかった。

吉本隆明は「戦後最大の知の巨人」であったと評価されているが、同感である。だが、「戦後最大の思想家」であったという評価は保留する。私（たち）に残された宿題は、あまりにも多い。いまは、ご冥福を祈るばかりである。

私小説の概念を変える——島尾敏雄論

島尾敏雄さんが他界へ逝って、早一年が過ぎた。ほんとうだろうか。いまでも、シベリア寒気団が強まるころになると、鶴か白鳥のように、島尾さんが沖縄へやって来そうな感じがする。二月ごろになると、島尾さん来沖の知らせが待ち遠しい歳月があった。

いままで、島尾敏雄について語ったり、書いたりするときは、主に思想面について表現することが多かった。また、雑誌や新聞からの私への注文も、そういうテーマ設定が多かった。今回は、自分が島尾敏雄から、何を学び、また学びつつあるか、静かにふり返ってみたい。

私は、おそらく島尾文学の良き読み手ではないと思う。私が島尾作品を読むときは、つねにイメージを盗み、文体と思想を盗もうと接してきた。私は島尾文学を研究したり、批評しようと思って読んだことはなかった。ただひたすら、その文学方法に触発され、そのイメージ力を喚起されるのを願ったにすぎない。

島尾文学から学んだもので、私にとって一番大きいことは、夢の力を大切にすることである。夢の世界が占いや呪術だけでなく、人間の無意識層を対象化する文学の源泉であることを教えて下さった一人が島尾敏雄であった。私もまた、島尾文学との出会いがしらに「夢の中での日常」を読んだときの戦慄が忘れがたい。

私は人間を放棄するのではないかという変な気持ちのなかで、頭の瘡をかきむしった。すると同時に猛烈な腹痛が起こった。それは腹の中に石ころを一ぱいつめ込まれた狼のように、ごろごろした感じで、まともに歩けそうもない。私は思い切って右手を胃袋の中につっ込んだ。そして左手で頭をぽりぽりひっかきながら、右手でぐいぐい腹の中のものをえぐり出そうとした。私は胃の底に核のようなものが頑強に密着しているのを右手に感じた。それでそれを一生懸命に引っぱった。するとなんとしたことだ。その核を頂点にして、私の肉体がずるずると引き上げられて来たのだ。

（「夢の中での日常」）

夢も日常の一部であり、現実の重要な構成要素である。島尾文学は執拗に夢にこだわり、そこから豊穣な世界を紡ぎ出した。『夢日記』（河出書房新社）や島尾監修の『水底の女』（北宋社）などに触発されて、私もまた、何篇かの詩を書いた。私の第一詩集に『夢の起源』と命名したのも、島尾敏雄や埴谷雄高の影響が大きかった。

日本における「私小説」という概念を大きく変えてしまった『死の棘』には、いまだに圧倒されっぱなしである。いまはただ、この小説における文体のきめ細かさとすさまじさだけを指摘しておこう。文章が作者の意識以上に増幅し、書かれた作品世界と、書いている作者の現実が相互浸透して共鳴しているような表現力の世界。「私」のコントロールをはみ出していく文体、意識、イメージの展開。この一点だけでも従来の「私小説」という世界は大きく乗り越えられている。私にとってとくに「第十章・日を繋《か》けて」の「印旛沼」の描写は、詩と小説の境目を超えるものを見せてくれた。

最初に読んだ「出発は遂に訪れず」から続く「戦争体験」と「琉球弧体験」に基づく作品の系列について述べるには、紙幅が尽きてしまった。島尾文学と私たちにとって、琉球弧のイメージ力が、その文学世界を大きく広げてくれたのはまちがいない。

島尾敏雄の死と課題

人間には誰しも自分にとって大切な人の死をどうしても認めたくないという心の傾きがあるだろう。ぼくにとって、とくに三年前に亡くなった詩人黒田喜夫さんの場合がそうだった。そして今回は島尾敏雄さんの死である。島尾さんが死んだということも、どうしても信じられないし認めたくなかった。しかし、一九八六年一二月二〇日にミホ夫人とマヤさんに会い、翌日沖縄タイムスホールの「島尾敏雄を憶う集い」に参列してから、いよいよそれは現実のできごとなのだと受容せざるをえなくなった。

島尾敏雄や黒田喜夫は周知のように、埴谷雄高、鮎川信夫、吉本隆明、谷川雁らとともに戦後日本の文学に巨大な作品群を残すと同時に、文学以外の思想全般に大きな影響を与える独在の思想を創り出した。とくに島尾敏雄と黒田喜夫は、彼らの「日本文化論」や「日本国家批判論」ともいうべき思想の骨格の重要な柱に「南島」や「縄文文化」を重視している（くわしくは島尾敏雄『ヤポネシア序説』や黒田喜夫『一人の彼方へ』を参照されたい）。

それゆえ、ぼくにとってとくに島尾敏雄と黒田喜夫からは文学的にも、思想的にも直接、間接的に指導と激励を受け触発され続けてきた。その恩恵の深さにはめまいを感じるしかない。「南島歌謡」

や「琉球弧」をこよなく愛してきた島尾さんと黒田さんは奇しくも東北地方の福島と山形の出身であった。島尾さんは二十年余も琉球弧の奄美大島で生活されたが、お二人は「みちのおく(陸奥)」と「みちのしま(道の島)」から「ヤマト」をはさみ撃つ共通の視点をもっておられた。

島尾さんから受けた思想的恩恵を少し乱暴に要約すると次のようになる。①奄美群島以南を、その基層文化をふまえて「琉球弧」として共時的にとらえること。②中央集権的、画一的な「日本国」を「三つの弓なりの花かざりで組み合わされたヤポネシアのすがた」から相対化していくこと。③日本という国を「弥生時代以来の倭が中心」から「縄文という時代」を基盤にとらえ返すこと。④日本国の歴史が岐路にさしかかると、つねに「南島」と呼ばれた「琉球弧」からの「ざわめき」があり、その意味を重視すること。文学の方法や思想はひとまず置き、あえて「琉球弧」や「ヤポネシア論」に狭めて箇条書きに整理すれば、とりあえず以上のようになる。

ぼくにとって、琉球弧を日本国家圏内に縛るヤポネシア論には違和感があるが、ここで課せられた問いは、たとえ島尾さんが亡くなっても、さらに重たくなるばかりである。それに答えていくことはたんに島尾敏雄に傾倒した人だけの課題ではないだろう。

島尾ミホさんが「遺族挨拶」のなかで「島尾はほんとに沖縄が好きでした。島尾は好きな沖縄で、沖縄の皆さんに手を取られながら死ぬとばかり思っていました」と述べ始めたとき、初めてぼくの眼から涙があふれ出て、どうしようもなかった。そしてこみあげてくる思いは「はたして自分は島尾さんの琉球弧を愛する想いにどれだけ応えてきたか」というくやしさであった。

いままで多くの人たちが「琉球弧」の重要性、沖縄の独自性、沖縄文化の可能性について指摘し、激励してきたが、どれだけ主体的に受けとめ、内省し、相互批判し、創造的に継承してきたかと自問してみると、寒々と身ぶるいが湧き起こってくる。

ここで悪魔のようにささやいてくるのは、「奴隷はみずから奴隷であるという自覚をもたないことによって真に奴隷となる」という言葉である。今年は沖縄が「祖国復帰」という名のもと、日本国へ再併合されて十五年目を迎える。だが、昨今の経済、政治、思想、文化の全領域における混迷ぶりをみるにつけ、自覚と主体性をなくしていく「さまよえる琉球人」の暗たんたる未来を連想せざるをえない。

日本政府も過去の教訓を生かし、しばらくは戦前までのような露骨な植民地化や沖縄文化弾圧の愚策はとらない。表面上は沖縄文化の独自性を尊重し、首里城復元などを認めながら、その裏で「日の丸」「君が代」の強制的押しつけをやり、軍用地二十年強制使用や土地代一括払いなどの差別・分断政策のムチを浴びせてくるのだ。

国体への自衛隊参加や天皇来沖をめぐって、沖縄人の心は大きくゆれ動くであろう。ここが沖縄の独自性を貫くことができるかの正念場だ。十五年間に、沖縄人の日本民族への同化志向は圧倒的主流になりつつある。だが、闇の中には少数ながら「琉球弧のざわめき」がある。あくまでも琉球弧の自然・生活・文化の独自性にこだわり、「経済大国」ニッポン帝国オキナワの奴隷になることを拒否し、琉球弧の可能性を世界的に押し拡げようとする人々の声を聞き、その創造力に注目し期待したい。

谷川雁と沖縄

一、はじめに

谷川雁、黒田喜夫、吉本隆明、島尾敏雄は、私に青年期をくぐり抜け、詩と思想の表現活動を持続することに決定的な影響を与えた。私は、大学生時代に震えるような思いで『谷川雁詩集』や『原点が存在する』、『戦闘への招待』、『工作者宣言』を読んでいた。

とりわけ、「東京へゆくな　ふるさとを創れ」という詩の一行や「原点が存在する」の「下部へ、下部へ、根へ根へ、花咲かぬ処へ、暗黒のみちるところへ、そこに万有の母がある。存在の原点がある。初発のエネルギイがある」や「工作者の死体に萌えるもの」の「連帯を求めて孤立を恐れず」等の「断言肯定命題」の言説は、私にとってひとつの強烈で美しいアジテーションでもあった。そしてそれらは私の人生を大きく変革し、私は留学先の静岡・東京からふるさと沖縄へ帰って行った。

それは、私のみの体験ではなく、幾人の青年たちが谷川にこだわり、その作品に影響を受けてきただろう。とくに沖縄で詩と思想表現を模索している青年たちはそうであった。君は、全共闘運動の学生たちが東大安田講堂のバリケードの壁になぐり書きをした、「連帯を求めて孤立を恐れず」のスローガンを見たことがあるか。あるいは、全軍労か全港湾の労働者が那覇港の倉庫群の壁に大書してあるのを。私は、沖縄の若い詩人・文学者たちと、谷川、黒田、吉本、島尾をめぐって熱い議論を交わしてきた。

その谷川雁が、一九八三年十一月に初めて沖縄へ来た。「からまつ林からの挨拶」（沖縄タイムス・二十一日〜二十三日）を手土産に。彼は、二十五日（金）から二十九日（火）まで滞在し、二十六日には那覇市八汐荘で講演会がもたれた。（もう、二五年以上も前の話になったのか……。）

この雁の沖縄初訪問は、音楽院・首里を経営していた作曲家上地昇の招聘で実現したものであった。そして上地の友人である私たちは実行委員会の一員みたいに手伝いをした。私は、谷川の近況紹介も兼ねてその年六月に出版されたばかりの『意識の海のものがたりへ』の書評を「沖縄タイムス」（八三年十月二十九日）に執筆した。また、私は幸運にも谷川一行を自家用車で案内する役を割り当てられ、車の中や探訪先で得がたい会話や交流をすることができ、多くの啓示を受けた。

その一部を、当時の日記を基に再現し、さらに〈追記〉を加筆して公開してみることにする。一種の「谷川雁随行記」だが、それが谷川雁論の参考資料のひとつにでもなればと願いつつ。

◆十一月二十六日（土）くもり

初めて谷川雁の講演を聴いた。演題は「ものがたりへの旅——子らが言葉にむかうとき・子らが自然にむかうとき」。この演題は、ぼくと水納あきらと上地昇の三人で考えたものだが、雁の講演の内容はそれをはるかに越えていた。

「虚数としての沖縄を掘り起こせ。二歳〜四歳半の子供の魂を取り戻せ」というアジテーションは重たく、大きな宿題を課せられたようだ。

夜は、「琉舞・華の会・二〇周年記念公演・踊い誇ら」であった。ぼくは五時からは、その手伝いにかかりっきりになる。その一方で、谷川雁一行を琉球舞踊鑑賞会に案内した。

雁さん（滞在中ぼくはずっとそう呼んでいた）は、直感的に「天川がよかった」と指摘し、「三線と歌と踊りのズレがもっているシンフォニーがいい。現代化していけばいくほど、歌と踊りが一致してきている」と批評していた。「琉球舞踊も危なくなっている」と。


〈付記〉

私のトゥジ（刀自）の高嶺久枝が琉球舞踊の教師をやっており、「踊い誇ら」公演の出演者だったので雁さんを招待した。私は、雁さんに質問されたら琉舞の説明でもしようと思い隣どうしの席で一緒に鑑賞した。

それまで、雁さんが何回琉舞を観たことがあるかは知らない。しかし、解説はほとんどいらなかった。彼は、当日の全演目のなかから古典女踊り「天川」がいいと評価したのである。

私は、さすが谷川雁だと思った。普通、あんまり琉舞を見慣れていない外来のお客さんを案内すると、古典男踊りの「高平良万歳」や明治以後に創作された雑踊りの「花風」や「谷茶前」等を好む人が多い。たとえ古典女踊りを好む人でも「諸屯」や「伊野波節」を評価しても、「天川」を選ぶ人は少ない。現在の沖縄の観客でも「天川はゆっくりし過ぎてたいくつだ」という人たちがいる。

しかし、谷川はズバリ「三線と歌と踊りのズレがもっているシンフォニーがいい」と指摘したのだ。周知のように、琉舞は古典になればなるほど表現が抽象化され、日本舞踊のような具象的「当てぶり」は少なくなっていく。その抽象化は、「三線と歌と踊りのズレ」のあいだで可能になっているのだ。私は、それが琉舞の特徴だと思っている。それは、琉球文化の重要なリズムだ。

雁さんは、それを一発で見抜いた。そして琉舞も近代や現代に創作された作品ほど、「歌と踊りが一致して」きて、「当てぶり」の所作が多くなっている。この琉舞の具象化を見抜いて「琉球舞踊も危なくなっている」と指摘したのだ。

その日の夜、琉舞鑑賞が終わったあと、谷川雁一行は「ある居酒屋で詩人たちを中心にした懇親会(?)」に出席したらしい。その様子は、「谷川雁VS沖縄」(「新沖縄文学」第五八号、一九八三年十二月)に描かれている。しかし、私は琉舞公演の後かたづけと打ち上げ会のために参加できなかった。

◆十一月二十七日(日)晴れ

午後は、谷川雁一行と付き合う。音楽院・首里にて、子供たちとの「人体表現」活動の実践を見学する。おもしろい試みであった。雁は役者だなーと思った。感性の瑞々しさには驚いた。(後略)。

〈付記〉

その日の「人体表現」は、宮沢賢治の童話「やまなし」をテキストにしていた。(「どんぐりと山猫」は何処でやったか、記憶がアイマイになっている)。

谷川は、一緒に来沖した「十代の会」の中年の女性テューターたちや、沖縄の子供たちと「やまなし」を朗読したり、身体表現した。そのなかの「クラムボンはかぷかぷわらったよ」という表現をどう発声し身体表現化するのかの試みが強く印象に残っている。

雁さんは、（失礼ながら）俳優の財津一郎に似ていると思った。（ちなみに、晩年の島尾敏雄は那覇市の飲み屋でおばさんたちから「芦田伸介に似ている」と言われては喜んでいた。）それにしても、なぜ雁さんの周りには四〇代以上とは思われるが「若い女性たち」が多いのだろうと、不思議に思った。

◆十一月二十八日（月）晴れ
谷川雁は、天才であった。

昼間、谷川雁一行を那覇市→馬天→佐敷グスク→斎場御嶽→新原→受水走水→南部戦跡→糸満市→那覇市のコースで案内した。

彼は行く先々、すべてに「独在の命名」をした。海を見るときも「あれが私の青ですよ」と指さした。斎場御嶽の登り口で、「みんな止まって。ここに〈ラ〉の音が満ちあふれている」と命令した。また、糸満市の沖合ではおりしも竜巻が発生しているのを視た。谷川は、「沖縄は、垂直でもなく螺旋回転の発想でいかなければならない」と指摘していた。

夜の仕事が終わったあと「送別会」へ遅れて参加した。首里の「京屋」にて。ぼくは、極度に疲れて酒を飲む気もしなかった。

雁さん一行が午後十時に帰ったあと、音楽院・首里へ移って、上地昇、上原生男、松島朝義さんたちと話をした。上原さんと、谷川雁について話し込むことができてよかった。上原さんを車で送って帰った。

〈付記〉

当時、私は沖縄県立泊高校の化学教諭をしていた。夕方から出勤して、夜の九時ごろ帰るという勤務スタイルだったので、その日の昼間は私が谷川一行を案内することになったのだ。

そこで私は、まず折口信夫も強く惹かれた佐敷町の馬天港と月代の宮がある佐敷グスク（城）を案内した。佐敷町は、谷川が生まれた熊本県芦北郡水俣町の隣に佐敷駅があり、私も学生時代に鹿児島本線で出水―水俣―佐敷―八代と何度も通ったことがあるので案内したのだ。

また、佐敷グスクと斎場御嶽は琉球文化の特徴である「グスク」、「ウタキ」の例として、どうしても雁さんに観て欲しかった。（なお、佐敷町や知念村、玉城村は現在市町村合併により南城市になっているが、ここでは当時の町村名で表記しておく。）

知念村の斎場御嶽で雁さんが「ここに〈ラ〉の音が満ちあふれている」と言った登り口の場所からは、美しい澪と聖地久高島が見えた。雁は二十六日の那覇市での講演で「レ、ラぬき」と言われる「琉球音階＝琉旋法」の話をしていた。そして沖縄の作曲家たちから「たしかに〈ラ〉を沖縄では普遍的に感じる」という話を聞いていた。彼は、そのことを斎場御嶽で実体験したのであろう。

そして琉球音階の〈ラ〉音の欠如に対するこだわりは、帰京直後の十一月三十日に行なわれた佐々木幹郎との対談でも興奮気味にくり返している。この対談は、「詩と革命の奪還」というタイトルで翌年（一九八四年）一月号の「現代詩手帖」に掲載された。そこで、雁は「それが今度沖縄に行って二つのペアのオクターヴを見つけて、ハッと思って、たちどころに独断論を展開したんです。〈ソ〉と

〈ラ〉の真ん中に、見えない中心があるに違いない。それを中心として両側に同じようにゾーンがある。それは病めるゾーンであると同時に、もっとも顕著なゾーンである」と報告している。

さらに、のちに「新沖縄文学」第九四号（一九九二年十二月）に寄稿した「〈南〉の北としての文学を」では、次のように整理して述べている。

「琉球音階はド・ミ・ファ・ソ・シとラ音を排除しているのは周知の事実です。これは心理の快・不快原則に関するきわめて重要なちがいなのに、この現象を意識の全分野にひろげてみようとする試みに出会ったことがないのはふしぎといわねばなりません。琉球音階のもとに出現する神の顔とヤマト音階の歌でよびだされるそれが、精神の図形において幾何学的合同だとする〈祖型論〉を、私はどうにも丸呑みにできないのです。／音楽については蒙昧ですが、ラ音の省略をこう考えたことがあります。それはラ音が欠落しているのではなく、風土がラ音を充満させているために、音として表出する必要がないからだと。珊瑚礁の海の色、亜熱帯の木木のしたにたまって動く風が、私には『ラ』とひびく音の原基に感じられました。うたがいもなくそれは〈内なる南〉の標識です」。

そして「つねに磁石を〈南〉へ向けて帆走し、難破し、氾濫せよとアジっておきます」と結んでいる。

この「ラ音が欠落しているのではなく、風土がラ音を充満させているために、音として表出する必要がない」という断言肯定命題こそ、雁が講演で強調していた「虚数としての沖縄」の核心的なイメージのひとつであろう。それは、岡本太郎が『沖縄文化論』（中公文庫）で展開した『何もないこと』の眩暈」に通ずるものだ。（私の岡本太郎論は『沖縄文化論』を読みなおす——〈何もないこと〉とは何か」「季刊　東北学」第十三号（二〇〇七年）に書いたので参照されたい。）

玉城村字新原は、私の出生の地であったので、白い砂浜と青い海に触れると同時に、昼食・休憩の場所として案内した。また、同地の受水走水は沖縄における「稲作発祥の地」という伝説があり、御嶽のひとつになって崇拝されている。雁さんは、すでに詩「水車番の日記」の最後を「なにやら沖縄のような青さをふんづけながら」という一行で結んでいた。

なお、馬天→佐敷グスク→斎場御嶽→新原→受水走水のコースは「東御廻り」という聖地巡礼の一部をなしており、沖縄の人々は現在も数年に一度の巡礼を行なっている。

南部戦跡は、雁が太平洋戦争中に「千葉県下の一兵士」として、軍隊内で反抗し懲罰として営倉に入れられていたという経験について読んでいたから案内した。南部戦跡で、彼はついに車から降りなかった。私が、車の中で沖縄戦について説明し、日本軍司令部が最終的に逃げて崩壊した摩文仁が丘を示したあと、雁は怒りと淋しさに満ちたような声で「そうですか。下りて見なくてもわかりますよ。日本軍の美学というものはあんなものです」とつぶやいた。

詩歌の内在律と風土——阿部岩夫氏への書簡

拝啓　阿部岩夫様

今年（一九八八年）は暖冬異変のようで、沖縄では一月というのにデイゴの花が咲き始め、もう桜祭りの便りが聞こえます。とはいえ、冬真最中、お元気でしょうか。昨年八月に東京で会って以来、早く手紙を書こう書こうと思いながら、注文原稿と「沖縄と天皇（制）を考える公開連続市民講座」を中心とする雑事に追われて、とうとう年を越してしまいました。阿部さんには大変失礼をしました。

この間、第一評論集『琉球弧・詩・思想・状況』（海風社）の編集・校正作業を終わり、學燈社の「国文学」三月号〈吉本隆明特集〉へ向け「南島論の動向——未来の縄文への旅」の原稿をなんとか書き上げることができました。いまやっと、二年余も停滞させていた「海流」第三号の総仕上げに向け、集中することができそうです。

あれから半年も過ぎ去ろうとしていますが、東京で阿部さんと会い、語り合う時間をもてたことは、きわめて重要な意味をもっていました。あのときに、それぞれ東北の琉球の「方言」と呼ばれる言葉をどのように現代詩のなかで表現表記するか話し合いましたね。そして阿部さんからのアドヴァイスの基軸は「表記においても、自分なりのルールと文体を創るよう試みることだ」という内容だったと受けとめています。

そしてその試みのひとつとして、私の第一詩集『夢の起源』（オリジナル企画）に発表した「喜屋武岬」という詩を全部琉球語に訳しながら適用してみました。いったん日本共通語で書いた詩を再び琉球語の発想やリズムの方にもどしながら、翻訳してみたのです。

それを、第一評論集の序詩として上段に琉球語の「喜屋武岬」、下段に共通語のそれを活字で組んで掲載することにしました。そのさいの方法意識を、次のような注記としてまとめておきました。

注一、琉球語は北から奄美群島語圏・沖縄群島語圏・宮古群島語圏・八重山群島語圏・与那国語圏に分かれていると言われている。

注二、私が表記したものは主に沖縄群島語圏の南部方言のひとつによっている。

注三、名詞の大部分は漢字を使って表記した。しかし、その発音は各シマ島の生活語で発音してもいいと考えている。

注四、形容詞や動詞は、音声表記に近いようにひらがなで表記した。

いま、資料として、そのコピーを同封します。必ずしも、この注記のような原則どおりにはいっていませんが、まだ実験的試行の段階ですので、阿部さんの感想や意見などを聞かせていただければ幸いです。琉球語による表記の試みは、島尾ミホさんも『海辺の生と死』や『祭り裏』などの小説のなかで持続的に展開しており、ひじょうに参考になります。私も他の自作詩を訳しながら、試み続けようと思っています。

阿部さんも、すでに詩「不羈者」のなかでアイヌ叙事詩「神謡八九　人間の少年の自叙」の最初の詩句を入れたり、詩集『月の山』をはじめ多くの詩作品のなかで庄内弁などを共通語とぶつける表現を試みていますので、そのときの問題意識なども聞かせてもらえたらありがたいです。

自作の共通語による詩を琉球語に訳してみたり、琉球語を共通語とぶつけてみたりする試行が、他人にとってはどのような意味をもつかはわかりませんが、少なくとも私には、自分の表現領域を拡げると同時に、日本語と日本的感性のリズム、そして日本の詩表現や詩語を対象化していく作業の側面をもっています。

ここ十年余、私はわたしなりに、琉球弧と日本の同質性と異質性について考え表現してきましたが、最近は改めて、琉球弧の古歌謡、日本の記紀歌謡の方に問題意識が集中し、『古事記』や『万葉集』を読み返したり、俳句について考えたりしています。

すると、いまさらながら日本の短歌や俳句の起源に天皇制と密接に関連する『古事記』や『万葉集』が横たわっていることが重くのしかかってきます。そして日本の詩表現に潜在的に流れる日本の風土と感性や、日本の詩歌の内在律が気になります。

幸い、八月にお会いしたとき、阿部さんは快く我が「海流」のために、往復書簡を始めることを提案しました。また、その後、問題を徹底的に掘り下げて、日本の風土と天皇制の問題もできるだけ論じ合おうと提言して下さいました。私は、この往復書簡が私の詩と思想を鍛えあげることを期待し希望しています。

そしてとりあえず私の最初の問題意識を「詩歌の内在律と風土」と表現して、日本の詩表現と言葉と風土、さらにその奥にある日本的感性の問題を検討し、黒田喜夫の『一人の彼方へ』と比較しながら、意見交換できたらと思っています。

できるだけ、伸び伸びと楽しく、近況報告も兼ねながら、往復書簡が持続できれば、と祈っています。阿部さんも、毎日の原稿書きでたいへんだと思いますが、ご協力をよろしくお願い申し上げます。

一九八八年一月三十一日

吉増剛造氏への書簡——「古代天文台」のような感性

吉増さま。第一報です。（吉増先生や吉増様と書くと堅苦しくなりますので、以下「さん」づけでよばせてもらいます。）

私は、ここ数年、集中的に吉増さんの著書を読んだり、読み返したりしています。詩集『「雪の島」あるいは「エミリーの幽霊」』（集英社、一九九八年）や『花火の家の入り口で』（青土社、一九九五年）は一週間に数回は読み返しています。

毎日とはいきません。吉増さんの詩を読むと興奮してしまい、眠れなくなるか、仕事に行かずに詩を書きたくなるからです。

いま、吉増さんとは第二の大きな出会いをしているような気がします。

吉増さんの詩を最初に読んだのは、私が二十歳のころでした。吉増さんが「一千行の詩を書いた」驚きをいまでも生々しく覚えています。そのころの吉増さんは、一生かかっても会えないと思われた詩人でした。

しかし、一九八三年ごろに初めて沖縄でお会いすることができました。「沖縄ジャンジャン」での朗読会が一九八五年だったでしょうか。ありがたいことに『緑の都市、かがやく銀』（小沢書店、一九八六年）を恵贈していただいたものです。

だが、吉増宇宙はあまりにも巨大で、その言語の電磁波はあまりにも強烈なため、私にはなかなか近づけませんでした。一方で、私は私の詩法を探すのに必死で、無意識に距離をとっていたのかもしれません。

しかし、一九九七年十月にロシアの映画監督A・ソクーロフさんや歌人の磯野しゅうさんたちとともに、吉増さんの朗読会や対談に参加して以来、吉増宇宙からのエネルギーが私の表現世界をエンパワーし続けています。

吉増さんは、国内はもとより、ブラジル、インド、アメリカ、フランス、アイルランド等々と世界じゅうへお仕事の旅を続けています。そして世界じゅうの言葉や地霊を自己の詩・表現のなかへ取り入れていきます。

その水平的な拡がりと同時に、自己の存在や記憶の深層を深く深く掘り、そこから触発されるイメージやヴィジョンを「古代天文台」のような感性で宇宙の彼方まで飛翔させようとしていると思います。

その過程で生起する音や声のイメージ力にこだわり、またアイヌモシリ（北海道など）と同時にうるま・琉球弧（なかでも奄美群島と宮古群島）の縄文的とも言える喚起力を重視していることは、注目に値します。

私は、これまでどちらかというと、吉増さんとは逆向きのベクトルの詩を書いていたように思います。私の詩は、言葉の意味性や、体験のドラマ性にこだわり、視覚的で、琉球弧や地域性に束縛された作品が多かったと思います。

そういう点では、吉増宇宙は私にとって異質な世界でありながら、いやそうであるがゆえに、新鮮なエネルギーを与え続けてくれるのです。したがって、吉増さんが開示して見せている表現世界を積極的に読み込み、受胎することによって世界的な拡がりと、宇宙的に深い新しい表現領域に踏み込んでいこうと考えています。

そのときに、吉増さんが関心を寄せ続けている表現者たち、日本の芭蕉や、蕪村、尾崎放哉、山頭火、北村透谷、萩原朔太郎、西脇順三郎、折口信夫、島尾敏雄・ミホ、そして海外のイエイツ、パウンド、ネフスキー、ツェラン、パス、ヒーニー、メカス、ソクーロフなどが、また私が好きで関心を寄せている表現者たちであることは、嬉しくなってしまいます。これらの表現者たちから触発される吉増さんのヴィジョンやイメージを読み込むことは、私の創作意欲を刺激してやみません。

さて、三十年ぐらい前には考えられなかった、吉増さんとの朗読会や対談の機会が増え、今回は往復書簡を交わし合う幸運がめぐってきました。ありがとうございます。

そこで、まずはじめに吉増さんへ吉増言語宇宙と日本語と外国語、あるいはアイヌ語や琉球語との関係について聞かせていただければ、と思います。

私の記憶の底では、吉増詩のイメージ

尾っポの美しい鶴の姿を真似たアイヌの古老の姿……（「木浦」）

が舞っています。お返事を待っています。

一九九九年七月十五日

藤井貞和と琉球弧

藤井貞和にとって琉球弧（いわゆる「南島」）は、アイヌモシㇼ（いわゆる「北海道」等）やアイヌ民族とともに、ひとつの「ある重要な位置」を与えられていると言える。

詩・文学の実作者、そして日本語文学（いわゆる「国文学」）の研究者として第一線で活躍している藤井は、一九七四年以来北は奄美群島から南は八重山群島までの琉球弧に対し、なによりもまず何度も通い地元の私たちと交流することを重視し豊富化してきた。藤井自身、そのことを次のように記している。

「三十年余りという年月、自分をしごとのうえで、また精神的にも立ち直らせたいとき、私は沖縄から発信される言語、言論、文化のかずかずをたえず紐解き、沖縄社会から考えてみようというスタンスを、怠ったことがありませんでした。」（77「『甦る詩学』のために」『人類の詩』二五七頁）

そして『古日本文学発生論』（思潮社、一九七八年）以降の成果を集成したのが『甦る詩学』（まろうど社、二〇〇七年）であった。「『古日本文学発生論』続・南島集成」という副題をもつこの大冊は、「第二部　南島論考」を中心に「第一部　南島作品」に詩篇や小説を含めて編集されている。そして周知のように沖縄タイムス社から第三五回伊波普猷賞を授与された。

藤井の「南島論考」を中心にした研究が沖縄学や琉球弧の言論、文化に大きく寄与したことが評価されたのである。本土の詩人で伊波普猷賞を受賞したのは藤井が初めてであろう。と同時に、研究書中心の同賞を詩、小説の実作品を含む著書によって受賞するのも初めてであった。

藤井は、「琉球大学に赴任した関根賢司氏が、あれを読め、これを読めと送ってくれる洪水から、わが『古日本文学発生論』は生まれ」(『甦る詩学』七五四頁)と書いているが、この『甦る詩学』の編集過程や研究の深化過程をみても関根賢司・愛子夫妻をはじめ末次智や作井満等の琉球弧現地の研究仲間や友人等の相互影響や交流の力が大きかったことがわかる。

その藤井の「南島論考」が、彼の「国文学研究」全体にどのような影響を与えているか、門外漢の私には詳細に論証することができない。しかし、古日本文学発生における神謡や初期歌謡と神話や物語の関係性の研究で、『南島歌謡大成』をはじめとする琉球弧の神話や神謡の研究が大いに活用されていることは読み取ることができる。そして藤井が柳田国男や伊波普猷、折口信夫の研究を継承し、批判的に乗り越えていこうとする思想や情熱は充分に伝わってくる。また、近著『人類の詩』(思潮社、二〇一二年)のなかで問われている「切迫した言葉の問題」としての諸議論も『甦る詩学』からの地続きの課題であることはまちがいない。

さらに、藤井の議論は『人類の詩』の「86　沖縄語と日本語」や「87　引用の人称と物語」のように日本語と沖縄語やアイヌ語との比較検討の言説が増えている。そのことが、日本語文学の研究領域を拡張すると同時に、日本語を普遍的な言語表現のレベルで論じる方法への挑戦を生み出していると言えよう。そのことは、すでに『日本文芸史・古代Ⅰ』(河出書房新社、一九八六年)や『講座日本文学史』(岩波書店、一九九六年)等のように「琉球弧とアイヌの文芸」を日本文学史のなかに大きく組み込み「複数の古代」、「複数の文学史」を論述する地平を切り開いてきたことからも確認できる。
一方、藤井は日本文学研究の知識と議論の成果を積極的に詩・文学の創作のなかへ活かしている。『甦る詩学』の第一部には「沖縄戦跡国定公園」から「加那や」、「宝1〜3（シンポジウムのための資料集）」まで十篇の琉球弧に取材した、あるいは触発された詩作品が収録されている。これらの作品も、琉球弧の詩人たちとの交流のなかから生まれている。

行かないだろう
ひめゆり御嶽《うたき》
まぶに御嶽《うたき》に

（「沖縄戦跡国定公園」）

これらの「南島作品」は、大胆で実験的である。散文的、商品的に流布されている「沖縄イメージ」は粉砕され現代詩のなかに比喩化され再編されて詩われている。また、

チュラヘノコミサチ（清ら辺野古岬）
イクサキチナラン（いくさ基地要らん）
ウミンチュヌクル（海人のこころ）
フニヲマブラ（舟を守ら）

（「宝1〜3」）

のように「ハチハチハチルクヌ（八八八六の）／リュウカワチヌブイ（琉歌湧きのぼり）」と琉歌まで詠い発表している。

さらに、近年はアイヌ民族の文学や文化等に取材し触発された作品も増えている。周知のように、第三回鮎川信夫賞を受賞した詩集『春楡の木』（思潮社、二〇一一年）のタイトルにもなった同名の詩には、アイヌ神話が詩いこまれて成功している。その詩集には、「霧」のように八重山古謡を活かした作品等もある。

藤井のこれらの作品は、琉球弧で詩・文学を創作している私（たち）を触発／挑発し激励する。アイヌ民族や琉球弧の文学や文化は、日本語のなかで比較、相対化され、相互に影響を受けながらその発展の可能性を示唆されている。

このように、藤井の琉球弧やアイヌ民族文化との関わりは、「研究の未来と文学の未来」においてきわめて重要な関係を築いてきている。その関係性は、藤井の思想の要を成していると言ってよいだろう。しかも、それが実作者として絶えず挑戦的で発展途上であるということで、私（たち）は眼を離すことができない。

アジア文学案内——文学者との交流史

一、台湾篇

アジアの文学者のなかで、私がもっとも親しく交流している一人が、台湾・中国を代表する作家の黄春明である。私は、一九八七年の三月に初めて台湾へ行き、赤嶺守《あかみねまもる》の紹介で黄春明に会うことができた。琉球大学教授の赤嶺守は当時、台湾大学の大学院に留学中であった。

黄春明は、すでに日本語訳の小説集『さよなら・再見』（めこん）で有名な現代作家であった。それゆえ、私が台湾でまっ先に会いたい作家であった。赤嶺と黄春明との親交のおかげで、私は黄春明の自宅へ招かれ夕食会の接待を受けた。おまけにその晩、なんと黄春明の親友であり、もう一人の台湾を代表する作家の陳映真とも会うことができたのだ。

黄春明の代表作である小説集『さよなら・再見』には、表題作をはじめ「海を見つめる日」「りんごの味」等が収録されている。彼の小説では、台湾社会の底辺の人々が主人公である。作品「さよなら・再見」では、日本人買春観光グループのポン引き役を強要されるサラリーマンの黄君。「海を見つめる日」では娼婦の梅子。彼は、つねに底辺の民衆のまなざしを対象化しながら人間と社会を凝視めている。黄春明は、「民衆の真の代弁者」と高く評価されている。

小説「さよなら・再見」の批判力と思想性には、感嘆させられる。各章のタイトルは、日本の代表的な映画である〈人間の条件〉〈七人の侍〉〈用心棒〉〈日本のいちばん長い日〉の名前を借用し痛烈に風刺している。しかも、この小説はたんに買春ツアーに来る日本人たちを批判するだけでなく、その日本人に媚びてしまう台湾人や台湾社会も批判している。

一方、私は読み返すたびに小説「海を見つめる日」が好きになる。娼婦梅子は、一大決心をして船乗り阿榕の子どもを産む。そして娼婦を辞め子どもを抱いて故郷へ帰っていく。梅子は電車の中から海を指さし子どもに語りかける。「おまえはおおきなおふねにのってこのうみをこえて　べんきょうに　りっぱなひとになるんだよ」と。

私は、黄春明に出会った一九八七年に沖縄大学へお願いし、「沖縄大学土曜教養講座」の講師として招へいし六月二七日に「台湾からみた沖縄と日本の関係」というテーマの講演会をもつことができた。同時に、黄春明原作の台湾映画「坊やの人形」も上映した。

この講演会は、大反響を呼び黄春明が八重山視察から帰ってきたあと、急遽七月三日（金）に琉球大学でも講演会がもたれることになった。法文学部教室での講演のタイトルは、「台湾文学の状況と展望」であった。上里賢一教授が中心になって、琉大アジア研究会と琉大中国研究会が共催してくださった。

その後、黄春明は数回来沖し九九年にもいらっしゃった。また、私も数回台湾を訪ね二〇一〇年八月にも黄春明夫妻と面会してきた。その様子は、私たちの同人誌「ＫＡＮＡ」第一八号の巻頭言「子どもを……」に書いてある。彼の邦訳されている最新作は「放生」という小説である。

黄春明宅で初めて会った陳映真は、政治事件で逮捕され一九六八年から七年間も投獄され、出獄後に活動を再開しているころであった。出会った八七年ごろは、台湾はまだ戒厳令が敷かれていて彼を沖縄へ招へいすることはできなかった。陳映真は、雑誌「人間」を編集し黄春明とともに台湾原住民族の支援をやっていると話していた。

私は、残念ながら陳映真の小説は『彩鳳の夢　台湾現代小説選I』（研文出版）に収録された「村の教師」と『三本足の馬　台湾現代小説選III』（同）の「山道」しか読んだことがない。「村の教師」の主人公は、第二次世界大戦で日本兵として闘い復員した呉錦翔。彼は、ボルネオ戦線で人間を食った。私は、読みながら大岡昇平の「野火」と、武田泰淳の「ひかりごけ」を思い出していた。同じように、アジア・太平洋戦争の過程で人間を食ったことをテーマにした小説。私は、陳映真の「村の教師」に日本植民地台湾の傷口の深さを視た。

陳映真とは、一九九七年に再会した。私たちは、その年からともに「東アジア国際シンポジウム」を開催するようになった。この国際シンポジウムは、韓国、台湾、琉球、日本の研究者、活動家、受難者、芸術家を網羅し、九七年台北で第一回シンポジウムが催された。以来、九八年済州島、九九年沖縄、二〇〇〇年光州、〇二年二月京都、一〇月麗水と七年間続けられた。

東アジア国際シンポジウムでは、一貫して「東アジアの冷戦と国家テロリズム」のテーマが追求されたが、陳映真は台湾事務局、私は沖縄事務局を担い、私たちは主に「文化・芸術交流会」の運営をともにした。九九年には、陳映真も黄春明とともに沖縄シンポ参加のため来沖した。この国際シンポジウムを通じて、私は陳映真と深い交流をすることができた。しかし、彼はいま北京の病院に入院したままである。

二、韓国篇

韓国の文学者で、交流が続いているのは詩人の高銀《コウン》と作家の玄其栄、黄晳暎である。高銀が、伊藤成彦とともに最初に沖縄へ来たのは、一九八八年の一二月であった。私は、依頼されて案内役を務め、それから今日までの親交が続いている。

高銀の二度目の来沖は、二〇〇三年三月に琉球大学で開催された「環境文学国際シンポジウム」の講師として招へいされたときだった。私は公開シンポジウムを拝聴すると同時に、歓迎レセプションで詩の朗読で歓迎した。私たちは、米国のG・スナイダーや日本の森崎和江ともども旧交を温めあった。

彼の日本語に翻訳された詩集は、『高銀詩集　祖国の星』（新幹社）と『高銀詩選集　いま、君に詩が来たのか』（藤原書店）がある。また、日本を代表する詩人・吉増剛造との『「アジア」の渚で——日韓詩人の対話』（同）も必読書である。この対話集の一四七頁で、高銀は沖縄での川満信一や私との友情について話している。また、私はこの対話集への感想を「KANA」第一二号に「宇宙方言のイジュングチ（泉口）」という題で書いておいた。

ああ、これから　わたしたちには
無窮花《むくげ》の花なんか国花ではない
そのトラジの花こそ、国花になるのだ
挺身隊トラジの花　白トラジの花が

運命の国花であるのだ

（「トラジの花」『祖国の星』）

高銀の次に、二度も沖縄へ来た韓国作家は玄其栄である。彼と最初に会ったのは、一九九七年の台湾シンポジウムであった。翌年の済州島シンポで再会し、九九年の沖縄シンポで初めて来沖した。済州島出身の玄其栄と私は、すぐに意気投合し友人となった。

二度目は、二〇〇八年一〇月二八日に那覇市で開催された「済州島四・三事件を考える沖縄集会」に金石範とともに講師として招かれ来沖した。玄其栄は、講演を行なうと同時に歓迎レセプションでは、韓国語訳の私の詩「老樹騒乱」を朗読して下さった。

玄其栄小説の日本語訳は金石範訳『順伊《スニ》おばさん』（新幹社）で読むことができる。この小説集には、表題作の他に「海龍《ヘリヨン》の話」「道」「アスファルト」の三篇が収録されている。

「順伊おばさん」は、済州島四・三事件で二人の子どもを虐殺されたおばさんの話である。私は、この小説で初めて文学化された四・三事件を読み、済州島の歴史と文化への理解を深めることができた。

現代韓国で、もっとも人気の高い作家と言われている黄晳暎と最初に出会ったのは、二〇〇一年一〇月二七日から二九日の間にソウルで開催された「韓国国際文学者会議」の歓迎レセプションであった。たしか、小田実の紹介だったと覚えている。この国際文学者会議は、米国での九・一一事件とアフガニスタン戦争に対抗して開かれた会議であった。

翌二〇〇二年、黄晳暎の日本語訳『懐かしの庭』（岩波書店）が出版され、六月二八日に東京で開催された祝賀会に私も参加して再会した。さらに、七月一一日に彼が初めて来沖し一五日まで滞在した。

私は、沖縄各地へ案内しながら交流した。

黄晳暎も、民主化運動のリーダーの一人で、一九八九年に無断で北朝鮮訪問を強行し、ドイツ亡命後に帰国した。逮捕され五年間の獄中生活を送り、九八年に釈放された経歴の持ち主である。しかし、いまや黄晳暎と高銀はともにノーベル文学賞の候補者として、国際的に高く評価されている。

三、フィリピン、インドネシア篇

私は、一九九〇年にフィリピン大学大学院へ留学した。出発前の八九年から、私は「アジアを知る読書会」に参加していた。この会は、竹沢昌子、我部政明を中心に月一回アジア文学の読書会を主に教育福祉会館で開いていた。そこで、フィリピンを代表する作家F・ショニール・ホセの『仮面の群れ』(めこん)も読んだ。

そして私は九〇年の留学中にマニラでショニールの経営する「ソリダリダッド」という出版社&書店を訪ね、彼と面会することができた。また、九五年一一月に開催された第二回世界のウチナーンチュ大会の期間に彼も招へいして、沖縄フィリピン協会で歓迎会をやった。

一方、私たちは読書会でインドネシアを代表する作家モフタル・ルビスの『ジャカルタの黄昏』(勁草書房)も学習した。そのルビス夫妻を、琉球大学教授だった比屋根照夫が一九八六年四月に沖縄へ招へいし、青年会館で講演会を開いてくれた。私たちは、第一日目の夜に琉球舞踊で歓迎会をもった。ルビスとの交流の様子は、比屋根照夫『アジアへの架橋』(沖縄タイムス社)に詳細に記録されている。

四、在日朝鮮民族篇

在日朝鮮民族の文学者では、詩人の金時鐘、作家の金石範、李恢成ととくに親しく交流しているが、その作品や交流史を詳細に書く紙幅はすでになくなった。

最初に親しくなったのは、「砧をうつ女」で芥川賞を受賞した李恢成だ。私は、彼が編集代表者を務めていた在日朝鮮民族の総合文芸誌「民涛」に原稿を依頼された。そして八八年一〇月八日に沖縄大学土曜教養講座の講師として招へいしてもらった。また、九八年九月にはともに「マイノリティー・フォーラム・in・サハリン」に参加し、チカップ美恵子さんたちと一緒に彼の生まれ故郷のホルムスク（真岡）や姉の家を案内していただいた。

大阪在住の金時鐘とは、海風社の作井満の紹介で親交が始まった。私は、金時鐘の奥さんが経営する居酒屋「すかんぽ」へ行ってたびたび会うことができた。私（たち）は金時鐘の集成詩集『原野の詩』（立風書房）で代表的な詩作品をよむことができる。また、昨年十年ぶりに詩集『失くした季節』（藤原書店）が出版され、高見順賞を受賞した。その金時鐘が、一一年三月に初めて来沖する予定である。

金石範とは、済州島シンポジウムで初めて会った。四・三武装蜂起を描いた『鴉の死』（小学館）や長篇『火山島』（文藝春秋）が高く評価されている金石範は、数度沖縄へ来ていただき、いま一番熱く交流している作家である。金石範と金時鐘の対談集『なぜ書きつづけてきたか　なぜ沈黙してきたか』（平凡社）も必読の重要な本である。

沖縄からみた韓国詩

私が、南朝鮮・韓国で書かれた現代詩に本格的に出会ったのはキム・ジハ（金芝河）の『民衆の声』（サイマル出版会、一九七四年）を読んだときであった。当時、私も七〇年安保・沖縄・学園闘争と呼ばれた全共闘・学生運動の渦中にいた。

さよなら
泣かないで、行ってくるわ
白い峠、黒い峠、渇いた峠を越え
足どり重いソウルへの道
身を売りに

（「ソウルへの道」）

金芝河詩のテーマは鮮烈で、その抒情とリズムは美しかった。私は、何度も「ソウルへの道」や「黄土の道」「緑豆の花」などの詩を読み返した。そして自分も金芝河のような詩を書きたいと願い試作した。それは、拙作「四月の空」等に結実した。また、金芝河他著『わが魂を解き放せ』（大月書店、一九七五年）も読み、当時獄中に囚われていた金芝河の救援活動にも参加した。

その次に読んだ韓国詩は金南柱詩集『農夫の夜』（凱風社、一九八七年）であった。

書いている
今　俺は書いている
三重に四重に閉じこめられ　書いている
俺のせいだと

（「鎮魂歌」）

南柱は、一九七〇年代後半に光州市で文化運動を行ない、「南民戦事件」で独裁権力によって投獄されていた。彼らの民衆運動は、よりラジカルであったがゆえに南柱の詩語はより激烈であった。私は、自分が南柱のような詩を書けるかと自問自答していた。

私が、次に出会った詩人は高銀であった。まず、いきなり本人が一九八八年十二月に沖縄へやって来た。私は、依頼されて自家用車で沖縄を案内した。そのとき私は、「高銀は偉大な詩人だ」と直感した。彼は、私たちの同人であった詩人、故・水納あきらの追悼会に参加し、自ら進んで長篇詩「白頭山」を朗読してくださった。そのときのエピソードは、私たちの同人誌に「宇宙方言のイジュングチ（泉口）」（「KANA」第十二号）として書いてある。

その後、私は高銀詩集『祖国の星』（新幹社、一九八九年）を買い求め日本語訳された主要な作品を読むことができた。

ああ、これから　わたしたちには
無窮花《むくげ》の花なんか国花ではない
そのトラジの花こそ、国花になるのだ

（「トラジの花」）

高銀の詩は、彼の地声に似て野太く、物語性にあふれ深い仏教的な思想が表現されている。そのイメージは、大地を揺るがし宇宙的な広がりをもっている。

高銀はその後も沖縄を訪れ、私たちは酒を飲みながら交流を重ねることができた。彼は、自分の詩集に「我が友！」とサインしてくれた。そして今年、大冊の高銀詩集『いま、君に詩が来たか』（藤原書店）が贈られてきた。私は、楽しみながらこの新詩集を読み味わっている。

このように、私が一九七〇年代から読み続けてきた韓国詩の詩集を上げてみると、その量はきわめて少ない。これは、残念ながら私が朝鮮語を知らずハングルを読めないせいである。私は、もっぱら日本語訳に頼るしかない現状である。それでも、なんとか金芝河や金南柱、高銀らの詩の原風景に触れたくて、何度も韓国へ行きソウルや全羅南道、慶州、釜山、済州島等を訪ねた。ああ、韓国の黄土よ。

一方、詩集で読んだ詩人たちの系列にもある一つの傾向が流れている。金芝河、金南柱、高銀らの詩は、戦後沖縄で書かれた詩と共鳴し触発する力をもっている。彼らの韓国詩は、まず南北朝鮮分断と厳しい独裁権力による弾圧下で時代状況に抵抗しながら書かれている。その詩作品は、一九七二年まで米軍政府の植民地下に分離されていた沖縄で、発禁処分等にも遭いながら詩文学を書いていた新川明や川満信一、清田政信らの詩作品とも比較することができる。

また韓国詩の多くは、詩人の表現対象が個人の体験や内面の表現のみならず、時代や社会状況、国家や民族、人類規模まで拡がっているように感受される。高銀の口癖では「国語や言語の境界を越える」詩表現が指向されている。このことは、個人の問題と沖縄社会の問題を詩作品化しようと試みている私（たち）を大いに勇気づけてくれる。

そして私は日本語訳でしか感受することができないのだが、韓国詩のイメージやリズムには朝鮮民族の長い歴史と伝統文化が多く反映されていると思う。「トラジ」や「緑豆」「鳳仙花」等という詩語の一つ一つに伝統文化のイメージが象徴化されている。そして詩のリズムのなかに伝統的な舞踊や民謡のリズムが反映しているのではないだろうか。

このように、沖縄で韓国詩を読んでいると、かつて琉球王国という独立国をもち、植民地体験をもち、戦後二七年間、米軍占領政府の支配下に置かれたという独自の歴史と伝統文化のなかで創作された沖縄の現代詩と共通した時代意識と文学表現を感受することができる。それゆえ、私にとって韓国詩は日本現代詩の神経衰弱的な側面を相対化する貴重な外国文学のひとつとなっている。

ところで、私は韓国詩人の詩集を読み継ぎながら、他方で在日朝鮮民族の詩人たちの作品にも注目し愛読してきた。それらは、金時鐘の『原野の詩』（立風書房、一九九一年）や尹東柱や宗秋月らに代表される詩群だ。そして、一九八八年頃には李恢成や金石範らの在日文芸『民涛』に寄稿したこともある。しかし、在日朝鮮民族の詩作品は韓国詩とは相対的に区別されると思うので、今回はこれ以上触れないことにする。

さて、光州民衆蜂起から二五年余も経ち、韓国では金大中が大統領になり、戒厳令も解除され、民主化運動で弾圧され虐殺されていった人々の名誉回復も進んでいる。そのような時代の韓国で、いまどのような現代詩が書かれ発表されているのか、その最前線を私は知らない。二十一世紀の初頭、光州市やソウルで韓国の若い詩人たちと朗読会を共にしたこともある。しかし、言葉の壁はまだ厚い。できれば、一日も早くそれらの作品群が翻訳され、私（たち）の前へ届いて欲しいと願っている。

宇宙方言のイジュングチ（泉口）

高銀　吉増剛造　様

このたびは、対談集『「アジア」の渚で』（藤原書店）の出版おめでとうございます。そして沖縄の私まで御恵贈くださり、ありがとうございました。

いま（二〇〇五年九月十一日）、やっと惜しみつつ読了しました。五月二八日から読み始めて、おいしいマンゴーから作られたアイスクリームを小さじで掬いながら食べるように、ゆっくり、かみしめ、読み進んできました。嫌なんです。いい書物に出会うと、サッと読み終えるのが惜しいのです。三行読んではふっと考え、一ページ読んでは本を閉じて消化していく。

驚きと感激をもって読み進めました。二人の巨大な詩人の詩と思想が湧き出るイジュングチ（泉口）を見せられる思いがしました。白い珊瑚石灰岩と青灰色の泥岩の不整合な境目から真清水の湧き出るイジュングチ（泉口）です。そう、それは「宇宙方言」のイジュングチ（泉口）とも言えるでしょう。

この「日韓詩人の対話」で、最大の発見は「宇宙の方言」（二九頁）でした。高銀先生は次のように述べています。少々長くなりますが、引用してみます。

「吉増先生の言語は現代詩人が追求する言語のひとつの頂点に達しているんじゃないか、そういう印象を受けました。この詩を通してひとつ思い出すことがあります。古代インドの『リグ・ヴェーダ』賛歌「謎の歌」に、人間は宇宙の言語の四分の一しか使っていないというところがあります。そして四分の三はまだ神の領域だと言うことですね。われわれが開かれた時代を生きているなかで、詩人の言語とは何か、ということを考えてみます。こういう時、吉増先生の詩の自由奔放な形式と多様な修辞を見て、あらためてこの問題を考えるようになりました。」（二八頁）

「詩人は母国語の詩人であるとともに、もう一つあると思います。とくにこのように開かれた時代においては、われわれは宇宙の方言で詩を書く人だと思います。ですから、母国語の切実性だけでなく、宇宙に属している無限の力とともに存在するのが今日の詩人じゃないかと。」（二九頁）

まさに『『国語』は越えられた』（二三五頁）のです。そのことが、東海の小島で小さな詩を書いている私を、大きく励ましてくれます。至福の時です。ああ、二つの大きな魂よ、詩神よ。

高銀先生、吉増先生。私は、高銀先生の骨太で深くて広い思想と、吉増先生の鋼のようにしなやかで強く鋭い交流電磁波に打たれ続けてきました。私は、近年これ以上震撼させられ、勇気づけられる書物に出会ったことはありません。

高銀先生は「もう詩人たちは自分の母国語の場所にいるだけでなく、母国語の外の世界へ出て行くことにより、詩的内面の形式に影響を与えるくらいの見慣れない現実に出会わなければなりません。体験の拡大が必要であるためです」（六八頁）と書いています。そして「夜の不眠症と骨の中の苦痛」「天賦的な悲劇への義務」（七三頁）について語ります。

また、吉増詩に対し「あなたの詩には宇宙のある高潮状態と話者自身の内面から沸きあがってくる宇宙への内在律がひとつに結合した性愛状態をみることができます」（七六頁）と的確に核心点を評価しています。「性愛状態」を感受するとは！　そして「私の詩の友よ。過去の友というより未来の友よ」（二一二頁）とエールを送っています。

その高銀先生と、私たちは沖縄で何度もお会いし、親しく酒を飲み語り合うことができました。私が、最初に高銀先生と沖縄でお会いしたのは、一九八八年の十二月でした。高銀先生は、中央大学の伊藤成彦教授とともに来沖し、私はその案内役を務めました。

そのとき、私が直感的に「高銀先生は偉大な詩人だ」と思ったエピソードがあります。先生の滞在中に、私たちの詩友であった故・水納あきらさんの「追悼会」がありました。先生は、その夜「自分も参加する。詩人の追悼ほど大切なものはない」とおっしゃって日程を変更し、那覇市八汐荘で開かれた会に参加しました。のみならず、高銀先生はみずから進んで「追悼のあいさつ」を行ない、自作の詩「白頭山」を朗読して下さったのです。あの、堂々とした太い声で、虎が吼えるような朗読でした。私のアルバムには、そのときの高銀先生の写真が残っています。遺族の方々も、会場の友人たちもみな感激して喜んでいました。

そのころは、まだ朝鮮半島の南北分断が厳しい時代で韓国では戒厳令が敷かれていました。高銀先生の沖縄滞在中の十二月八日に、恒例の那覇マラソン大会がありました。先生は、一万人余のマラソン大会を見て感動し、じつに壮大な構想を話されました。「韓国へ帰ったら、南北統一マラソン大会を提唱する。ソウルとピョンヤンのあいだを往復する統一マラソン大会を提案する。このようなマラソンなら、南北の政治家も反対できないだろう」と話されました。その眼は少年のように輝き、笑っていました。しかし、高銀先生は韓国へ帰ると同時に「国家保安法違反容疑（？）」で逮捕されてしまったそうです。

高銀先生は、沖縄に数回もいらっしゃっていますが、いつも沖縄の人々との交流を大切にして下さることに感謝しています。その先生が「沖縄と沖縄の平和を唄《（ママ）》うあそこにいる詩人、川満信一さん、高良勉さんのうそのない顔との友情も、あなたと一緒ならどんなに嬉しいものでしょうか」（一四三頁）と書いて下さるのは身に余る光栄と幸福です。

さて、吉増先生は高銀先生の詩と思想を深く読み取り、感応し、新しい啓示的なヴィジョンを開示しました。書簡の「蟋蟀《こおろぎ》のように耳を澄まして、」や「海を掬い尽くせ」というタイトルは、そのまま一行の詩のように屹立しています。「あたらしい鈴」（一二三頁）です。「タッジ（面子）」（一二四頁）へのこだわり。「ハングルに恋したかも知れません」（一九四頁）。「詩の細道」（一九八頁）が視えてきました。

そして私は「小さな言葉たちの危機」や「不揃いの思想」（二〇二頁）、「泥と干潟の世界を持って歩く」（二〇八頁）という考え方に共鳴しています。高銀先生も「詩人は、干潟の生命体」（二一〇頁）と共感した表現をしています。

それにしても、韓国京畿道安城市の高銀先生宅で開かれたこの「古代の服」という対談はスリリングで、白熱した電子雲の励起状態を感じました。吉増先生は、「共同の家」という高銀先生が提唱する東アジア共同体へのヴィジョンに対し、率直に違和感と抵抗を表明し、「不揃いの干潟の家」（二一一頁）という対案を出しました。ここが、自己の思想を大切にし原則を貫く剛造先生の柔軟な強靭さだと思います。私なら、フラフラと「共同の家」の方へ付いてしまいそうです。さらに、高銀先生は「共同の家」を「協同の仕事」へと受けとめ直し、「干潟の家で暮らしましょう」（二一四頁）と呼びかけています。また、「古代の服を着てみよう」とも。

一方、吉増先生の「海を掬（すく）い尽くせ」（二四一頁）とは、なんと暗示的な呼びかけでしょう。私も、疲れたときなどぼんやりと干潮の干潟を眺めるのが好きです。また、干潟で働くシオマネキやミナミコメツキガニ、それを食べようとする白鷺などの野鳥たちの振る舞いから生きるエネルギーをいただいたりもしています。私もまた、「干潟の不揃いの家」（二一四頁）で暮らしたくなります。「海を掬（すく）い尽くせ」という啓示はモーゼが海を開いて渡って行く旧約聖書の場面も連想させます。

高銀先生、吉増先生、私はこのような対話集を創作した巨大な詩人たちと同時代に生きていることを幸福に思っています。二度とできないような企画を実現した藤原書店にも乾杯です。私もまた、ささやかながら「宇宙方言の花の芯」（二三九頁）へ向かって詩・文学の道を歩み続けたいと思いを新たにしています。

二〇〇五年九月十八日（旧暦八月十五日）

自然との対峙——金時鐘詩集『失くした季節』

金時鐘から、十年ぶりの新詩集『失くした季節』が贈られてきた。おいしいマンゴーを冷やして、スプーンで削り掬いながら一匙ずつ味わい食べるように読み進める。この詩集は、二〇一〇年度の第四一回高見順賞を受賞したばかりだ。

新詩集には、「夏、秋、冬、春」の四つの章に分けてそれぞれ八篇ずつ、合計三二篇の作品が収録されている。金時鐘が「四時詩集」と呼ぶように日本語の「四季詩集」に比較できる構成である。ただし、この詩集は「夏」から始まっていることに注意しなければならない。金時鐘の四時・四季は、夏からしか始まらなかったのだ。

夏は季節の皮切りだ
いかな色合いも晒してしまう
はじけて白いハレーションの季節だ。

（「夏」）

彼の夏は、とても重要で重層的なイメージだ。それゆえ、彼は何度も夏を問い返す。作品「待つまでもない八月だと言いながら」では、「夏が煌《きら》めくことはもうないと言いながら」、「まだまだ夏は疼きの内にあるのだと」、「そう、夏はまだ咽《むせ》んでいると」詩われている。

また「失くした季節」では、「夏のあのどよめいた回天の記憶は／露ほども誰かに伝わった痕跡がない。」、「六《ユ》・二五《ギオ》で追い込まれた釜山から闇船にひそんだときの／蒸れにむれたあの真っ暗い暑さのことだ。」、「硝煙をついて北へ行ったのは金億《キムオク》や姜処重《カンチョジュ》らの／思いいっぱいの人たちだった。」とも表現されている。

このような詩語のイメージの裏には、「八月十五日の日本敗戦による朝鮮光復・解放」や「朝鮮戦争」「闇船による密航」「南北分断」等の歴史的体験が塗り込められている。したがって、金時鐘の夏は「朱夏」の感性ではなく「白いハレーションの季節」と表現されるのだ。そしてそのような「失くした季節」としての夏の記憶や感受は、ひとり彼のみならず在日朝鮮人の共感・共振の表現として開かれているのである。

一方、金時鐘にとって夏よりも苛酷であるのは春であろう。「四月よ、遠い日よ。」では

　ぼくの春はいつも赤く
　花はその中で染まって咲く。

と詩い出され、「永久に別の名に成り変わった君と／山手の追分を左右に吹かれていってから／四月は夜明けの烽火《のろし》となって噴き上がった。／踏みしだいたつつじの向こうで村が燃え／風にあおられ

て／軍警トラックの土煙が舞っていた。」とたたみ込まれる。この詩の注に「筆者に『四月』は四・三事件の残酷な月であり、『八月』はぎらつく解放（終戦）の白昼夢の月である」と書かれている。

　また現在の春は、作品「春に来なくなったものたち」で「蘇る季節に／来るものがこない。／咲くものが咲かない。」、「母よ、／帰ることのない息子を待ちとおして／老いさらばえたあなたを思います。」とも詩われる。

　金時鐘にとって、済州島四・三事件は民衆蜂起に直接関わった者として長いあいだ黙秘し、詩・文学に直接的に表現できない体験であった。私（たち）は、その理由を金石範との対談集『なぜ書きつづけてきたか　なぜ沈黙してきたか』（平凡社）で深く読むことができる。

　彼の詩語のひとつひとつに「鴉が一羽」、「かくも春はこともなく／悔悟を散らして甦ってくるのだ。」（四月よ、遠い日よ。）のように沈黙が支える重層的なイメージが塗り込められているのだ。したがって、私は金時鐘の詩を読むと沈黙へ向かって書き進んでいく思念とリズムを感受することができる。

　金時鐘は、「あとがき」で

> 気はずかしくて止めたが、思いとしては「金時鐘抒情詩集」と銘打ちたかった詩集である。日本では特にそうだが、抒情詩といわれるものの多くは自然賛美を基調にしてうたわれてきた。いわば「自然」は、自己の心情が投影されたものなのだ。「抒情」という詩の律動《リズム》もそこで流露する情感を指していわれるのが普通で、抒情と情感の間にはいささかのへだたりもない。情感イコール抒情なのである。

　この詩集も春夏秋冬の四時《しじ》を題材にしているようなものではあるが、少なくとも自然に心情の機微を託すような、純情な私はとうにそこからおさらばしている。つもりの私である。植民地少年の私を熱烈な皇国少年に作り上げたかつての日本語と、その日本語が醸していた韻律の抒情とは生あるかぎり向き合わねばならない、私の意識の業のようなものである。日本的抒情感からよく私は脱しえたか、どうか。意見のひとつもいただければ幸いです。

と書いてある。ここには、じつに重要な日本の抒情詩への指摘と批判がある。「自然に心情の機微を託す」とか「韻律の抒情」とかは批判されている。私の意見は、金時鐘の四時詩は「日本的抒情感からは脱出している」と思う。

その理由は、すでに述べてきた「夏」と「春」の感受のしかたと詩いかたを見てもわかる。秋は、「冬がくる。／きまってくるおまえに　ついに知る。／夏はやはり白昼夢だったと。」(「夏のあと」)と表現される。冬は、「ぱきっと枝が折れる。／雪にたわんだ竹が／うなだれた眠りを跳ね上げる。」(「冬の塒」)と感受されイメージ化される。この春夏秋冬には、「自然に心情の機微を託す」馴れ合いはない。金時鐘の感受性と思想は、自然と対峙している。

彼の自然や四季の感受は、日本的抒情感とは異質である。その違いは、たとえば四季派の三好達治の詩「あはれ花びらながれ／をみなごに花びらながれ」(「甃のうへ」)や「太郎をねむらせ、太郎の屋根に雪ふりつむ。／次郎をねむらせ、次郎の屋根に雪ふりつむ。」(「雪」)に表現された「花びら」や「雪」のイメージと比較すればよくわかるだろう。

朝鮮と日本では四時・四季があり、雪景色のなかで生活するという共通性もある。しかし、雪は降らず、明確な春夏秋冬の区別もない亜熱帯の琉球群島から見れば、「あはれ」など「心情の機微」の無限微分へ向けて自然と馴れ合っていく日本的抒情とは異なっている。それは、「元号」で年月を表現できない感受性とも言えるだろう。そして私（たち）は金時鐘の「自然との対峙」の思想を小文集『草むらの時』（海風社、一九九七年）で読むことができる。彼は、気安く「自然との共生」とは言わない。その思想からすれば、人生の「白秋」や「玄冬」はなく、成熟は諦念へ向かない。日本の多くの詩人や知識人が陥る、諦念の老成は拒否されている。したがって、『失くした季節』全体にあきらめではない悟りと、深く静かな怒りが通奏低音のように流れている。

その点、藤井貞和が『失くした季節』に対し「現代詩手帖」一二月号（二〇一〇年）の鼎談討議——二〇一〇年展望「百年後の現代詩のために」で「言語のことでひとこと言うと、この詩集には過去形がほとんどないんです。ふつうの抒情詩人たちと言うとおかしいけど、ぱっと思い浮かぶような、四季派ふうの現代詩はだいたい過去形ですよね。金時鐘さんにはそれがないんです。過去形は数か所だけです。一九四八年のところとか、ほんとに効果的に数か所、まさに避けることのできなかったところだけ過去形なんですよ」（二九頁）と指摘・評価していることは重要だ。

詩は書かれるものではない。
そうあるべきものだと筋トレの鉄亜鈴を投げ上げる。
すばやく身を交わし
しなやかに反り返った俺。
まだ現役だ。

（「蒼いテロリスト」）

金時鐘は、まだまだ元気だ。『失くした季節』を、そのまま深く掘り下げ再構築して奪還し表現する。その、表現思想と作品群が私（たち）を鼓舞している。

李恢成と第三世界文学

李恢成氏が初めて沖縄へやってこられる。私が初めて「李恢成《イフェソン》」の名前を知ったのは、『砧をうつ女』が一九七二年第六十六回芥川賞を受賞したときだ。ちなみに、そのときは東峰夫氏の『オキナワの少年』が同時受賞している。一九七二年といえば「沖縄返還」のその年であり、沖縄と朝鮮人作家の同時受賞という偶然の一致に歴史的なあるものを感じ、強く印象に残っている。李恢成氏は在日朝鮮人作家としては初めての芥川賞受賞者となった。東峰夫氏の『オキナワの少年』が軍事基地の島オキナワでの自己形成を表現した作品であるとするならば、李恢成氏の『砧をうつ女』は、朝鮮から旧日本植民地のサハリン（樺太）まで流浪し、そこで死んでいく母の生涯とその少年一家の生活を描くことで、在日朝鮮人としての自己形成を表現した作品だと言うことができる。

私は『砧をうつ女』を初めて読んだとき、張述伊《ジャンスリ》という名の母の姿に何度も目頭が熱くなる思いをしたものだ。とくに「ジョジョ」と愛称される少年が、近所の子供たちとアンパンを盗んだことがバレてしまって、折檻される場面がそうである。

「いつそんな意地穢い子に育てた。おまえは私の子供じゃない。ああ、いやだ……。出ていけ。

この家から出ていきなさい。」

首筋を引きずって玄関から放り出そうとする。僕は柱にしがみついて「ちがう。母ちゃんの子だ」と連呼した。母は口惜しそうに頰を光らせてにじり寄った。

「それなら、私と一緒に死んでくれ。いまからドロボーをするような子は大きくなったらどうなるか。いっそのこと、おまえを殺して私も死んでしまうんだ」

本当に首をしめようとするのだった。僕は母の柔らかい膝にしゃにむに顔を埋めてわびた。母の子になる、とあらんかぎりの声をあげた。（文春文庫、三五頁）

貧しくとも、母の愛情と教育というものはそうであった。私にも身に覚えがある。その母も少年が小学三年生のとき「流されないでー」と遺言を残して死んでしまう。この一言も象徴的だ。「流されないでー」とは、在日朝鮮人一家に残された言葉と同時に、私たち一人ひとりにも訴えてくる。

李恢成氏の、そして在日朝鮮人の人びとの〈昭和〉とは、まさに「流される」ことに対する自立への抗いの日々ではなかったか。李氏の家族は日本敗戦後の一九四七年に強制送還された後、札幌市に移り、彼自身は早稲田大学ロシア文学科で学ぶために東京へ出て行く。

李恢成氏の「学生時代における『心の自画像』を描いたいわば青春三部作」（西郷竹彦）とも呼ばれる処女作『またふたたびの道』（一九六九年群像新人賞）や『伽倻子のために』（新潮文庫、一九七〇年）、『青丘の宿』（『群像』）などを読むと、生活の貧しさやアイデンティティーの揺れのなかで、葛藤する沖縄青年たちの軌跡となんと似ていることか。とくに『伽倻子のために』の世界は身に詰まされる。

在日朝鮮人作家はつねに歴史・民族・国家・言語との緊張関係のなかで創作活動と格闘している。

いや、「第三世界」と呼ばれる、旧植民地国や発展途上国の文学者の大部分はそうかもしれない。それは私たちの沖縄の歴史と、表現活動が負わされてきた課題と大きな共通点をもっている。

思えば、一八七二（明治五）年の琉球亡国設藩、一八七六（明治九）年朝鮮への不平等条約強要、一八七九（明治十二）年琉球処分、一九一〇（明治四三）年朝鮮併合を経て、日本植民地化された琉球と朝鮮の民衆がたどった苦難の道がなんと似ていることか。

その歴史のなかで、日本天皇制は同化・皇民化を強要し、独自の言語、文化を弾圧し、姓名の変更まで強制してきた。ただし、私たちはかつて日本皇民化された沖縄人が朝鮮人に対して抑圧民族・日本人としてふるまい、侵略戦争に加担した不幸な歴史を忘れてはなるまい。

李恢成氏は代表作のひとつ『見果てぬ夢』（講談社）を発表すると同時に、現在在日韓国・朝鮮人の総合文芸誌「在日文芸・季刊民涛」を創刊し、その編集代表として活躍している。この「民涛」は初めて在日朝鮮人文学者たちがみずからの表現誌を共同の力で創り出したものとして文学界でも高く評価されている。

彼は、その小説と評論における表現活動のなかで朝鮮人の「在日」の根拠を問い、みずからの文学を「第三世界文学」のなかへ解放しようとする。それは昨年来沖した台湾文学者・黄春明氏と共通するものだ。いま朝鮮人文学は大きな熱いエネルギーをもってうねりを高めつつある。李恢成氏が沖縄の地でどのような文学と民衆の可能性について語りかけてくれるか、大いに期待し、楽しみにしている。

あいえー・あいえーなー

アイヌ民族のかけがえのない親友・チカップ美恵子さんが逝去したという。二月五日の突然の訃報に接し、信じられないし、まだ現実のできごととは思えない。

その晩は、床の間に彼女の著書を積み上げ一人で「お通夜」をした。翌日、お別れ会があるというので、遠いアイヌモシㇼ（北海道）まで急行することはできないから、とりあえず弔電を打っておいた。その文面は「あいえー。あいえーなー。ちくしょう。悔しいです。チカップ美恵子さん、安らかにお眠りください。はるか沖縄から、ご冥福を祈っております」とした。（沖縄の母たちは、親しい人が死去すると「あいえー」「あいえーなー」と泣いていた。それは、朝鮮の人々の「アイゴー」という叫びを連想させる。）

チカップさんと、最後に会ったのは二〇〇四年に札幌大学ペリフェリア文化研究所シンポジウム「トリックスターとしての詩人」に招へいされたときだ。そのシンポジウムに、私がチカップさんをアイヌ民族詩人の代表として推薦しパネリストの一人になってもらい、ともに詩の朗読もやった。

その打ち上げの二次会に行った居酒屋で、彼女は大病を患ってのち、退院したばかりだと打ち明けた。しかし、もう大丈夫で「まだまだ私は過去の人にはならない」と強調していたことが印象に残っている。

その後、電話やFAXでの交流が続いた。チカップさんは再度入院したが、私の郵送物は病院へ届いていた。私は、今回の闘病も必ず良くなるだろうと信じていた。案の定、昨年六月の北海道新聞には見出し「チカップさん笑顔の復帰」と、彼女が白血病を乗り越え五年ぶりに東京の「日本の詩祭二〇〇九」で講演をやったことが報じられていた。

ところが、昨年末から私の著書を郵送しても返送されるようになった。私は、「転居でもしたのかな」、「娘さんの所へでも行ったのかな」と軽く考えていたが、じつは再々度入院していたのであろう。私とは、連絡が途絶えてしまっていた。

私がチカップ美恵子と最初に逢ったのは、一九八四年に京都で開催された「第一回被差別少数者会議」に沖縄代表として招かれたときである。沖縄側からは、金城実、金城孝次も参加していた。アイヌ民族と琉球民族は、たちまち兄弟姉妹のように仲良くなり、とことん飲み語り合った。

その後のチカップさんたちとの交流は、アイヌ民族と琉球民族の本格的な親善・連帯・交流史を切り開いてきた歴史であった。八六年には、嘉手納基地大包囲闘争に合わせて、第三回被差別少数者会議を沖縄で開催し、アイヌ民族も「人間の鎖」による基地包囲行動に参加した。

また、八七年には喜納昌吉を中心にした「うるま祭り」に四〇名余のアイヌ民族団を招待し、「アイヌ・沖縄文化交流の夕べ」を開いた。那覇市民会館大ホール満席の参加者に、大きな感動を与えた。私たちは、一緒に輪になって踊った。

一方、私は、南風原文化センターや名護市立博物館等でチカップさんの「アイヌ文様刺しゅう展」を企画・推薦してきた。とりわけ、九七年に名護博物館特別展の「チカップ美恵子作品展」では、

『アイヌ文様刺しゅうのこころ』という立派な図録も出版してもらった。

近年の親交は、まさに家族ぐるみの交流となっていた。チカップさんは、私が息子や娘とアイヌモシリへ行くたびごとに水族館や釧路から知床半島まで案内してくださった。また、沖縄へ来るときは拙宅へ泊まっていただき、九五年の少女暴行事件糾弾県民大会にも一緒に参加した。

チカップさんは、一般に「アイヌ文様刺繍家」と紹介されがちであったが、私は「アイヌ民族詩人・芸術家・思想家そして実践者」として高く評価し敬愛してきた。それゆえ、お互いの著書はすべて交換し合った。

私は、彼女の最初の単行本『風のめぐみ』（御茶の水書房）で本格的にアイヌ民族の歴史と文化・人権について学ぶことができた。また、チカップさんは拙著の出版を同書房に推薦・仲介してくださり、おかげで『琉球弧（うるま）の発信』が刊行できた。また、私は彼女の『月のしずくが輝く夜に』（現代書館）の書評を「図書新聞」（二六六八号、二〇〇四年）に書いた。

チカップさんとの親交で、最大の思い出は九八年九月にサハリンで開かれた「マイノリティー・フォーラム」に招かれて参加したことだ。このフォーラムは、彼女が全力を傾けて企画・実現させたものだった。作家の李恢成さんも参加し、彼の生誕の地や姉の家等を案内してくれた。私は、ロシアの先住民族と交流することができた。

周知のように、〇八年六月六日に日本の国会は全会一致で「アイヌ民族を先住民族として認め、地位向上などに向け総合的な施策に取り組むことを求める決議」を採択した。この決議によって、アイヌ民族の先住民族権は日本国内や国連で大きく前進することになった。ここまで来るのに一三〇年以上かかった。チカップさんの活躍は、さらに大きく飛翔することが期待できた。だのに、悔しいのだ。

享年六一歳、私より一歳だけの年上だ。チカップ美恵子は、アイヌ民族芸術家・思想家として永遠に記憶されるだろう。かの知里幸恵のように。それを信じて、いまは安らかなご冥福を祈っている。合掌。

人生に大きな影響――『魯迅選集』全十三巻

良書との出会いは、人の一生を左右する力をもっている。このごろ、つくづく実感できるようになった。私の生き方を左右した良書はかずかずあるが、ここでは「この一冊」しかあげられないから『山之口貘詩集』は、ひとまず置いておく。

これも「この一冊」と言っていいかどうかはわからないが、二十代以後の私の人生に大きな影響を与え続けているのが『魯迅選集』（岩波書店）の全十三巻である。

魯迅の小説「故郷」は、中学校の国語教科書にも採用されているので、多くの人が一度は読んだことがあるだろう。選集第一巻の作品集『吶喊』は、『阿Q正伝・狂人日記』と題して岩波文庫から刊行されているので、ぐっと手に入れやすくなった。

私が『魯迅選集』全十三巻を買い求めたのが十九歳の大学二年生のときであった。生まれて初めて全集ものを買い、一人の作家の作品を系統的に読むようになった。ちょうど学園闘争がピークに盛り上がるころで、授業はほとんど受けず、留年を覚悟してこの〈選集〉を読み続けた。私もまた「藤野先生」を求めていたのだろう。十三巻を読了したとき、あっという間に一年が過ぎていた。

まわりの友人たちからは、当時はやりの「マルクス主義者」よりも「君は魯迅主義者だね」という冷やかしのレッテルを張られた。それにしても、魯迅が生きていたら、現代中国の学生や民衆の虐殺や弾圧に、どれだけ鋭い筆鋒を突きつけていただろうか。

批判力と思想の深さ　引きつけられる風景描写——黄春明『さよなら・再見』

ハイサイ（拝再）！　黄春明先生。

一年ぐらいご無沙汰していますが、ご家族一同、お元気のことと拝察いたしております。盛夏・台湾の地も、さぞ暑い日々でしょう。

私の方は、体調が回復してきまして、再び執筆活動に追われております。ご安心ください。ただ、近ごろは、今までの自分の文体を破壊し、変革したい衝動に駆られています。できれば、全文を琉球語〈ウチナーグチ〉で書いてみたい気もするのです。そこで今回は手紙文のなかにウチナーグチを交えながら、黄春明著『さよなら・再見』について語ってみたいと思います。

黄さん（先生）と初めて会ったのは、たしか一九八七年三月でしたね。そのとき以来、いつかは『さよなら・再見』について、まとまった文章を書きたいと思いながら、とうとう今日まで延び延びになってしまいました。デージヤッサー（大変なことをしでかしてしまったなあ）。

しかも、一九九〇年一一月には、ついに黄さんの故郷・宜蘭県を案内していただき「さよなら・再見」の舞台である坪林の山道を越え、礁渓温泉に泊まり、「海を見つめる日」の舞台である蘇澳港や東部幹線の列車や、大里の街などを見学させていただきました。作者に小説の舞台となった原風景を案内してもらうなんて、これ以上の幸せがあるでしょうか。

私は、最初『さよなら・再見』を読んだときは「りんごの味」が一番好きでした。しかし、読み返しているうちに「さよなら・再見」の批判力と思想性に驚きました。各章のタイトルに日本の代表的な映画である〈人間の条件〉〈七人の侍〉〈用心棒〉〈日本のいちばん長い日〉をつけて、みごとに風刺しています。しかも、この小説は、たんに買春ツアーに来る日本人たちを批判するだけでなく、それを粉砕するどころか、こびてしまう、主人公や台湾人への批判をも主要なテーマにしているからです。その思想の深さ。

ところで、最近さらに読み返してみると「看海的日子」(海を見つめる日)の風景描写や人間への〈愛の深さ〉に強く引きつけられるようになりました。宜蘭県から見た太平洋のなんと素晴らしかったこと。宜蘭県は、蘇澳港は、亀山島は、まさに与那国島と向き合っていました。その海では「売春婦」梅子が生んだ子供の父親である「船乗り」阿榕が追う鰹やカジキなどが、〈国境〉など越えて泳ぎまわっているのです。しかも、最近の研究では約一五〇〇〇年前まで、台湾と琉球弧は〈陸橋〉で結ばれ一つの大陸をつくっていたことが明らかになりつつあります。「梅子は海を指して語りかけた」「おまえはおおきなおふねにのってこのうみをこえて　べんきょうに　りっぱなひとになるんだよ」。この母の思いは、また琉球弧の母たちのウムイでもあるのです。

黄さん、海を越えてまたお会いしたいです。約束の私の小説はまだかけていませんが。謝・謝・大謝!

あとがき

やっとこの第四評論集を出版することができた。本書は、『魂振り——琉球文化・芸術論』と対を成している。

しかし、二〇一一年に『魂振り』が上梓されてから四年が経過してしまった。この間に重大な病気をしてしまい、私の編集作業が進まなくなった。だが、未來社と西谷能英社長が忍耐強く私を見守り、タイミング良く激励して出版までこぎ着けてくださった。

本書では、準備していた原稿の約三分の一しか収録できなかったが、三部に分けて編集されている。第一部は「琉球弧からの詩・文学論」の比較的長い理論的な評論を集めた。第二部には、「琉球弧の詩人・作家論」として「詩人論」と「詩・俳句・短歌　書評」、「小説・記録文学・散文　書評」を収録した。ここで、短文ながら多くの書評を紹介したのは「琉球弧の詩人・作家・文学者」の作品をできるかぎり多数、具体的に論じてみたかったからである。また、そのことは琉球弧の詩・文学の第一次資料として詩・文学史にも活用できるようになればという願いも込めてある。第三部では、「アジアの詩・文学論」を編集した。そしてここには「日本の詩人・作家論」と「東アジアの詩・文学論」を収録した。琉球弧以外の詩・文学論をひとまず東アジア規模で整理し、それ以外のボルヘスやローゼンバーグ等の外国の詩人、作家論は割愛した。

これらの評論が、「詩・文学論」としてどのようなレベルと価値をもっているかは、心もとない。しかし『魂振り』にも書いたように、ここが私の「詩・詩人・文学論」に関する主戦場であった。そして、『魂振り』と『言振り』が対を成して読まれることによって、私の文学・文化・芸術論が「言魂論」として体系的に理解してもらえれば幸いである。私の評論が、北は奄美群島から南は八重山群島までの琉球弧に立脚し相対化しながら、可能なかぎり普遍的な論議に届いて欲しいと願うばかりである。「言魂」を大いに振り、読者と共振することを祈っている。

このような私の評論集を『魂振り』に続いて出版してくださった西谷能英社長と未來社のご厚情には、何度記しても足りないほど感謝している。やはり、いまさらながら一冊の書物の成立には、優れた編集者との出会いが決定的に重要だと痛感している。

そしてよき協力者である沖縄県史料編集室の元同僚である漢那敬子さんには『沖縄生活誌』(岩波新書)、『魂振り——琉球文化・芸術論』に引き続き編集・校正作業でお世話になった。漢那さんの厳密なプロとしての編集・校正作業に、畏敬すると同時に深く感謝している。

今回は、資料収集やパソコン入力の段階で呉屋さんや、宮里さんをはじめ多くの友人たちのご協力もいただいた。すべての名前を挙げることはできないが、記して感謝申し上げたい。私の文学活動を長い目で見守り激励してくださるすべての人々へ、スディガフー(孵で果報)デービル=ありがとうございます・深謝。

二〇一五年(戦後七〇年)一月

サトウキビ畑に囲まれた南風原町にて　高良 勉

III　アジアの詩・文学論

日本の詩人・作家論

中也の苦い思い出　「KANA」第17号、2009年10月
宮沢賢治と沖縄　季刊「月光」第2号、2010年7月
黒田喜夫と宮古歌謡　「宮古毎日新聞」1985年2月11日
南島論の動向——〈未来の縄文〉への旅　「國文學」1988年3月号
いま「南島論」とは　「文化ジャーナル鹿児島」第12号、1989年3月
吉本隆明との出会いと別れ　「Myaku」第12号、2012年5月
私小説の概念を変える——島尾敏雄論　「脈」43号、1991年5月
島尾敏雄の死と課題　「沖縄タイムス」1987年1月10日
谷川雁と沖縄　『道の手帖　谷川雁』2009年3月、河出書房新社
詩歌の内在律と風土——阿部岩夫氏への書簡　「海流」第3号、1988年8月
吉増剛造氏への書簡——「古代天文台」のような感性
「琉球新報」1999年7月29日
藤井貞和と琉球弧　「現代詩手帖」2013年7月号

東アジアの詩・文学論

アジア文学案内——文学者との交流史　「けーし風」70号、2011年3月
沖縄からみた韓国詩　「現代詩手帖」2007年8月号
宇宙方言のイジュングチ（泉口）　「KANA」12号、2006年9月
自然との対峙——金時鐘詩集『失くした季節』　「KANA」19号、2011年5月
李恢成と第三世界文学　「沖縄タイムス」1988年10月7日
あいえー・あいえーなー　「図書新聞」2010年2月27日
人生に大きな影響——『魯迅選集』全十三巻
「沖縄タイムス」1989年7月11日
批判力と思想の深さ　引きつけられる風景描写——黄春明『さよなら・再見』
「沖縄タイムス」1993年8月24日

「沖縄タイムス」2001年2月4日
大胆な実験的詩集——上原紀善詩集『ふりろんろん』
「沖縄タイムス」1994年5月24日
精神の軌跡を鮮烈に表現——砂川哲雄詩集『遠い朝』
「琉球新報」朝刊、2001年9月16日
母くぐりの彼方へ——松原敏夫詩集『アンナ幻想』
「宮古新報」1987年1月29日
新しい詩の地平へ——おおしろ建詩集『卵舟』
「KANA」第22号、2015年1月
感性力と思想力——桐野繁詩集『すからむうしゅの夜』
桐野繁詩集『すからむうしゅの夜』跋文、2001年2月26日、ふらんす堂
優しさとリズム——書評・山中六詩集『指先に意志をもつとき』
「琉球新報」2014年7月13日
批評精神と豊かな詩語——宮城隆尋詩集『盲目』
「琉球新報」1998年11月29日
始源の海へ——下地ヒロユキ詩集『それについて』
「琉球新報」2010年11月14日
骨太で直截——野ざらし延男句集　「琉球新報」夕刊、1987年12月28日
書評・玉城一香『地の力』　季刊「脈」第38号、1989年8月
豊かな詩情——崎間恒夫『東廻い』　「琉球新報」2006年12月10日
知性と感性——おおしろ房句集『恐竜の歩幅』「琉球新報」2002年2月24日
ひたすら・ていねいに——玉城洋子歌集『花染手巾』
「沖縄タイムス」2002年7月30日

小説・記録文学・散文　書評

日本・人間を問う移民文学——大城立裕『ノロエステ鉄道』
「西日本新聞」1990年1月7日
オキナワから世界へ——評論・又吉栄喜の文学
「西日本新聞」1996年1月24日
島・宇宙の美しさと残酷さ——島尾ミホ『祭り裏』
「国語通信」夏号、1988年、筑摩書房
七島灘を越えて——安達征一郎著『憎しみの海・怨の儀式』
「東京新聞」2009年7月5日
世界への飛翔——米須興文著『マルスの原からパルナッソスへ』
「琉球新報」2005年1月9日
すべきだ、を越えて——岡本恵徳先生追悼
「けーし風」第52号、2006年9月
国境なき沖縄文学研究——仲程昌徳著『沖縄文学の諸相』
「琉球新報」2010年4月25日

初出一覧

I　琉球弧からの詩・文学論

言語戦争と沖縄近代文芸　「沖縄タイムス」2009 年 11 月 23 日/30 日
沖縄戦後詩史論
『沖縄文学全集第二巻　詩 II』、1991 年 1 月 25 日、国書刊行会
琉球現代詩の課題　「詩と思想」298 号、2011 年 8 月
詩・文学・文化の源流——おもろ、琉歌の魅力
古代文学講座 9『歌謡』1996 年 7 月、勉誠出版
全共闘と沖縄の文学　未発表
沖縄の詩集　「沖縄タイムス」2009 年 12 月 25 日

II　琉球弧の詩人・作家論

地球詩人の百年——山之口貘生誕 100 年
「毎日新聞」西部本社版 2003 年 9 月 5 日に加筆・訂正
日本の本当の詩は……——山之口貘生誕 110 年祭記念
「現代詩手帖」2013 年 11 月号
新屋敷幸繁の鹿児島時代　「琉球新報」1995 年 8 月 5 日
孵化と転生への祈り——あしみね・えいいち論
『あしみね・えいいち詩集』解説、1990 年 8 月 1 日、脈発行所、
優しいたましひは——追悼　知念榮喜　「沖縄タイムス」2005 年 9 月 26 日
飢渇の根の自我否定と自己表現——川満信一詩集ノート
「ションガネー」6 号～9 号（1979 年 10 月～1981 年 7 月、のち、『琉球弧・詩・思想・状況』（海風社、1988 年 5 月）に収録
詩と批評の自立へ——清田政信詩・小論　「脈」81 号、2014 年 8 月
カンヌオー（神の青領）の水底から——山口恒治論
「山口恒治詩集・栞」2003 年 4 月
意味と言葉——水納あきら詩ノート
「海流」第 2 号、1985 年 11 月、珊瑚樹海舎
故郷への苦い旅——真久田正詩集『幻の沖縄大陸』
真久田正詩集『〈海邦〉総集版・幻の沖縄大陸』跋文、1985 年、自家本

詩・俳句・短歌　書評

記録と沈黙——『牧港篤三全詩集・無償の時代』書評
「新沖縄文学」第 91 号、1992 年 3 月
大きな文化プレゼント——書評『南風よ吹け——オヤケ・アカハチ物語』
「琉球新報」2003 年 9 月 8 日
戦後体験の基層へ——中里友豪詩集『コザ・吃音の夜のバラード』
「琉球新報」1984 年 9 月 3 日
豊饒な魂——勝連繁雄詩集『灯影』　「琉球新報」1996 年 6 月 14 日
沖野神話満ちあふれる——沖野裕美詩集『無蔵よ』

●著者略歴

高良　勉（たから・べん）
詩人・批評家。沖縄大学客員教授。元県立高校教諭。一九四九年、沖縄島南城市玉城生まれ。静岡大学理学部化学科卒。日本現代詩人会会員。詩集『岬』で第7回山之口貘賞受賞。著書に第7詩集『絶対零度の近く』、第8詩集『ガマ』、第9詩集『アルテアーガ――高良勉詩選』、NHK生活人新書『ウチナーグチ（沖縄語）練習帖』、岩波新書『沖縄生活誌』、第三評論集『魂振り――琉球文化・芸術論』（二〇一一年、第46回沖縄タイムス芸術選賞大賞文学部門受賞）など多数。

言振り——琉球弧からの詩・文学論

発行——二〇一五年三月五日　初版第一刷発行

定価——本体二八〇〇円＋税

著　者——高良　勉

発行者——西谷能英

発行所——株式会社　未來社
東京都文京区小石川三—七—二
電話　〇三—三八一四—五五二一
http://www.miraisha.co.jp/
email:info@miraisha.co.jp
振替〇〇一七〇—三—八七三八五

印刷・製本——萩原印刷

ISBN978-4-624-60117-1 C0095

（消費税別）

高良勉著
魂振り
〔琉球文化・芸術論〕著者独自の論点である〈文化遺伝子論〉を軸に、沖縄と日本、少数民族また東アジア各国との関係についても考察を加えた一冊。沖縄タイムス芸術選賞大賞受賞。二八〇〇円

川満信一・仲里効編
琉球共和社会憲法の潜勢力
〔群島・アジア・越境の思想〕川満信一「琉球共和社会憲法C私（試）案を踏まえた沖縄発平和憲法論の集成。大田昌秀、孫歌、今福龍太、上村忠男、丸川哲史、高良勉ほかが執筆。二六〇〇円

仲里効著
悲しき亜言語帯
〔沖縄・交差する植民地主義〕詩、小説、劇、エッセイ等の沖縄の言語芸術全般に及ぶ言語植民地状態を、ウチナーンチュの視点から内在的にとらえかえした強力な文芸批評集。二八〇〇円

仲里効著
フォトネシア
〔眼の回帰線・沖縄〕比嘉康雄、比嘉豊光、平敷兼七、平良孝七、東松照明、中平卓馬の南島への熱きまなざしを通して、激動の戦後沖縄を問う。沖縄発の初めての本格的写真家論。二六〇〇円

仲里効著
オキナワ、イメージの縁（エッジ）
森口豁、笠原和夫、大島渚、東陽一、今村昌平、高嶺剛の映像やテキスト等を媒介に、沖縄の戦後的な抵抗のありようを鮮やかに描き出す〈反復帰〉の精神譜。二二〇〇円

西谷修・仲里効編
沖縄／暴力論
琉球処分、「集団自決」、「日本復帰」、そして観光事業、経済開発、大江・岩波裁判……。沖縄と本土との境界線で軋みつづける「暴力」を読み解く緊張を孕む白熱した議論。現代暴力批判論。二四〇〇円